Pascal Gache

MORT AUX VIEILLES !
MEURTRES À L'ÎLE D'YEU

LA GESTE

À mes enfants Antoine, Joséphine et Félicien,
À ma petite-fille Adèle.

« Le ventre est encore fécond d'où a surgi
la bête immonde. »

Bertolt Brecht,
La Résistible Ascension d'Arturo Ui

« À l'île d'Yeu, on y vient, on y est bien,
on s'en souvient et on y revient. »

Chanson traditionnelle de l'île d'Yeu

Chapitre premier

Au cours duquel on ne sait pas si la vie vaut d'être vécue

Été 2004

Elle était attachée sur un lit. Il lui avait lié les poignets dans le dos. La corde serrée lui rentrait dans la chair et le moindre mouvement déclenchait de violentes douleurs. Ses pieds, entravés par des menottes qui entaillaient ses chevilles, étaient accrochés aux montants du lit. Le foulard qu'il avait mis autour de sa bouche l'empêchait de crier, mais cela n'aurait servi à rien, il n'y avait personne qui puisse l'entendre. Personne.

Elle regrettait amèrement d'avoir lu, par hasard, ce fichier qu'il avait laissé ouvert sur son ordinateur. Un oubli qu'il lui faisait payer au prix fort. Lorsqu'il était arrivé dans son dos en silence, elle n'avait pu nier qu'elle avait compris ce qui était écrit et surtout ce qui était planifié dans quelques semaines. Il était entré dans une rage folle et l'avait rouée de coups. Elle était tombée et avait perdu connaissance. Elle s'était réveillée sur ce lit ne sachant combien de temps s'était écoulé. Il l'avait enfermée. Elle avait essayé d'appeler à l'aide avec son téléphone, qu'il avait étrangement oublié de lui confisquer, mais la ligne était mauvaise et elle n'avait pas pu dire dans quelle horrible situation elle se trouvait. Elle avait pu envoyer un texto mais elle ne savait pas s'il était arrivé. Lorsque son téléphone avait sonné, il était revenu, le lui avait arraché et l'avait ligotée et bâillonnée. Et depuis, elle attendait, terrifiée. Elle était sûre qu'il la tuerait.

Elle tremblait légèrement. Son souffle était court et des gouttes de sueur perlaient sur son visage. Elle avait froid. Un froid intérieur. Un ruisseau d'eau glacée coulait sous sa peau. Elle frissonnait. Elle se mit à prier tous les saints de la terre et Dieu aussi. Peut-être viendrait-il à son secours ? Dieu, il y avait bien longtemps qu'elle l'avait oublié et elle doutait qu'il s'intéressât à elle. Qu'importe, elle savait que ses heures étaient comptées alors si Dieu, ou je ne sais qui, pouvait allonger sa courte vie, elle était preneuse.

Après la fureur des coups, tout était anormalement calme. Un silence de mort, pensa-t-elle. Elle ne voyait rien. Aucune lumière ne filtrait d'aucune part. L'obscurité était intégrale. Au milieu de la nuit, un bruit de moteur venu de loin se rapprocha et stoppa à proximité. Des craquements la firent sursauter. On chuchotait au-dessus d'elle. Des bruits de pas, on venait vers elle. Quelqu'un entra. Il faisait si noir qu'elle ne pouvait deviner la moindre silhouette. Elle entendit des pas se rapprocher d'elle. Une lumière jaillit dans ses yeux et, presque en même temps, elle reçut un violent coup sur la tête. Elle perdit connaissance sur le champ et mourut quelques instants plus tard.

CHAPITRE DEUXIÈME

Au cours duquel la guerre des trois n'aura pas lieu

Lundi 5 juillet 2004

Victor recompta les tracts qu'il avait disposés sur la table par paquets de cent. Vingt piles étaient alignées dans un ordre parfait. À force de les manipuler, il en connaissait tous les mots par cœur. Le texte appelait à la révolte du peuple français contre l'invasion étrangère. Pour réveiller ce peuple, l'auteure, une femme dont il n'avait jamais entendu parler, avait choisi l'insulte frontale dans une langue que Victor aimait beaucoup. Il s'excitait à la lecture de ce genre de propos agressifs qui lui rappelait le canon et la mitraillette. Sans regarder le tract, il récita les quelques lignes à voix haute : « *La France est une colonie étrangère, sans insurrection possible, sans discussion, ni murmure... Il faudrait pour nous libérer un véritable Sinn-Fein... Un instinct de race implacable... Mais nous n'avons pas la «classe» des Sinn Feiners !... Beaucoup trop enfiotés, déjà avinés, avilis, efféminés, cosmopolitisés, maçonnisés, mufflisés de toutes les manières. Des chancres pourris d'alcool et toujours plus avides rongeurs rongés. Atroce !... Des petites fistules bien honteuses !* ». Il adorait ce texte. Peut-être cette femme avait-elle écrit d'autres choses aussi électriques et jouissives ? Il se promit de vérifier.

Victor, baptisé Le Der par ses deux acolytes, était arrivé le dernier dans la bande de Rachid et Gérard. Il se sentait enfin inclus dans le monde des grands. Il avait rêvé de faire de la politique, et ça lui plaisait bien. Il n'avait pas beaucoup hésité avant d'adhérer aux Identitaires car les idées qu'ils défendaient, c'étaient les siennes. Comme eux, il voulait une révolution nationale, il voulait de l'ordre, il voulait qu'on en termine avec l'assistanat, qu'on se débarrasse des étrangers. Il y avait trop de métèques, de parasites. Il voulait qu'un chef reprenne le pays en mains, qu'on liquide la pensée socialo-communiste et qu'on en finisse avec le cosmopolitisme. Il aimait répéter ces mots même si parfois le sens lui échappait. Il n'avait rien contre les Juifs mais il trouvait qu'on les voyait trop. Trop à la télé, trop à la radio, trop dans les banques, trop au gouvernement. Trop, c'était trop. Qu'ils se fassent plus discrets, et ce serait mieux pour le pays. L'image de la France, grande, puissante et éternelle, était moquée partout. Victor voulait qu'on ait le respect du drapeau, de l'armée, de la religion, même s'il n'allait jamais à l'église, et de tout ce qui avait fait la gloire de son pays, la France, depuis plus de mille ans. Il était prêt à se battre pour cela. Il était fils unique et ses deux amis « combattants de la cause », lui donnaient l'impression d'avoir enfin des frères. Rachid, dit Le Pire, avait pris la place d'un grand frère. Le rôle de celui qui initie aux choses de la vie. C'est grâce à Rachid qu'il avait connu sa première femme et aussi sa première nuit en prison. Rachid était plus vieux que Victor d'au moins dix ans. Il avait pas mal traîné sa carcasse avant d'atterrir chez les Identitaires. D'ailleurs, comme disait Rachid, « un rebeu chez les faf ça fait un peu tache ». Rachid avait d'abord fréquenté les Frérots. Il y était resté plusieurs années. Quand il s'était tiré de chez ses vieux, il avait atterri chez un pote à lui qui allait à la mosquée tous les jours et, comme Rachid n'allait plus à l'école depuis longtemps et n'avait absolument rien à faire de ses journées, il suivait Kamel. Il aimait bien l'ambiance des Frérots. On parlait de tout, de Dieu, de la religion, des femmes, de la France qui détestait les Arabes, de la société où tout foutait le camp, du jour où tout le monde croirait en Mahomet, le dernier prophète d'Allah. Avec les Frérots, Rachid se sentait moins seul. Il avait commencé à dire sa prière cinq fois par jour et à mettre de l'argent de côté pour faire le pèlerinage. Il s'était mis à lire le Coran mais il s'ennuyait vite, il préférait écouter les prêches de l'imam de sa mosquée. Le vendredi, il y avait beaucoup de monde. L'imam leur disait de retourner à la religion, de suivre la charia, de répandre la parole du Prophète partout où ils pouvaient. Alors Rachid s'était mis à convertir ses frères et sœurs. Il n'avait pas eu beaucoup de succès. Avec ses parents non plus. Depuis longtemps, ses parents ne priaient plus. Rachid se fâcha une nouvelle fois avec eux. Il resta chez Kamel pendant deux ans. L'imam lui trouva une femme qu'il épousa. Ils n'allèrent même pas à la Mairie. La vie lui devint vite insupportable ; sa femme était très jeune ; elle passait son temps chez ses parents et il était le plus souvent seul. Il avait espéré trouver l'amour mais en fait, ce mariage c'était simplement pour les apparences. Alors, un matin, sans avertir personne, Rachid quitta sa femme et décida de changer de vie. Après tout, se dit-t-il, il était encore jeune. On l'exclut de la communauté, de l'oumma comme on lui avait appris. Il déserta son quartier, se retrouva à la rue et fit la manche. Il préférait ça à un mariage pourri.

Un soir de misère, il rencontra Gérard dans un bar. Gérard lui parla de la France, de la grandeur de la France. Rachid ne sut pas très bien pourquoi mais ce que lui dit Gérard ce soir-là, lui plut beaucoup. Il était Arabe mais il pouvait aimer la France. Gérard lui dit que le pays avait besoin de bons Arabes comme lui pour nettoyer la France des mauvais Arabes. Lui Rachid, Gérard le lui avait dit, était un bon Arabe. Alors il se mit à fréquenter Gérard et les Identitaires. Rachid avait un sens de l'humour bien à lui. Quand il voyait Gérard, il lui disait, « Salut Hitler, moi je suis ton ami, toi et moi on est d'accord, on veut tous les deux supprimer les Feujs ! » Gérard, le troisième, c'était le chef de leur groupe et c'était du sérieux dans le combat politique. Il pouvait parler pendant des heures de ceux qui avaient construit la pensée identitaire. Il avait tout lu et retenu. Rachid et Victor le respectaient beaucoup pour cela et buvaient ses paroles. Gérard usait et abusait de cet avantage. Rachid et Victor devaient bien se comporter avec lui et manifester leur respect à chaque instant. Mais ils étaient surtout admiratifs de Gérard car il n'hésitait pas à faire le coup de poing contre la racaille gauchiste et dépravée et contre les dealers blacks de son quartier. Il disait que si on voulait que les gens comprennent, il ne fallait pas hésiter à leur taper dessus pour que ça rentre mieux dans leur petite cervelle. Et c'était pas grave si ça finissait par un petit séjour à l'ombre, au moins ceux qui avaient tâté de ses mains s'en rappelleraient et ne viendraient plus lui casser les burnes. Gérard aimait commander et avait horreur qu'on le contredise, d'ailleurs, il se faisait appeler L'Empereur pour lever toute ambiguïté sur sa place au sein de leur trio. L'Empereur recevait des ordres d'un chef que les deux autres n'avaient jamais rencontré. Gérard en parlait toujours avec un certain mystère. Mais dans les faits, il fallait bien reconnaître qu'on ne savait pas grand-chose de lui.

Victor ne comprenait pas pourquoi Rachid et Gérard n'étaient pas encore là. Sa montre indiquait dix-huit heures quarante-cinq. Trois-quarts d'heure de retard. Il sortit son téléphone puis se ravisa.

Un déluge s'abattait sur toute la ville depuis plus d'une heure, dans un fracas d'éclairs et de tonnerre. Ce début de mois de juillet était très chaud et lourd. Il y avait quasiment un orage par jour. Quelques discrets coups sur la porte sortirent Victor de ses ruminations. Rachid et Gérard arrivèrent essoufflés, ruisselant de la tête aux pieds et de mauvaise humeur. Leur laissant à peine le temps de reprendre leurs esprits, Victor leur tomba dessus :

— Pas trop tôt ! Vous auriez pu me laisser un message !

— Dis donc Le Der, tu te calmes pour commencer, répondit sèchement L'Empereur.

— Ça fait trois-quarts d'heure que je vous attends, faut pas déconner.

— On est suivis, renchérit Le Pire. Va falloir qu'on dégage d'ici rapidement. Sinon, on va avoir à nouveau des ennuis avec les keufs.

— Qu'est-ce que tu nous chantes, Le Pire ?

Lorsque Rachid parlait, il donnait toujours envie de rire à Victor. Il avait un accent que Le Der avait du mal de prendre au sérieux. Ça agaçait Rachid qui faisait beaucoup d'efforts pour ressembler, autant qu'il le pouvait, à l'un des leurs. Quand on est un Rebeu, s'intégrer dans ce groupe, c'était un peu comme adhérer au KKK quand on est noir.

L'Empereur prit une chaise, s'assit à califourchon, frotta vigoureusement ses cheveux et raconta pourquoi ils étaient en retard :

— On est suivis, j'en suis sûr et certain maintenant. Je pense qu'on les a semés pour cette fois-ci. Mais on n'aura pas toujours cette chance. La pluie nous a sauvés. On a laissé la voiture sur les Maréchaux. Puis on a couru jusqu'ici.

— Qu'est-ce qu'on fait maintenant ? demanda Victor.

— On prend les tracts et on va à notre réunion. Allez, on s'arrache. Toi le Der, ferme bien le local. Et rejoins-nous où tu sais. Nous, on reprend la voiture et on se retrouve comme prévu. Sois à l'heure le Der.

L'Empereur savait donner les ordres. Il s'éclipsa avec Le Pire et Le Der resta seul dans sa boutique comme disait L'Empereur lorsqu'il parlait de cette petite pièce que Le Der leur mettait à disposition pour leurs réunions discrètes. Il ramassa les tracts, les fourra dans un grand sac, ferma soigneusement la porte à clé et alla attendre son bus. La pluie avait cessé.

Il grimpa dans le bus qui était totalement bondé. Il dut se faufiler jusqu'à l'arrière pour trouver un siège libre. Il n'était pas à l'aise avec son sac rempli de tracts. Victor avait encore un peu de mal à assumer publiquement ses idées. Il enviait L'Empereur et Le Pire qui eux n'avaient aucun complexe à afficher leurs opinions partout où ils le pouvaient, même et surtout si cela devait finir en bagarre. En regardant son portable, il vit que Suzanne l'avait appelé. Elle était partie en vacances. Il aurait aimé lui parler mais ce n'était pas le moment. Son téléphone vibra. C'était un message d'elle qu'il trouva bizarre mais Suzanne était bizarre alors il ne s'en émut pas plus que ça. Elle finirait bien par le rappeler.

Chapitre troisième

Au cours duquel on sent bien qu'on n'en est qu'au début

Mercredi 7 juillet 2004

Lissie Meunier prit son billet et vérifia encore une fois l'heure de départ du bateau. Il y avait du monde le long de la jetée qui menait au navire côtier. Chacun attendait patiemment que l'employé de la Compagnie Yeu-Continent fasse son travail de contrôle avec le zèle d'un Vopo est-allemand avant la chute du Mur. Devant Lissie, une famille au grand complet, Madame, Monsieur et leurs trois enfants, évoquait les vacances de l'an passé, vacances islaises forcément. Ils étaient tous habillés chic, très ouest-parisien. Madame passerait plus de deux mois avec les enfants tandis que Monsieur ferait quelques allers-retours en juillet avant de rejoindre sa famille pour le mois d'août. Gauche caviar ou droite villieriste, il y en avait pour tous les goûts.

Depuis quelques années, l'île d'Yeu était devenue un des lieux favoris de la bourgeoisie du 78 et du 92. On arrivait dans le dernier Monospace, encore que le 4x4 commençât à se faire solidement apprécier sur l'estacade de Fromentine. Lissie Meunier, qui n'avait aucun intérêt pour les automobiles, ne prêta pas attention à ces détails. Des grosses voitures faussement discrètes ou carrément tapageuses, on sortait les vélos. On avait déjà chaussé les « bateau » et enfilé le ciré pour faire la traversée sur le pont. Les plus « tendance » arboraient la vareuse en grosse toile bleue des marins de l'île d'Yeu, avec un certain sens du ridicule qui n'échappait pas aux islais, lesquels trouvaient curieux de mettre des habits de travail en vacances. À l'île d'Yeu, on ne se réclamerait pas du neuf-trois mais du neuf-deux. Un chiffre qui changeait tout.

Les futurs estivants faisaient la queue en une longue file à l'ambiance bon enfant. On était entre gens bien élevés. Le bateau était plein en ce début juillet. La Compagnie Yeu-Continent avait déjà programmé des navires supplémentaires pour absorber le flot des touristes qui se rendaient à l'île d'Yeu, comme en pèlerinage pour certains bien qu'aucun miracle n'ait été à signaler sur l'île, à part peut-être les prix immobiliers qui grimpaient d'année en année vers des sommets vertigineux. Lissie Meunier regardait avec amusement et un peu d'étonnement les grappes de touristes devant les containers à bagages qu'on chargeait dans le bateau à l'aide d'un élévateur puis d'une grue. Il y avait peu de véhicules à bord. Le prix du passage étant prohibitif, à dessein. Seuls trois voitures de tourisme et une camionnette avaient été embarquées. Lissie aima tout de suite l'atmosphère qui régnait. Les gens étaient manifestement enthousiastes à l'idée de traverser un bras d'océan. Ils allaient pouvoir se fabriquer des souvenirs de vacances à même de lutter contre un quotidien parfois morose. Lissie ressentait déjà le dépaysement que lui avait promis Thomas, son hôte.

La marée était haute et brassait des odeurs de poissons. Les barques des pêcheurs tanguaient au rythme du ressac. Le soleil était très haut dans le ciel en ce début d'été. Il faisait chaud. Lissie Meunier était habillée légèrement, avec une jupe courte qui dévoilait le galbe de ses jambes. Blanches encore. Lissie était plutôt jolie, si l'on se référait aux canons de l'esthétique occidentale. Grande et brune, avec une chevelure dense entourant un visage bien dessiné qu'éclairait une discrète fossette sur le menton. Elle avait l'habitude de se plaindre du manque de volume de ses seins, qui lui donnait pourtant une silhouette élancée. Son indiscutable style et sa classe naturelle ne laissaient pas les hommes de marbre. Lissie avait beaucoup de succès auprès d'eux.

Elle était contente de retrouver Thomas. Elle ne l'avait pas revu depuis qu'elle avait quitté Besançon pour s'installer à Nantes, dix-huit mois plus tôt. Ils s'étaient téléphoné souvent, écrit régulièrement. Thomas, qui rechignait à échanger des courriels, avait souvent pris la plume et adressé de vraies lettres à Lissie, comme au bon vieux temps, disait-il. Lissie trouvait curieux qu'il reste rétif à la modernité informatique, mais ce n'était pas la première bizarrerie à laquelle elle se frottait depuis qu'elle l'avait rencontré.

À son arrivée à Nantes, Lissie Meunier, la commissaire Meunier, avait rapidement été plongée dans la vie policière. Il lui avait d'abord fallu se faire respecter par ses collègues masculins, ce qui n'avait pas été une sinécure, mais son talent et son intelligence avaient rapidement frappé les esprits même les plus conservateurs. Puis elle avait dû prendre la mesure de l'activité du commissariat central. Un gros travail. Nantes avait été sous les feux de l'actualité à la suite de la découverte d'un trafic d'immigrés acheminés clandestinement dans des bateaux convoyant des matières premières. Les services de Police étaient sur l'affaire depuis au moins un an et on avait fini par démanteler le réseau dont le cerveau habitait à Trentemoult, un quartier de la couronne sud de Nantes. Un quartier au-dessus de tout soupçon, semblait-il. Après cette année et demie d'intégration, elle se sentait des envies de prendre un peu l'air. L'invitation de Thomas était tombée à pic.

Lissie suivait le flot des touristes qui avançaient assez nonchalamment. L'employé de la Compagnie Yeu-Continent scruta son billet avec une attention qui la fit sourire. Elle se demanda s'il y avait vraiment à craindre de la contrefaçon de billets pour aller à l'île d'Yeu. Seuls quelques pressés tentaient, en prenant un air très affairé, de se frayer un chemin et de dépasser d'autres passagers, probablement pour obtenir une place assise sur le pont. Le ciel limpide et la mer calme auguraient une traversée de toute beauté.

Le bateau était complet. Un dépliant informait les passagers que la durée du voyage était d'une heure et quart. Pour la traversée, Thomas avait suggéré à Lissie de porter des manches longues afin de profiter du spectacle de la mer, de l'horizon et de la côte depuis le pont. Lissie y grimpa mais il ne restait pas beaucoup de places et elle dut se résoudre à s'installer sur le même banc qu'un groupe de retraités bruyants. Le haut-parleur du bateau nasilla des paroles incompréhensibles et les marins de l'Insula s'agitèrent. On largua les amarres. La sirène retentit deux fois et le bateau quitta le quai en marche arrière. Aussitôt, le vent traversa le pont et vint fouetter les visages des passagers. Lissie adora cette sensation. Elle la considéra comme un bon présage. Elle se leva et se rapprocha du bastingage. Il y avait là encore quelques places libres, alors elle s'installa face au vent. Des embruns aspergeaient régulièrement tout le haut de son corps. L'Insula fendait les eaux avec une force tranquille. Il n'y avait aucune gîte. La plupart des passagers des salons intérieurs étaient remontés sur le pont pour profiter du spectacle. Il y avait maintenant beaucoup de monde. Elle trouva ces touristes bien élevés et se dit que ses inspecteurs devraient en prendre de la graine. Elle ne comprenait pas que le métier de flic puisse s'accompagner de grossièretés et de vulgarité. Au contraire, elle était convaincue que le privilège de la fonction obligeait à un surcroît d'élégance et de classe.

Lissie contemplait le paysage et commençait à distinguer les premiers reliefs de l'île. Elle vit les contours des maisons dont elle constaterait par la suite qu'elles se ressemblaient toutes. Sur sa gauche, la côte apparaissait maintenant nettement, bordée de plages sablonneuses. Lissie s'imaginait déjà profitant de ce bel endroit. Lorsque le navire pénétra dans la passe de Port-Joinville, il fit retentir sa sirène pour prévenir de son arrivée imminente. En franchissant le chenal, il ralentit ses moteurs et glissa lentement vers le quai d'accostage. Beaucoup de monde attendait sur la terrasse de la gare maritime. On se faisait signe. Certains, munis de jumelles, essayaient de reconnaître les leurs parmi les passagers. C'était Ellis Island et l'arrivée des immigrants en terre promise. Lissie chercha Thomas parmi la foule qui agitait mains, pancartes ou même drapeaux. Il lui sembla l'apercevoir mais, alors qu'elle scrutait sa silhouette, elle fut happée par le flot des passagers qui sortaient du bateau. Elle se retrouva à l'intérieur de la gare maritime, au milieu d'une foule bigarrée et bruyante. On se hélait, se saluait, s'embrassait. Les arrivants étaient absorbés par ceux qui attendaient. Joyeux chaos. Lissie avança au milieu de ce tumulte et sortit du bâtiment. Le soleil l'obligea à fermer les yeux. Lorsqu'elle les rouvrit, Thomas était à côté d'elle. Comme par miracle. Il la prit dans ses bras et l'embrassa tendrement sur la joue. Il la garda contre lui quelques instants avant de lui souhaiter la bienvenue. C'était la première fois qu'il était aussi démonstratif à son égard et cela ne manqua pas de la troubler. Du haut des marches, elle fut impressionnée par cette marée humaine. Il y avait de la Méditerranée dans ce lieu. La lumière y contribuait certainement mais aussi les gens, leurs cris, leurs ardeurs démonstratives. Lissie trouva cela très rafraîchissant. Chacun récupérait son bagage dans les containers. Sur la rue un peu plus loin, des adolescents vendaient leurs services de portage pour les résidences éloignées. Quelques taxis attendaient et un embouteillage se constitua instantanément au milieu d'un concert de klaxons qui ne troubla pas ces immigrants majoritairement parisiens.

Thomas entraîna Lissie chez le loueur de vélos qui faisait face à la gare. En traversant la rue, il lui montra le centre de vacances où il avait été moniteur autrefois, quand il était encore jeune, ajouta-t-il en souriant. La bâtisse n'avait rien d'exceptionnel ; son toit de tôle portait les traces de son passé industriel : une ancienne conserverie de sardines. Thomas avait réservé un vélo pour Lissie. Il fit les présentations d'usage au patron qui, de sa voix retentissante et discrètement nasillarde, donnait les ordres à ses employés tout en plaisantant avec les arrivants. Depuis que Thomas remplaçait les médecins de l'île, il connaissait bien le propriétaire de cette location de vélos, par ailleurs grand amateur de tarot. Ils se retrouvaient le soir loin du bruit et des touristes pour quelques parties de cartes qui finissaient toujours tard dans la nuit. Lissie essaya le vélo, sans oser avouer à Thomas qu'elle ne savait pas très bien manier ces engins. Son père ayant toujours trouvé l'exercice inélégant et dangereux pour une jeune fille, elle avait appris en cachette à en faire chez une de ses amies vers l'âge de douze ans. Elle garda pour elle ce petit secret et obéit aux ordres du loueur, qui lui demandait d'avancer et de freiner. Il lui recommanda de ne pas rouler sur la plage, faute de quoi elle entendrait le son de sa voix. Puis il fit un clin d'œil à Thomas et s'adressa bruyamment aux clients suivants.

Chapitre quatrième

Au cours duquel on aurait envie de mettre les voiles

Fin juin 2004

On naviguait au grand largue. François était à la barre. Le ciel était bleu sans trace du moindre nuage. Le vent était établi force 4-5 régulier sur l'échelle de Beaufort et la météo s'annonçait excellente pour les quarante-huit heures à venir. Le spi gonflé fièrement faisait avancer le bateau à bonne allure. Le Cologny filait majestueusement à plus de 15 nœuds. Depuis le départ de Marseille, François avait dû affronter plusieurs coups de mer. Il avait même fait escale au sud de Barcelone après avoir endommagé la quille du voilier. Il était reparti deux jours plus tard, la réparation effectuée dans de bonnes conditions. François aimait naviguer et, depuis plusieurs années, il convoyait des voiliers, généralement de Méditerranée jusqu'aux Caraïbes. Selon les propriétaires et la taille du bateau, une partie du convoyage se faisait par la route pour rejoindre un port de l'Atlantique mais, le plus souvent, il fallait naviguer autour de la péninsule ibérique afin de rejoindre l'océan. Pour ce voyage, il barrait un superbe monocoque de douze mètres. L'accastillage était en parfait état. Le bateau sortait d'une révision complète aux Ateliers de la Seyne-sur-Mer. Le propriétaire était un industriel marseillais bientôt à la retraite. Il avait décidé de la passer en partie sur l'île d'Yeu et en partie aux Caraïbes où il voulait que son voilier soit convoyé. François ferait donc escale quelques jours à l'île d'Yeu avant de repartir.

À Marseille, François avait embarqué quatre personnes en plus d'Irène, sa compagne : David et Vincent, deux amis d'Irène, et Patricia et Karin, que François avait invitées sur recommandation d'un ami. Habituellement, il n'aimait pas embarquer des passagers qu'il ne connaissait pas bien. Les convoyages n'étaient pas forcément des vacances et les conditions pas toujours faciles. La suite lui avait donné raison. L'ambiance n'était pas bonne. François s'était disputé avec Irène lors du premier coup de mer en Espagne, au large du Golfe des Roses, juste avant que la quille ne cède ce qui avait fait hurler François puisque le bateau sortait de révision. La mer était très grosse et les rafales de vent atteignaient force 8. La tension était vive sur le bateau et François se démenait pour garder le cap et le bateau en état. Les quatre invités vomissaient et râlaient au fond des cabines. Irène était sur le pont avec lui. Manquant de bras pour tenir le bateau, François lui avait demandé d'aller chercher David et Vincent. Elle connaissait bien ces deux garçons, mais le contact initial avec François n'avait pas été bon. Vincent et David n'avaient jamais navigué et pensaient arriver là comme sur un bateau de croisière, avec du personnel à bord. Quant à Patricia, on ne l'avait pratiquement pas vue depuis le départ. Ne cherchant pas la compagnie, elle s'installait sur le pont pour bronzer quand le temps était calme et se terrait dans sa cabine au moindre coup de vent. Lorsque François avait expliqué comment border ou affaler la grand-voile ou encore préparer le spi avant de l'envoyer, seule Karin s'était montrée intéressée et avait fait preuve de bonne volonté pour apprendre les rudiments des manœuvres à effectuer à bord. Elle était la plus zélée de tous les coéquipiers. Les deux garçons avaient abandonné la leçon en plein milieu, sans autre forme de procès. Le ton était monté et François avait menacé de les débarquer, quelques heures seulement après le départ. Irène était intervenue. François avait accepté de les garder à bord à condition que David et Vincent s'acquittent d'un minimum de tâches. Quant à Patricia, elle n'était pas sortie de sa cabine et François avait abandonné toute velléité de l'initier aux rudiments de la voile. Autant apprendre à un chat à marcher en groupe. On en était resté là, mais le climat général sur le bateau était pour le moins morose. Lorsque la météo s'était dégradée et qu'ils avaient dû faire face à un « gros coup de tabac », François avait donné l'ordre d'affaler les voiles. Il n'avait aucune visibilité et un orage déversait sur eux un déluge d'eau dans un tumulte d'apocalypse. Si François avait eu loisir d'admirer l'horizon, il aurait vu les éclairs zébrer un ciel noir comme de l'encre jusqu'à la surface de l'eau blanche d'écume. La mer se creusait de plusieurs mètres et le voilier escaladait la vague, proue au zénith, puis plongeait brutalement dans un fracas terrifiant, laissant croire que le bateau allait se rompre. François avait l'habitude de traverser ce genre d'intempéries, surtout en Méditerranée, où les orages étaient soudains, imprévisibles et pas toujours annoncés par les bulletins météo. Dans ce véritable enfer, la majorité de ses ordres se perdaient au milieu des grondements du tonnerre ou des rugissements de la mer qui venaient cogner la coque du bateau. David et Vincent, malades et totalement inexpérimentés, ne comprenaient rien ou presque aux ordres de François qui allait et venait sur le pont pour parer au plus pressé. Sans doute pris par la peur et la frustration de constater qu'il n'était pas aidé, François les avait insultés pendant une partie de la tempête. Ils étaient donc redescendus dans leur cabine, encore plus malades. François s'était retrouvé à nouveau avec Irène et Karin. Furieux, il avait déversé sa rage sur sa compagne, qui se démenait sans compter pour le seconder. Il fallait affaler et rouler la grand-voile pour éviter qu'elle ne se déchire. Irène suait à grosses gouttes mais n'allait pas assez vite aux yeux de François, qui continuait à l'invectiver malgré ses efforts. Il ignorait totalement Karin, qui était assez vexée d'être prise pour quantité négligeable alors qu'elle avait l'impression de faire de son mieux et même au-delà. Le bateau se coucha une première fois et se redressa miraculeusement mais une deuxième lame le fit se coucher de l'autre côté dans un bruit qui ne laissa aucun doute à François. Une partie de la quille avait cédé. Le voilier s'immobilisa sur son côté bâbord pendant de longues minutes. Irène, Karin et François écopaient pour limiter les entrées d'eau sur le pont. Un deuxième miracle se produisit. À la faveur d'une forte rafale et d'une grosse vague qui prit le bateau par-dessous, celui-ci se redressa lentement et se mit à la gîte à cause de la quille endommagée. L'eau ne traversait plus le pont et la situation, bien que précaire, redevint acceptable. Le vent mollit et les creux de vague se firent moins profonds. Lorsque la tempête fut derrière eux, François mit le moteur en marche et se dirigea vers le premier port de la côte catalane. Les passagers refirent surface les uns après les autres, pâles et frissonnants comme s'ils venaient de voir un film d'horreur. L'orage s'était tu. Le vent était tombé et une petite pluie fine et chaude venait caresser leurs visages. C'était une sensation très douce et bienvenue. Personne ne disait mot. Les malades n'en étaient pas capables. Irène était encore verte de rage. David et Vincent n'avaient pas accepté la manière dont ils avaient été traités. Karin était retournée dans sa cabine sans mot dire, ayant attendu en vain un remerciement de François, alors qu'elle s'était bien battue, à la mesure de ses connaissances, jusque-là quasi nulles dans le domaine de la navigation. François prenait l'air affairé et évitait soigneusement les regards de chacun, y compris celui d'Irène. Pendant les deux jours de réparation à terre, François et Irène eurent une violente explication. Irène reprochait à François son intolérance à l'égard des amis qu'elle avait amenés. François traitait lesdits amis de fainéants, petits bourgeois, nouveaux riches ou encore parvenus. Irène avait menacé de quitter le voyage. François l'avait retenue. Mais le cœur n'y était plus. On en était là lorsque, le beau temps revenu, on put faire le tour de la côte espagnole orientale puis franchir sans encombre Gibraltar et longer la côte portugaise. L'escale initialement prévue à Gibraltar avait été annulée en raison du retard occasionné par la réparation de la quille. Ils s'étaient arrêtés à La Corogne et François avait prévu de faire une halte à Saint-Jean-de-Luz avant de remonter le Golfe de Gascogne. Il ferait sans doute encore escale à la Rochelle avant de rejoindre l'île d'Yeu.

Chapitre cinquième

Au cours duquel on se dit jamais deux sans trois

Lundi 5 juillet 2004, fin d'après-midi

Victor entra dans la pièce qui était déjà occupée par une quinzaine de personnes. L'Empereur et Le Pire n'étaient pas encore là. Certains étaient debout une bière à la main, les autres parlaient à voix basse. C'était la deuxième fois que Victor venait dans ce local. Et la première fois qu'il se retrouvait seul sans L'Empereur. On ne lui demanda rien. Victor posa le sac de tracts dans un coin de la pièce. Il s'assit non loin de là et attendit; il avait dix minutes d'avance. Sur les murs, il y avait de nombreuses images invitant les Français à expulser les étrangers et à rebâtir une France pure. De vieilles affiches de soldats de la Wehrmacht complétaient l'ensemble avec quelques portraits de leaders politiques que

Victor ne connaissait pas, bien qu'il les ait vus souvent sur des affiches mais il n'osait jamais demander qui étaient ces personnages car il avait toujours peur qu'on se moque de lui. Il n'y avait que des hommes, tous assez jeunes, un peu de son âge, pensa-t-il. L'Empereur était certainement beaucoup plus vieux que tous ceux qui étaient là. Victor se sentait assez gêné car il n'avait pas la tenue qui était manifestement de rigueur ici. Blouson en cuir, chaussures en cuir, et moins d'un centimètre de cheveux sur le crâne. Victor aurait aimé s'habiller ainsi mais il ne savait pas comment faire avec ses parents qui ignoraient tout de ses nouvelles activités politiques. Ses parents étaient plutôt de gauche alors le jour où il leur annoncerait qu'il militait chez les Identitaires, il se doutait bien que ça ne passerait pas comme une lettre à la poste. Le Pire suivi de l'Empereur entrèrent ensemble et firent un petit signe de la tête à Victor qui se sentit mieux. Le Pire s'installa près de Victor, il avait une mine de comploteur qui sait des choses mais ne veut rien dire. L'Empereur s'assit face à tout le monde au bout d'une grande table qui tenait une bonne partie de l'espace. Le silence se fit aussitôt. Tout le monde se mit debout et leva la main à l'horizontal en claquant des talons. Le mouvement d'ensemble impressionna Victor. L'Empereur prit la parole.

— Bonsoir, le chef ne sera pas là, il est retenu, commença-t-il. J'ai des nouvelles pour vous. Il m'a dit de vous tenir au courant. Notre projet avance. On sera bientôt prêt. Nous les Identitaires, on mettra un sacré coup de pied au cul à cette République de pourris et de minables. On va leur montrer qu'ils doivent faire attention à eux et défendre les intérêts de la France et pas ceux des étrangers ou des Juifs.

La salle applaudit bruyamment. Certains tapèrent du pied ou sifflèrent. L'Empereur dut appeler au calme. Il reprit :

— Ce gouvernement a choisi le parti de l'étranger et de la juiverie. Les ministres sont des traîtres. Ce ne sont pas des patriotes. Ils sont vendus à Israël et aux Américains. Ils n'en ont rien à foutre de la France. Notre combat est juste. Nous devons faire connaître nos idées dans tous les milieux. De votre côté, tractez, provoquez, emmerdez les blacks et les ratons autant que vous pouvez. Faites leur peur, qu'ils aient envie de rentrer chez eux. Comme nous le rappellent nos glorieux aînés : « La France tu l'aimes ou tu la quittes. »

À nouveau, la salle se manifesta bruyamment. L'Empereur aimait parler et surtout qu'on l'écoute. Victor buvait ses paroles. Il admirait l'Empereur qui harangua ainsi ses troupes pendant presque une heure. Puis la salle posa quelques questions. L'Empereur fit savoir qu'il n'avait pas encore terminé :

— Je n'ai pas fini. Il y a encore une chose. Nous allons laver la honte d'un homme, d'une famille et de la France. Nous partirons pour faire la justice puisque ce gouvernement de métèques et de bâtards n'a pas les couilles de le faire. Quand nous nous retrouverons ici bientôt, vous serez fiers d'appartenir à notre groupe, celui qui fait ce qu'il dit.

L'Empereur demanda à Victor de déposer les tracts sur la table et invita chacun à les prendre pour les distribuer. Il poursuivit :

— Le combat est difficile parce que personne ne nous comprend ou plutôt parce que les gens ont peur et font semblant de ne pas comprendre. Ils ont peur de dire ce qu'il se passe. Je crois qu'ils ont peur d'eux-mêmes avant tout. Ils savent qu'ils ne sont plus chez eux mais ils n'osent pas le dire. Moi je n'ai pas peur de le dire. Vous aussi, osez le dire. La France appartient aux Français ! Merci, j'ai terminé.

De nouveaux applaudissements ponctuèrent cette ultime diatribe de L'Empereur. Puis, toute la salle se leva et salua avec le bras en claquant les talons. La plupart allèrent ensuite au fond de la pièce où étaient stockées les bières. L'Empereur s'approcha de Victor et Rachid :

— C'est bien les gars, rentrez chez vous. Moi je rentre chez moi. On se retrouve demain au bar de l'Escale. À dix heures..

Victor et Rachid emboîtèrent le pas de L'Empereur et chacun prit le chemin de sa maison.

Mardi 6 juillet 2004

Le bar de l'Escale était quasiment vide. Victor arriva le premier. Il commanda un café et attendit ses amis. Le Pire arriva vers dix heures dix. Il annonça à Victor que L'Empereur serait en retard. Une affaire urgente à régler. Rachid remarqua immédiatement la mine fatiguée de Victor.

— Qu'est-ce qui t'arrive Le Der ? T'as mal dormi ? T'as carrément une tête de déterré. C'est Suzanne qui te met dans cet état ?

Le Pire adorait ce genre de sous-entendus dont il abusait inlassablement. Victor esquissa un sourire gêné.

— Vas-y, raconte, insista Le Pire. Elle t'a quitté pour un autre ?

— Oh tu sais, Suzanne, je crois qu'elle se fout bien de moi. Elle m'a envoyé un texto hier soir mais je n'y ai rien compris.

Victor prit le parti de ne rien dire de plus.

En fait, il n'avait pas grande confiance dans les capacités d'analyse psychologique de Rachid.

Même s'il avait de l'amitié pour ce « grand frère », il connaissait les limites du personnage et avait réalisé assez vite pourquoi L'Empereur l'avait baptisé Le Pire.

— Te fais pas trop de bile Le Der, continua Le Pire, Suzanne, je la connais depuis longtemps. Elle est très collante au début et puis elle change facilement de wagon. Tu vois ce que je veux dire. De toutes façons, Suzanne, elle est comme toutes les meufs, elles t'excitent à donf puis quand t'as le pantalon sur les genoux, elles se tirent. Crois-moi, Victor, laisse béton. Suzanne, elle est comme les autres.

— Mais pourquoi elle répond pas quand je l'appelle ? T'as une explication à tout ça toi, Le Pire ?

Rachid dut admettre qu'il n'en avait pas mais réconforta Victor comme il le put, en lui conseillant de parler de la situation à L'Empereur lorsqu'il arriverait.

Victor ne savait pas quoi penser, il se demandait si quelque chose de grave était arrivé à Suzanne. Mais quoi ? Il n'en avait pas la moindre idée. Le Pire n'avait aucune hypothèse à formuler. Et, même si Suzanne ne valait pas mieux que les autres meufs à ses yeux, il voyait bien que Victor était contrarié. Ils en étaient là de leurs réflexions lorsque L'Empereur entra dans le bar.

— Allez les morveux, on s'extrait au plus vite, commanda-t-il, sans dire bonjour à personne.

Victor et Rachid se levèrent en même temps, sans demander d'explications. L'un et l'autre sentaient que ce n'était pas le moment de poser des questions. Ils marchèrent plusieurs minutes derrière L'Empereur qui imposait un rythme d'enfer. Arrivés à la gare de Lyon, ils continuèrent jusqu'à la Salle des Pas Perdus. L'Empereur maintenait son allure soutenue. Les deux autres suivaient à quelques mètres. Personne ne parlait. L'Empereur bifurqua et s'engouffra dans la bouche de métro. Il s'arrêta en bas des escaliers et attendit que Rachid et Victor soient suffisamment proches pour leur chuchoter :

— On va voir un type que je ne connais pas mais qu'on m'a recommandé. C'est un employé de la RATP. Je suis venu repérer les lieux avant de vous rejoindre à l'Escale. Vous ne posez pas de questions et vous me laissez faire.

L'Empereur reprit son chemin. Il suivit la direction Château de Vincennes et, juste avant de déboucher sur le quai, tourna sur sa gauche dans un petit renfoncement de la paroi. Il y avait là une porte en métal gris sur laquelle une inscription aux lettres incertaines signalait « *Interdit à toute personne étrangère au service* ». L'Empereur frappa trois coups discrets et la porte s'ouvrit immédiatement. Ils pénétrèrent dans une pièce étroite, encombrée de piles de papiers et de cartons de toutes tailles. Un néon central éclairait l'ensemble d'une lumière crue. L'homme qui les accueillit était seul. Dans la quarantaine, les tempes légèrement argentées, un ventre imposant et un visage rubicond trahissaient un penchant pour la bonne chère et la dive bouteille. Sa barbe fournie et son large sourire lorsqu'il accueillit le trio lui donnaient l'air sympathique et avenant. Il fit asseoir tout le monde autour d'une petite table qui occupait le centre de la pièce. Sans plus attendre, L'Empereur engagea la conversation :

— Je viens de la part de notre chef. Il m'a dit que tu pouvais nous aider.

L'homme sembla surpris par le tutoiement et sans doute également par une entrée en matière aussi directe. Pour se donner du temps, il fouilla dans la poche de sa veste de travail et en sortit un paquet de cigarettes. Il en offrit à chacun mais tout le monde refusa. Victor en aurait bien pris une pour se détendre un peu mais il n'osa pas, craignant d'indisposer L'Empereur. Après avoir allumé sa cigarette et remis le paquet dans sa poche, l'homme fixa L'Empereur dans les yeux et reprit :

— Je connais quelqu'un là-bas qui a les mêmes vues que nous en politique. Il y a longtemps que je n'ai pas eu de ses nouvelles mais c'est une personne sûre. Quand projetez-vous d'opérer ?

— Avant la mi-juillet, répondit aussitôt L'Empereur. Ensuite, les conditions changeront et seront moins favorables pour nous. On n'a malheureusement plus beaucoup de temps pour boucler les préparatifs. Mais on sera prêts.

— Je vais contacter la personne en question et je te tiendrai au courant.

— Quand penses-tu pouvoir faire ça ?

— Demain au plus tard.

— C'est parfait, ajouta L'Empereur en se redressant, signifiant ainsi que la conversation était finie.

Victor et Rachid se levèrent à nouveau dans le même mouvement, ce qui fit sourire l'employé de la RATP. L'Empereur déclina pour l'ensemble du groupe son invitation à boire un verre. Alors qu'ils s'apprêtaient à repartir par le même chemin, l'homme leur montra une autre porte.

— C'est plus court pour atteindre la sortie et plus discret aussi.

Ils se retrouvèrent rapidement sur le Boulevard Diderot, au coin de la rue Michel Chasles. La pluie tombait à nouveau et le trio se réfugia dans un bar du trottoir d'en face.

Victor et Rachid n'osaient pas prendre la parole. Ils n'avaient rien compris à la conversation avec l'employé de la RATP, même s'ils avaient été impressionnés par la manière très sûre et efficace avec laquelle L'Empereur l'avait menée. Ils attendaient tous les deux que leur chef leur parle, mais celui-ci ne semblait pas pressé. Il partit téléphoner dès que le garçon eut pris la commande.

— Dis donc Le Pire, commença Victor, profitant de l'absence de L'Empereur, qu'est-ce que tu crois qu'il est en train de monter l'Empereur ?

— J'aimerais bien le savoir, répondit Rachid, qui détestait ne pas savoir ce que leur chef préparait. À mon avis, c'est du lourd. Il y a quelques mois, L'Empereur m'a fait comprendre qu'il était sur une affaire qu'on lirait dans les journaux. Pas un truc comme on fait d'habitude. Mais il n'en a jamais reparlé, alors je me suis dit que cela avait dû tomber à l'eau.

L'Empereur revint tout souriant et s'assit lestement à côté d'eux. Il semblait soulagé.

— Qu'est–ce que vous trafiquez en mon absence les deux Dupond ? Vous avez des vraies têtes de comploteurs, persifla-t-il.

— Je crois que Le Der aimerait te dire quelque chose, se risqua Rachid.

— Dis donc le Der, tu fais faire tes courses par Le Pire maintenant ? Je te fais peur à ce point ? reprit L'Empereur.

— C'est-à-dire, se risqua Victor, c'est lui qui m'a conseillé de t'en parler.

— Vas-y, je t'écoute mon grand. Tu sais que tu peux tout dire à L'Empereur.

Victor se sentit rougir. Il regardait fixement le fond de sa tasse de café pendant qu'il tournait nerveusement sa petite cuiller dans ses doigts. Jugeant l'affaire sérieuse, il se résolut à tout révéler à L'Empereur, y compris ce qu'il n'avait pas encore dit à Rachid.

— Voilà, commença-t-il, je suis en souci pour Suzanne. Je n'ai plus de nouvelles depuis hier soir. Et, en plus, j'ai reçu ce message sur mon portable.

En même temps qu'il racontait son histoire, Victor sortit son téléphone, tapota quelques touches et présenta l'écran à l'Empereur qui se pencha pour lire le message. L'Empereur lui expliqua que Suzanne avait peut-être voulu prendre un peu d'air, qu'elle faisait souvent ainsi et qu'elle donnerait sûrement bientôt signe de vie ; il en était certain. Ne sachant trop quoi dire de plus, il proposa de se séparer, à chacun de se tenir prêt pour l'action et surtout de ne poser aucune question.

Mercredi 7 juillet 2004

Les affaires étaient allées vite. Dès le lendemain de la visite chez l'employé de la RATP, Victor, Rachid et L'Empereur avaient pris le train en direction de Lyon. L'Empereur n'avait rien dit des raisons de ce déplacement, selon les désirs du chef. Il leur avait demandé de prendre des affaires pour trois jours. Bien sûr, personne de leur entourage ne devait être au courant de ce voyage. Victor ne comprenait pas grand-chose à tout cela, mais il avait confiance en ses deux compagnons et se laissait porter. Son portable vibra. Il venait de recevoir un message. C'était Suzanne ! Il en prit connaissance et se sentit soulagé. Elle était en vie. C'était le principal. Elle allait très bien et confirmait qu'elle ne voulait pas qu'il l'appelle pour le moment. Elle lui expliquerait plus tard, elle vivait un moment compliqué. Victor vérifia le numéro. Pas de doute, c'était bien celui de Suzanne. Il eut envie d'embrasser ses deux amis, mais il se ravisa. Au fond, L'Empereur et Le Pire n'en avaient rien à faire de ses histoires de fille.

— C'est qui ? demanda Le Pire. Avec un sourire pareil, c'est ta nouvelle fiancée ?

— C'est ma mère, mentit Victor. Elle me souhaite de bonnes vacances. Elle croit que je pars en camping sur la Côte d'Azur.

Ils restèrent un long moment sans s'adresser la parole. L'Empereur avait le nez dans son téléphone, Le Pire regardait par la fenêtre et Le Der somnolait.

Le Pire brisa le silence et s'adressa à L'Empereur :

— Qu'est-ce qu'on fout L'Empereur ? C'est quoi tes plans à la fin ? On va casser la gueule à qui ?

— Tais-toi Le Pire, coupa L'Empereur. Il y a plein de monde dans ce train. Tu veux qu'on se fasse repérer ? Je vous dirai ce qu'on va faire quand ce sera le moment. D'ici là, dors un peu et fous-moi la paix, tu auras besoin d'être en forme pour les prochains jours.

Le Pire commençait à s'impatienter. Ils étaient retournés Gare de Lyon revoir l'employé de la RATP qui leur avait fourni les coordonnées d'un certain Christophe. Seul l'Empereur avait vu le papier sur lequel étaient notés les renseignements. Le Pire avait essayé d'en savoir un peu plus en questionnant L'Empereur mais celui-ci était resté intraitable. Le Pire en avait pris ombrage, car il estimait que son ancienneté lui donnait quelques prérogatives. Or, sur cette affaire-là, L'Empereur le traitait comme Le Der et il n'aimait pas cela. Pas du tout. Le silence se réinstalla. Victor regarda encore une fois le message de Suzanne et sentit le sommeil l'envahir. C'est Le Pire qui le réveilla.

— Debout sale fainéant de gaucho ! On change de train. Dépêche-toi, on n'a que huit minutes pour trouver notre wagon.

Victor fut brutalement arraché à ses rêves. Il était avec Suzanne dans une voiture de sport et elle roulait vite.

— Allez, réveille-toi, reprit L'Empereur. J'ai besoin d'hommes en forme.

Victor s'étira, prit son sac et suivit les deux autres, sans même regarder où allait le train dans lequel il montait. Il se rendormit presque aussitôt. L'Empereur indiqua par un petit signe à Le Pire de se lever et de se diriger vers l'extrémité du wagon, où il n'y avait quasiment personne.

— Écoute-moi Le Pire, chuchota-t-il. J'ai besoin de toi. Je vais t'expliquer nos plans, mais garde ça pour toi.

Jeudi 8 juillet 2004

L'Empereur avait conduit toute la nuit. Le Pire et Le Der avaient dormi sur le siège à côté de lui. Le fourgon qu'ils étaient allés chercher dans un garage près de Lons-le-Saunier n'était pas de première jeunesse. Les vitesses craquaient à chaque passage et le bruit du moteur empêchait toute conversation. L'Empereur avait mis la radio dès le départ et avait écouté « Nostalgie » sans discontinuer. Il avait poussé le volume à fond et, lorsqu'il connaissait la chanson, il en hurlait les paroles à s'en faire éclater les cordes vocales. À l'intérieur du véhicule régnait une ambiance de Zénith pendant un concert de Johnny. Ce vacarme n'avait pas empêché Le Pire et le Der de dormir durant tout le trajet. Le Der rêvait d'ébats torrides avec Suzanne tandis que le Pire rattrapait ses nuits sans sommeil. Vers Vierzon, L'Empereur avait fait une halte pour mettre de l'essence et boire un café. Depuis cet arrêt, ils avaient roulé sans interruption vers une destination que Le Der ignorait mais cela lui importait peu depuis que Suzanne s'était manifestée à deux reprises par texto.

CHAPITRE SIXIÈME
Au cours duquel la Police ne court pas toujours

Mercredi 7 juillet 2004

Pour Lissie, ce voyage était une première. Originaire d'Alsace, ayant fait ses études de Sciences Politiques à Paris et suivi le cursus de l'école des Commissaires de Police, elle occupait son premier poste officiel dans la police nantaise après une année de stage à Besançon. C'est là qu'elle avait fait la connaissance de Thomas, médecin qu'elle avait rencontré lors d'une soirée chez des amis communs. Thomas était un amoureux de l'île d'Yeu.

Petit, ses parents l'y avaient envoyé en colonie de vacances pour respirer les embruns de l'océan. On redoutait plus que tout en Franche-Comté la carence en iode, car la région était très éloignée de tout rivage maritime. L'évêché de Saint-Claude, dans le Jura, avait alors décidé d'acheter un lieu pour que les enfants puissent y séjourner pendant l'été. Une ancienne conserverie de sardines avait été transformée en un centre de vacances plutôt spartiate. C'était au milieu des années cinquante. L'immobilier islais n'avait pas encore atteint les sommets qu'il connaîtrait plus tard.

Thomas lui avait tellement parlé de l'île d'Yeu qu'elle avait fini par accepter son invitation de l'y rejoindre pour une semaine. Thomas se destinait à la médecine générale et allait depuis plusieurs années seconder un médecin de l'île qui avait besoin d'aide pendant la période estivale. Si cinq mille âmes vivaient sur l'île en temps ordinaire, c'est plus de trente mille qui, en juillet et août, se bousculaient à la boulangerie, sur le port, dans les commerces ou les locations de vélo. Thomas lui avait dit qu'il séjournait, avec d'autres amis, dans une superbe villa sur la Côte Sablonneuse.

— Tu verras, lui avait-il annoncé, cette villa au bord de l'eau, tu ne peux même pas l'imaginer en rêve.

Lissie, fille d'un couple de commerçants en textile, n'avait aucune peine à imaginer que la surprise serait totale.

Elle avait donc rejoint Thomas. Bien qu'ils se soient régulièrement vus pendant l'année qu'elle avait passée en Franche-Comté, leur relation était restée très platonique. Lissie aimait la compagnie de Thomas. C'était réciproque. Ils avaient passé beaucoup de temps ensemble. Ils n'étaient pas allés très loin sur le plan de l'intimité. Thomas terminait une histoire qui lui avait laissé des bleus à l'âme. Lissie n'avait jamais eu de relation très longue. Absorbée par ses études, elle avait beaucoup de mal à sortir de ses livres pour se joindre à un groupe. Elle avait un solide réseau d'amis mais elle gardait un espace privé dont elle pensait avoir grand besoin. Avec Thomas, c'était différent. Il la faisait beaucoup rire. Il était toujours partant pour sortir, faire du sport ou simplement prendre un verre en ville. Et Thomas se sentait en sécurité avec Lissie car, peu enclin à s'engager dans une nouvelle histoire amoureuse, il percevait cette jeune femme brillante comme suffisamment réservée pour respecter cette nécessaire période de cicatrisation affective. Il lui avait fait découvrir la Franche-Comté, qu'il aimait et où il avait vécu son enfance, son adolescence et sa jeune vie d'adulte. Thomas était grand, encore plus grand que Lissie. Il avait la peau mate et des yeux très noirs qui pouvaient faire penser que, de l'époque où la Franche-Comté était sous l'administration de Charles Quint, il portait peut-être un peu de sang d'un ascendant espagnol ; mais Thomas avait soin de rappeler, chaque fois qu'on faisait allusion à cet hypothétique ancêtre ibérique, que les Francs-Comtois n'avaient en réalité jamais été sous domination espagnole. Ils avaient sillonné ensemble cette région verdoyante et elle avait adoré le temps passé avec lui. Cette année de stage dans la Police n'avait pas été simple pour elle. D'abord, il lui avait fallu se faire accepter par le commissaire principal, qui lui avait dit le jour de son arrivée que les femmes commissaires de Police, c'était encore un « truc » pour laisser croire que tout le monde pouvait tout faire.

— Mais moi, voyez-vous, avait-il ajouté, je ne cherche pas à devenir un spécialiste en broderie.

Cet accueil délicat avait été suivi de remarques vexantes, à tel point que Lissie avait fermement demandé à son Patron de cesser ses éternels quolibets sexistes, faute de quoi elle en rendrait compte à son responsable de l'École de Police. Cette mise au point lui avait permis de passer le reste de l'année à l'abri de ces remarques grossières. L'intérêt de Lissie pour la Police était assez récent. À Sciences Politiques, elle était devenue amie avec Marie-Laure, fille de famille parisienne, père haut-fonctionnaire au Ministère de l'Intérieur et mère commissaire de Police.

La passion de cette femme avait donné à Lissie l'idée d'aller voir de près comment fonctionnait cet instrument de la République. Elle avait donc passé un concours qu'elle avait réussi sans mal et s'était lancée dans l'aventure.

Lissie poussait son vélo tandis que Thomas se tenait à côté d'elle.

— Bien content de te voir.

— Moi aussi. Ça fait un an et demi, je n'arrive pas à le croire.

— C'est le temps qu'il t'a fallu pour devenir une grande dame de la Police.

— Facile, très cher. Une femme chez les flics, je te jure que ce n'est pas tous les jours la fête.

— Tu sais que la Police, ce n'est pas mon fort, je te l'ai déjà dit.

— Oui, je sais que tu as honte de mon choix. Rappelle-toi que tout antisémite a son bon juif, alors, ne te fais pas de souci, je ne vais pas faire de propagande pour t'engager dans la maison Poulaga.

— Je n'ai pas peur. J'assume comme je peux d'être l'ami d'une femme flic, commissaire qui plus est.

Cette conversation, ils l'avaient déjà eue des centaines de fois. Thomas n'aimait pas les flics. C'était viscéral. Il se demandait encore parfois comment et pourquoi il avait entretenu cette relation avec Lissie. Quand il parlait d'elle, il évitait soigneusement de mentionner son métier, attendant le dernier moment pour préciser ce qu'elle faisait. Il avait dû à plusieurs reprises essuyer des remarques persifleuses de ses amis. Quelquefois même, il ne s'était pas bien défendu et s'en était voulu. Il n'avait jamais parlé de cela à Lissie. Ils étaient maintenant sur le Port. La foule était dense. Un podium dressé pour l'été accueillait une chorale d'enfants. Entre les chants, un animateur s'époumonait dans un micro, haranguant la foule, l'invitant à venir écouter leurs prochains concerts. Thomas apprit à Lissie que c'était un de ses amis, professeur au collège, qui animait les festivités. Il s'engagea dans une ruelle puis ils passèrent devant la pharmacie, grimpèrent encore une rue étroite et s'arrêtèrent peu après.

— Je dois porter une ordonnance à une patiente. Attends-moi là. J'en ai pour trois minutes.

Ils regagnèrent le port et se dirigèrent vers la voiture de Thomas, une vieille 4L fourgonnette comme il y en a tant sur l'île. Thomas empoigna le vélo de Lissie et le fit rentrer tant bien que mal à l'arrière de la voiture. Puis il prit son sac et le jeta sur le siège arrière.

— Monte, ce n'est pas fermé. Navré pour le confort. La climatisation est en panne !

Le skaï des sièges était brûlant. Lissie tira sur sa jupe pour éviter de se brûler les cuisses. Thomas remarqua le manège.

— Dommage de les cacher, elles ont besoin de prendre des couleurs.

— Oui, cela fait longtemps que je ne les ai pas mises au soleil. Tu as raison. J'espère bien profiter de cette semaine ici pour me rattraper.

Ils reprirent la direction de la gare maritime mais continuèrent tout droit au feu. Thomas expliqua à Lissie que la villa était près de la plage de Ker Châlon.

— C'est la plage la plus proche de Port-Joinville.

Thomas roulait lentement. La route était encombrée de vélos, de mobylettes, de scooters, de voitures et de tout ce qui peut rouler. On n'était pas regardant sur l'état des véhicules. La plupart des islais avaient deux voitures. Une vieille abîmée, rouillée par le sable et rongée par le sel, qu'ils utilisaient sur l'île, et une neuve rutilante sur le continent, pour les jours de sortie. Thomas ralentit pour laisser passer une flotte de vélos et mit son clignotant sur la gauche. Il emprunta un étroit chemin de terre sur une centaine de mètres et stoppa devant un imposant portail qui barrait l'horizon. Il sortit de la 4L, se dirigea vers un petit boîtier et tapa un code qui fit ouvrir les battants du portail.

— Rappelle-toi le code, c'est le 1917, dit-il en remontant dans la voiture, je n'ai pas la télécommande.

Thomas avança lentement et contourna la maison par la droite. Lissie fut saisie par la vue qu'elle découvrit. Devant elle, une très jolie villa dans le plus pur style islais, avec une grande terrasse dominant la mer de quelques mètres. En contrebas, des rangées d'oliviers, de palmiers et quelques cactus donnaient à l'ensemble un aspect très exotique.

— Pas mal, n'est-ce pas ? Comment trouves-tu l'endroit ?

Lissie ne répondit pas tout de suite, hypnotisée par la vue. La mer était très bleue, presque comme sur les cartes postales. Devant elle, trois embarcations étaient amarrées à un ponton qui avançait dans la mer. Deux petites barques avec leurs rames respectives et un assez gros bateau à moteur de type « Zodiac » se balançaient au rythme d'un léger clapotis. Thomas ne disait rien. Il se rappelait les premières fois qu'il avait découvert ce paysage. Ces sensations étaient encore bien présentes en lui. Il laissa Lissie les savourer.

— Merci d'être venue. Je suis tellement heureux de te faire partager cela. Il y avait si longtemps que je le voulais. Voilà, maintenant on y est.

— Merci à toi Thomas de me donner cette chance. Je suis subjuguée. Comment as-tu pu trouver cette invraisemblable villa ? Ce n'est quand même pas grâce à tes honoraires que tu peux louer une résidence pareille ? Rassure-moi, sinon je vais regretter de m'être engagée dans la Police.

— Non, hélas, ou tant mieux. Cette maison appartient au père de François, un de mes meilleurs amis. On était ensemble à la Fac de Médecine et on a fait beaucoup de colonies de vacances ici tous les deux, comme moniteurs de voile puis, pour ce qui me concerne, comme infirmier. On est très proches. Son père a fait de grosses affaires dans les travaux publics. Alors, il a trouvé ce terrain et construit ce palais. Ça n'a pas été simple car son père s'est brouillé avec les autorités islaises, c'est une forte tête. Un type qui s'est fait tout seul. Un immigré italien arrivé pieds nus en France et qui a très bien réussi sans faire d'études. En tous cas, François m'a dit que des ouvriers de son père devaient apporter du matériel ces jours-ci. Si ça t'intéresse, François te racontera toute l'histoire. Il aurait dû être là aujourd'hui, mais il n'arrivera finalement que demain avec son bateau. Il vient de Marseille via l'Espagne avec Irène, sa compagne. Ils feront escale à l'île d'Yeu avant de repartir. François est un redoutable marin. Il a fait beaucoup de convoyages pour des propriétaires de voiliers tous plus beaux les uns que les autres. J'ai eu l'occasion d'aller une fois avec lui dans les Caraïbes depuis la Côte d'Azur. Un rêve. François est un très bon ami. Je suis heureux que tu le connaisses. C'est un vrai chic type, même s'il est en bisbille avec son père, parce qu'il a pris des options politiques qui ne plaisent pas aux orientations paternelles. Cette année, son père est parti en Californie chez la sœur de François, qui vient d'accoucher. C'est pour cela qu'on a la maison pour nous. Ils viendront peut-être, mais ce n'est pas certain. Tu verras, on aura assez de place. Il y a neuf chambres !

— En tous cas, quelles que soient les opinions politiques du père, il a bon goût le patriarche. Je croyais que cela n'existait que dans les magazines des petits paradis comme celui-là. Décidément, tu as bien fait de m'inviter.

— Que veux-tu faire maintenant ? Moi je dois repasser au cabinet prendre ma mallette, car je commence demain matin par des visites à domicile. Ensuite, ma soirée sera libre.

— Je vais apprivoiser les lieux en t'attendant puis je serai à ta disposition quand tu reviendras.

— Alors, à tout à l'heure.

Thomas sortit rapidement et Lissie se retrouva seule dans cette grande propriété. Elle fit quelques pas, descendit le petit escalier qui conduisait à la plage, enleva ses chaussures et marcha dans l'eau. La température fraîche la saisit. Elle s'arrêta brusquement et attendit que son corps s'habituât à cette sensation inattendue. Elle laissait ses pensées se perdre lorsqu'elle eut l'impression que quelqu'un était derrière elle. Elle chercha mais ne vit rien, ni personne. Elle retourna sur ses pas et découvrit un chat qui dormait dans un fauteuil. Sans doute était-ce lui qui avait bougé. Thomas lui avait indiqué avant de partir qu'elle avait le choix parmi les six chambres du premier étage ! Elle inspecta les lieux. Toutes les chambres avaient leur propre style mais toutes étaient déclinées sur le thème de la mer, des poissons, de la pêche. La décoration était digne des magazines qui vantent les intérieurs de villas improbables à des lecteurs qui continuent malgré tout d'acheter leur part de rêve dans ce genre de revues. Lissie choisit une chambre à l'ouest, d'où elle pourrait apprécier le soleil couchant. Elle s'installa, s'allongea sur le lit et s'endormit.

Chapitre septième

Au cours duquel le lecteur navigue à vue

Jeudi 1er juillet 2004

Le port de Saint-Jean-de-Luz était en vue. L'ambiance était un peu meilleure sur le bateau. Le soleil de ces deux derniers jours avait aussi apaisé les esprits. Par beau temps et quand le vent est bien établi, l'allure est toujours plus facile à tenir et il y avait de ce fait moins de travail sur le bateau. François était redevenu plus calme et les tensions avec Irène s'étaient nettement amoindries. Irène était même venue passer du temps avec lui pendant qu'il barrait au large de la côte basque espagnole. François avait fini par s'excuser de sa mauvaise humeur. Irène en avait ri et elle l'avait pris dans ses bras en lui disant qu'elle était fière de connaître un marin aussi sûr, aussi sexy et ayant aussi mauvais caractère. Le soir approchait et l'entrée dans le port fut superbe. De nombreux bateaux rentraient en cette fin de journée. François fit affaler les voiles et mit le moteur en route. Il aimait les entrées de port à la voile mais, ici, il préférait assurer. Il avança prudemment et glissa lentement jusqu'aux anneaux laissés aux bateaux qui ne veulent s'arrêter que quelques heures. La manœuvre se fit sans encombre. François gagna le quai et appela Thomas qui ne répondit pas. Il lui laissa un message lui disant qu'il pensait arriver le 7 juillet à l'île d'Yeu, où il mouillerait au large du port de la Meule. Cela fait, il retourna sur le bateau et invita les occupants à utiliser les douches et toutes les commodités de la Marina. On repartirait le lendemain. Irène se joignit à François et prit congé des quatre autres, pas mécontents de mettre un pied sur la terre ferme. François avait retrouvé sa légèreté habituelle. Les sanitaires offerts aux plaisanciers de passage étaient de très belle qualité. Vastes, propres et manifestement tout neufs. Lorsqu'Irène et François se retrouvèrent seuls, le jet brûlant de la douche leur donna envie l'un de l'autre. Irène, souvent la plus entreprenante, se rapprocha de François et lui caressa le torse. François n'était pas très grand mais il avait un joli corps bien musclé « juste comme il faut » lui disait souvent Irène. De peau plutôt claire et les yeux d'un bleu très vif, le soleil lui faisait un teint hâlé qui donnait à son regard une profondeur sensuelle. Irène ne s'y était pas trompée. Collée contre lui, elle sentait le désir monter en elle tandis que François, la tête rejetée en arrière pour profiter du jet de la douche, était immobile. Elle s'agenouilla devant lui et enveloppa son sexe de ses lèvres. Ces caresses réveillèrent François, dont l'ardeur se fit démonstrative. Puis ils prirent soin l'un de l'autre, comme ils aimaient le faire ensemble.

Chapitre huitième

Au cours duquel le maquereau et les vieilles flottent en eaux troubles

Mercredi 7 juillet 2004

Le bruit de la voiture de Thomas réveilla Lissie. Il faisait encore jour, mais la lumière déclinait. Elle descendit à la cuisine. Thomas avait l'air très joyeux. Il tenait un grand sac de provisions qu'il posa sur la table. Lissie, encore endormie, le regardait avec amusement.

— J'ai une idée pour ce soir. On va aller à la plage sur la Côte Sauvage. On fera griller quelques maquereaux que je viens d'acheter. Si on part maintenant, on a le temps de se baigner avant la nuit.

— Bonne idée, j'ai très envie de voir la mer de près.

Thomas prépara rapidement quelques affaires. Il sortit un vélo du garage et annonça à Lissie qu'il était prêt. Ils roulèrent jusqu'au village de Saint-Sauveur, qu'ils atteignirent après une montée aussi courte que sévère. Lissie soufflait fort. Thomas s'en amusa. Elle ne releva pas le sarcasme, trop concentrée à pédaler et à garder son équilibre sur ces chemins défoncés. La deuxième partie du trajet fut plus facile. Thomas tournait à droite, puis à gauche et encore à droite, en serpentant dans la bruyère. Il se dirigeait au milieu de ces chemins comme s'il avait toujours vécu sur l'île, pensa Lissie. La végétation ne dépassait pas un mètre de hauteur. Tous les arbres avaient la même courbure, rappelant la direction des vents dominants. Quelques genêts retardataires étaient encore en fleur. C'était magique. Lissie regrettait d'être trop absorbée à conduire son vélo pour pouvoir apprécier le paysage à sa juste mesure. Ils traversèrent une petite route goudronnée et empruntèrent un nouveau chemin creux. Une brève montée et le sentier domina les alentours. Ils firent face à la mer. Lissie descendit de son vélo et s'arrêta pour jouir de cet incroyable spectacle. Elle en avait presque les larmes aux yeux. Thomas s'était approché d'elle. Il mit son bras autour de ses épaules. Il ne lui dit rien. Lissie tourna son visage vers lui et lui sourit. Elle esquissa un merci à peine audible. Ils continuèrent quelques mètres et arrivèrent audessus d'une petite plage dite des Tchinettes. Ils posèrent leurs vélos et empruntèrent le sentier qui y descendait. Il y avait là encore un peu de monde, une dizaine de personnes tout au plus. Un groupe d'adolescents commentait la soirée de la veille, manifestement très arrosée, et une famille avec deux jeunes enfants profitait des derniers rayons du soleil. Thomas s'installa sans hésiter devant deux petits rochers qui feraient office de dossiers pour le repas. Il se déshabilla et attendit que Lissie soit prête. L'eau était froide. Très froide selon elle. Après d'infinies précautions, elle y entra et nagea en direction de Thomas qui était déjà quelques dizaines de mètres plus au large.

— Suis-moi, je vais te montrer les Vieilles

— Les Vieilles ? Ça se visite ?!

Elle le suivit pendant plusieurs minutes. Ils nageaient vers le large en direction du soleil. Soudain, Thomas se retourna vers Lissie et lui dit de faire de même.

— Regarde les Vieilles, comme elles sont belles à cette heure-là !

Lissie se retourna et vit une très grande et jolie plage embrasée par le soleil couchant.

— Je ne sais pas si je vais retourner à Nantes, Thomas. Arrête avec toutes ces belles choses, ou je vais venir m'installer ici… Pourquoi me dis-tu de regarder les Vieilles ?

— C'est le nom de la plage. On y pêche des vieilles, c'est un poisson diversement apprécié sur le plan gustatif. On fait la blague à tous les nouveaux arrivants et ça marche chaque fois. Allez viens, on va faire griller du poisson.

Pendant qu'elle se séchait, Lissie regardait Thomas préparer le repas et s'organiser de façon méthodique. Il avait trouvé du bois, allumé un feu et commencé à enduire l'intérieur des maquereaux de moutarde. Après avoir éteint les flammes et soufflé pour activer les braises, il plaça les poissons sur une petite grille qu'il avait attrapée derrière un rocher. Lissie l'observait d'un air réjoui. Elle le trouvait très séduisant. Il déboucha une bouteille de vin, un Sancerre, servit deux verres et en donna un à Lissie.

— À toi, à moi, à l'île d'Yeu et à ses marins.

— À ses vieilles, ajouta Lissie en cognant le verre de Thomas.

Thomas surveillait la cuisson et, lorsque leur chair fut bien blanche, il s'adressa à Lissie comme s'ils étaient au restaurant :

— Maquereaux à la moutarde et à l'aneth cuits à l'unilatéral !

Elle ne comprit pas entièrement le sens de cette annonce mais se régala. La nuit descendait lentement. Il était presque vingt-deux heures et il faisait encore jour. La marée était montante et le clapotis des vagues se faisait nettement plus perceptible qu'à leur arrivée. Ils restèrent là, sans se parler, à regarder le soleil disparaître de l'horizon incendié. Puis ils échangèrent des nouvelles de cette année passée. Comme s'ils continuaient une conversation commencée la veille. Lissie raconta ses premières affaires dans la police nantaise. Elle aimait beaucoup son métier ainsi que la vie dans un milieu essentiellement masculin. Elle avait noué de très bons contacts avec quelques collègues qu'elle qualifiait de grands professionnels et s'accommodait des autres. Elle lui parla beaucoup de son chef, le commissaire Leroux, pour lequel elle avait une grande admiration.

— Cette sorte de flic que tu ne peux même pas imaginer Thomas, ajouta-t-elle en riant.

Thomas raconta ses mois de remplacements à habiter chez les autres. Encore qu'avec les années, les conditions changeaient : les médecins construisaient de petits studios pour leurs remplaçants qui vivaient cloîtrés dans trente mètres carrés à attendre que le téléphone veuille bien sonner. Cette année, Thomas avait profité de ces périodes pour avancer dans son travail de thèse. Il espérait pouvoir la soutenir à la fin de l'automne.

Lissie songeait au long chemin qui l'avait conduite ici. Son éducation lui avait appris le sens de l'effort et du respect de l'autorité mais peu le plaisir des vacances et de l'oisiveté. D'autant qu'à quinze ans, sa mère, malade depuis de longues années, avait décidé que la vie représentait trop de souffrances pour elle. Elle avait laissé là son mari et sa fille, tirant sa révérence d'une vie qui lui avait échappé. Pour vaincre sa douleur et sans doute aussi sa culpabilité, Jacques, son père, s'était mis à travailler comme un forcené. Plus de samedi, ni de dimanche. Toute son énergie était tournée vers son commerce, qui lui permettait de panser une blessure qui, imaginait-il et répétait-il à l'envi, ne se refermerait jamais. Mais les vacances n'avaient jamais été une habitude chez les Meunier. On partait une semaine, deux au plus. On choisissait un petit hôtel sur la côte landaise. On n'en bougeait pas, sauf le dimanche pour aller à la messe. Renate, la mère de Lissie, était allemande. Elle avait rencontré Jacques alors que celui-ci faisait un stage en Allemagne. Traductrice au sein de l'entreprise, elle était tombée amoureuse de lui et il avait facilement succombé à ses charmes. Grande, brune aux allures slaves, elle parlait le français avec un accent à la sensualité qui ne laissait pas indifférent. Entre eux, tout était allé très vite. Jacques avait présenté Renate à ses parents, ce qui n'avait pas été sans difficulté. Son père ayant gardé des ressentiments très marqués à l'égard de tout ce qui était germanique, la nationalité de Renate ne l'avait pas enchanté.

Il s'y était résigné, car Jacques avait menacé de ne pas reprendre l'affaire familiale. On s'accommoda de la présence de Renate, sans l'accepter vraiment. Celle-ci ressentit toujours de la part de ses beaux-parents une distance qui lui ferait éternellement comprendre qu'elle n'était pas la bienvenue. Mais, vu de l'extérieur, rien ne transpirait. On s'employait même chez les Meunier à louer le sens de la famille et de l'organisation de cette « étrangère ». Ainsi naquit Lissie, au sein de ce couple mixte qui avait confiance en l'avenir. Elle fut leur seul enfant. Après sa naissance, une redoutable hémorragie utérine obligea un chirurgien à intervenir en urgence. Renate eut la vie sauve, mais elle n'aurait plus jamais d'enfant. Ce fut le tournant de sa vie. L'absence de perspectives de nouvelle maternité la faucha littéralement. Bien sûr, il y avait Lissie, bien sûr Jacques assurait la sécurité matérielle, mais elle avait tant misé sur une famille nombreuse pour faire face à son déracinement que cette mutilation vint la cueillir dans un endroit d'extrême fragilité pour elle. À cela s'ajoutèrent les cinq grossesses de sa belle-sœur. Chacune d'entre elles fut un coup de poignard pour Renate. La dépression la gagna insidieusement, jour après jour. On fit appel aux meilleurs spécialistes de la région. On alla jusqu'à Strasbourg. Chaque fois, l'espoir renaissait, pour retomber quelques mois plus tard. Lorsque Lissie eut sept ans, Renate partit tout l'été en Allemagne. Dans sa famille. Elle en avait exprimé le vœu. Sa sœur l'accueillerait. Elle avait deux sœurs qui étaient restées dans son village de l'Allemagne du Sud. Elles étaient mariées, avaient toutes les deux des enfants. Renate s'entendait bien avec elles. À son retour après deux mois, Renate, et tout le monde autour d'elle, crut que le mal était parti. Pendant au moins deux ans, elle retrouva goût à la vie, reprit du service dans le commerce, repartit de temps à autre en Allemagne. Chacun pensait l'épisode enfin terminé. Mais, sans raison apparente, le mal revint. Renate ne voulut plus travailler, laissa aller son intérieur, auquel elle tenait tant. Elle passait des heures, prostrée sur un fauteuil dans la pénombre, dans un mutisme quasi complet. On avait repris les consultations chez d'éminents psychiatres parisiens, on avait essayé de nouveaux médicaments, on avait consulté une astrologue, une guérisseuse, en vain. Une première tentative de suicide vint donner à chacun le sentiment de gravité de la maladie qui courait dans la tête de Renate. Elle revint à la maison après plusieurs mois dans une clinique psychiatrique. La mélancolie était là. On avait le sentiment que le ressort était cassé. Peu à peu, Jacques s'intéressa moins à elle. Il fit des apparitions de plus en plus courtes à l'appartement. Prétextant toujours plus de travail, il limitait ses passages aux heures des repas et du coucher. Il se mit à travailler le dimanche. Renate absente du magasin, il ne voulut pas embaucher quelqu'un pour la remplacer. Elle déclinait et il se mit à penser que, sans elle, les choses seraient plus faciles, moins compliquées pour chacun. Pendant ces années, Lissie se réfugia dans le travail scolaire et la lecture. Brillante élève, elle aimait s'isoler et se plonger des heures entières dans tous les livres auxquels elle pouvait avoir accès. Elle lut les romans de Zola et les nouvelles de Stefan Zweig, elle dévora Agatha Christie, adora Thomas Mann. Au lycée, elle noua une amitié particulière avec son professeur de français, juste après la mort de sa mère. La mort de Renate ne fut pas à proprement parler une surprise. C'est Lissie qui la découvrit en rentrant de ses cours en fin d'après-midi. Dans la pénombre qu'affectionnait tant Renate. Son corps gisait sur son lit. Elle avait pris plus de cinq cents comprimés, amassés consciencieusement depuis plusieurs mois. La préméditation ne faisait aucun doute. Elle voulait mourir. Elle y parvint. On espéra que cette mort la délivrerait d'une souffrance à laquelle même ses proches ne comprenaient plus rien. Lissie ne manifesta pas beaucoup d'émotions. Pour elle, sa mère était morte depuis longtemps. Il y avait des années qu'elle ne remplissait plus son rôle auprès d'elle. Lissie avait compris que son propre salut passerait par sa volonté et son enthousiasme à faire les choses, sans compter sur les autres. Ce fut une philosophie de vie qu'elle inscrivit fortement dans sa manière d'être et c'est sans doute ce qui la poussa à nouer cette amitié avec son professeur de français. Du même âge que sa mère, cette femme n'avait aucun autre point commun avec Renate. Intellectuelle brillante, Madame Duffaut était professeur par amour de la pédagogie et des belles lettres. Elle formait un couple étonnant avec son mari, lui aussi professeur de lettres classiques. Ils recevaient fréquemment les élèves chez eux lors de soirées pendant lesquelles on débattait du romantisme allemand, des philosophes grecs et de leur influence sur le siècle des Lumières ou encore des liens de la musique et de la littérature. Monsieur Duffaut aimait conter la mythologie grecque. Il s'y entendait particulièrement bien. Les élèves l'écoutaient décrire les aventures d'Homère ou replacer le Britannicus de Racine dans son contexte historique. Lissie trouvait chez les Duffaut cette chaleur qui faisait tant défaut à la maison. Au début, son père avait manifesté quelque agacement à la savoir si fréquemment dehors, chez des professeurs qui plus est. Mais il avait progressivement trouvé très confortable de savoir sa fille occupée à des activités qu'il ne pouvait qu'approuver, voire encourager.

Thomas suggéra de retourner se baigner pour profiter des dernières lueurs et du clair de lune. Lissie n'était pas vraiment enthousiaste mais, parce qu'elle se sentait bien avec Thomas, elle accepta.

— On va nager jusqu'aux Vieilles et puis on rentrera à pied par le sentier côtier. La nuit est chaude. On n'aura pas froid. Donne-moi tes chaussures et ta serviette, je vais les mettre dans ce sac étanche avec mes affaires. Je prends aussi une lampe pour le retour.

On ne voyait pas très loin mais la côte se découpait sous le reflet de la lune. C'était une de ces nuits magiques que le début de l'été sait offrir. Ils nagèrent en silence. On n'entendait que les bruits discrets de leurs mouvements. Lissie restait près de Thomas qui avançait sans hésiter. Ils nagèrent assez longtemps sous le clair de lune. Thomas s'était retourné plusieurs fois vers elle pour s'assurer que tout allait bien. « Oui » avait-elle murmuré chaque fois. Si la bicyclette ne fait pas partie des obligations sportives à l'École de Police, la natation en est une. Mais Lissie n'était qu'à moitié rassurée. C'était sa première expérience de nage nocturne et il fallait qu'elle fasse grande confiance à Thomas pour se retrouver dans cette situation. Au fond d'elle-même pourtant, Lissie n'aurait cédé sa place pour rien au monde. Des bruits de voix leur parvinrent de plus en plus nettement. Ils s'approchaient de la plage. Au détour d'un rocher, ils purent distinguer quelques feux çà et là. D'autres, comme eux, avaient grillé du poisson, bien que la pratique ne soit pas vraiment tolérée, notamment en période sèche. La Municipalité et la Maréchaussée veillaient. L'arrivée massive de touristes en juillet et août obligeait le Maire à prendre des arrêtés municipaux pour organiser la vie de cette population estivale. Depuis peu, l'île d'Yeu comptait plus de résidences secondaires que d'habitations principales. On grinçait dans les chaumières islaises, d'autant que le prix du terrain à bâtir ou du mètre carré habitable n'avait rien à envier au triangle Neuilly-Auteuil-Passy.

Thomas accéléra un peu mais Lissie continuait à son rythme pour dévorer le spectacle grandiose de la mer et de la plage, éclairées seulement par la lune. Les feux allumés donnaient à l'ensemble un côté encore plus féerique. Lissie sentit quelque chose de dur au bout de ses doigts. Elle crut d'abord à une branche ou une planche qu'elle essaya d'éloigner d'un geste de la main mais elle sut alors immédiatement ce qu'elle venait de toucher.

— Thomas, Thomas ! Arrête-toi ! Viens !

Thomas fit demi-tour et fut près d'elle en quelques secondes. Lissie était un peu essoufflée par l'effort. Elle prit une grande inspiration et montra à Thomas une masse sombre juste à côté d'elle entourée de quelques branchages feuillus. Thomas s'approcha et n'eut aucune peine à comprendre que c'était un corps inerte qui flottait, la face dans l'eau. Aucun doute non plus, la personne était morte. Les branches donnaient une impression de gros buisson. Thomas et Lissie décidèrent de ramener le corps sur la plage. Ils étaient à une centaine de mètres du rivage. Plusieurs personnes étaient entrées dans l'eau après avoir entendu Thomas demander de l'aide. On tira le corps sur le sable, on le retourna. Thomas sortit sa lampe de poche et éclaira le cadavre. C'était le corps d'une femme jeune et blonde. Lissie s'approcha et se pencha vers elle. On lui donna une torche plus puissante. Lissie l'orienta vers le visage de la jeune femme et s'attarda sur une plaie du cuir chevelu. Ses mains étaient très pâles et leur peau toute fripée. Lissie se rappela ses cours de médecine légale et l'expression « mains de lessiveuse » lui revint en mémoire. Un peu plus bas, un énorme trou béant occupait une grande partie de son thorax.

Chapitre neuvième
Au cours duquel on commence à craindre le Pire

Jeudi 8 juillet 2004

Aux premières lueurs, le Pire et L'Empereur avaient laissé Victor dans une petite villa sans âme, identique à toutes les autres alentour. Il n'avait aucune idée de l'endroit où il était. L'Empereur lui avait dit de ne sortir sous aucun prétexte et d'attendre qu'ils reviennent le lendemain soir. Il lui avait montré où se trouvait la nourriture et proposé de dormir, car c'est lui qui conduirait au retour.

— Deux choses, Le Der. Demain soir, je t'enverrai un texto sur lequel tu liras « voyage retour ». Quand tu recevras ce message, tu descendras au garage et tu ouvriras les portes. Tu les refermeras aussitôt qu'on aura rentré le fourgon. C'est clair ?

— Parfaitement, opina Le Der. Parfaitement.

— Écoute-moi bien encore, tu vas recevoir de la visite ce soir, à vingt-trois heures trente précises. On frappera à la porte deux coups secs répétés deux fois. Tu ouvriras et tu prendras ce qu'on te donnera. C'est assez volumineux. Voilà c'est tout Le Der. Merci pour le coup de main. Je ne t'en dis pas plus. Le moins tu en sais, le mieux c'est. Tu fais partie d'un gros coup. Tu en seras fier quand tu connaîtras le fond de l'affaire. Pour le moment, regarde la télé, n'ouvre pas les volets et surveille bien ton portable.

— Tu peux compter sur moi L'Empereur.

— Merci, reprirent ensemble Le Pire et L'Empereur.

Ils se quittèrent sans rien se dire de plus. Victor ferma la porte d'entrée et entendit le bruit du fourgon qui s'éloignait. La villa s'installa dans un silence absolu. Il fit le tour des pièces. Il y avait deux niveaux reliés par un escalier en bois étroit qui craquait à chaque pas. Au premier étage, un petit palier distribuait trois chambres assez spacieuses et manifestement inhabitées depuis longtemps. Une forte odeur de naphtaline régnait. Une quatrième porte ouvrait sur un grenier avec des étagères remplies de livres et d'objets militaires. Victor parcourut les titres et en prit un au hasard. Il ignorait le nom de l'auteur, Lucien Rebatet, le titre était « les Décombres ». Il ouvrit le livre et commença la lecture en haut d'une page vers la fin de l'ouvrage. Il fut surpris par la violence du propos. L'auteur s'en prenait directement aux Juifs qu'il qualifiait de noms grossiers. À vrai dire, Victor ne comprenait pas bien d'où venait cette haine des Juifs. Il avait mieux intégré le refus de l'immigration étrangère et surtout musulmane et on lui répétait cela continuellement dans leurs réunions politiques, mais pour les Juifs, il se contentait de redire, sans convictions vraiment, ce qu'il entendait. Contre les immigrés, il pouvait être très véhément et s'était fâché plusieurs fois avec son père à ce sujet. Il reposa le livre et commençait à faire le tour des objets militaires lorsque la sonnette de la porte d'entrée émit un grésillement poussif. Victor s'immobilisa. On sonna une deuxième fois puis une troisième. La personne derrière la porte manipulait la poignée pour essayer d'entrer.

— Y a quelqu'un ? Michel t'es là ? J'ai vu une camionnette devant ta maison. Bon Dieu, réponds ! C'est Louis.

Victor entendit encore l'homme grommeler quelques phrases puis quitter les lieux. Le silence se fit à nouveau, à son grand soulagement. Il sortit du grenier et descendit l'escalier en essayant de ne pas faire craquer les marches. Ce qui était peine perdue. Au rez-de-chaussée, il trouva une salle de bains avec une vieille baignoire rouillée. Au milieu de la cuisine, très vaste, trônait une immense table. Des centaines de journaux étaient empilées dans un coin. La salle à manger était la seule pièce qui semblait avoir été habitée récemment. Une énorme télévision occupait quasiment la moitié d'un mur. La télécommande était posée sur une table ronde. Victor s'approcha pour l'attraper et vit une feuille de papier pliée en deux posée à côté. Il la prit et la déplia. Il y avait un petit mot écrit d'une main tremblante : « Bonne chance à vous. Bravo pour votre courage et merci de réparer cette injustice. » C'était signé Michel. Victor mit le mot dans sa poche de veste, prit la télécommande et s'affala dans le divan. Il fit défiler toutes les chaînes l'une après l'autre et s'arrêta sur une série américaine où il était question d'un meurtre au sein même du commissariat de Los Angeles. Ses paupières se firent lourdes et il sombra.

Deux coups secs répétés deux fois. Victor regarda sa montre. Vingt-trois heures trente-trois. Il tourna la clé et ouvrit délicatement la porte. Un homme se tenait debout avec un très gros colis posé à ses pieds.

— Tiens c'est pour toi. Mets ça au garage. Je suis Michel. Tout va bien ? Bon je me sauve. Je ne suis pas censé être là en ce moment.

— Oui tout va bien. Merci. Il y a un certain Louis qui est venu tout à l'heure. Il a essayé d'entrer puis est reparti comme il est venu.

— Ah le con, c'est mon voisin ! Toujours le nez derrière sa vitre. Allez, prends ça et n'ouvre pas les volets.

Victor se baissa pour prendre la caisse de bois. Elle pesait une tonne. Il eut toutes les peines du monde à la mettre dans le hall d'entrée. Lorsqu'il se releva en sueur, Michel avait disparu. Victor referma la porte et glissa la caisse sur le parquet jusqu'à l'escalier qui descendait au garage. Terminer le travail lui prit une demi-heure. Il laissa le colis au fond du garage puis remonta au rez-de-chaussée. Il avait faim. Le réfrigérateur était bien rempli. Il choisit des yaourts, du jambon et des pommes. Il y avait aussi de la bière. Il chercha de la vaisselle dans les placards et retourna regarder la télévision.

Les heures suivantes passèrent sans incident. Victor retourna dans le grenier et y prit le livre de Rebatet. Il se dit que l'Empereur serait fier de savoir qu'il avait occupé son temps à lire de la bonne littérature. Pour le reste, il somnola la plupart du temps.

Vendredi 9 juillet 2004

Vers vingt heures trente, son portable vibra. Une petite enveloppe sur l'écran indiquait l'arrivée d'un message. Numéro inconnu. Le message était celui annoncé par l'Empereur. Victor descendit au garage et ouvrit les portes. Il avait pris soin d'examiner le mécanisme d'ouverture dans la journée. Il attendit caché à l'intérieur jusqu'à ce qu'il distingue le bruit du fourgon qui se rapprochait. Il le vit ensuite ralentir devant la villa et s'engager dans l'allée. Le conducteur stoppa le moteur et laissa le fourgon avancer en roue libre. Le véhicule glissa en silence à l'intérieur du garage. Victor referma rapidement les portes. Quand il eut terminé, L'Empereur et Le Pire descendirent en un même mouvement. Ils arboraient tous les deux le sourire des vainqueurs. L'Empereur commença :

— Merci Le Der. Tout a parfaitement marché. Impeccable. Nickel depuis qu'on t'a quitté.

— Je suis content de vous voir. Pas vraiment le pied ici.

— Nous aussi, on est contents d'être là. L'Empereur avait tout organisé comme un dieu, continua Le Pire.

— Bon, assez parlé, dit L'Empereur qui n'aimait ni qu'on le contredise ni qu'on lui fasse des compliments, on a du travail. Le colis est arrivé ?

— Oui, au fond, juste à côté de la porte qui mène au jardin. Je ne sais pas ce qu'il y a là-dedans mais ça pèse une tonne, ajouta Victor.

— Allez, au travail ! commanda L'Empereur. Rachid, ouvre le colis !

— Bien chef !

Le Pire prit une grosse pince qu'il dénicha sur un établi et entreprit d'ouvrir la caisse. Il y avait des tubes en métal, deux plaques minéralogiques et des panneaux métalliques avec des inscriptions. Ils se mirent aussitôt à l'ouvrage sous la conduite de l'Empereur. Le Pire et Le Der obéissaient comme des petits soldats. En quatre heures, le fourgon avait changé d'allure. C'était maintenant le véhicule d'un menuisier nommé Mougin domicilié dans les Vosges, à Épinal. Le Pire termina par les deux plaques minéralogiques qu'il fixa minutieusement.

— Le Der, regarde au fond de la caisse, il doit y avoir une petite sacoche. Prends-la et donne-la-moi, ordonna l'Empereur.

Victor s'exécuta.

— Voilà les nouveaux papiers du véhicule et des papiers pour vous. Pour toi Le Der et pour toi Le Pire.

Victor découvrit sa photo sur une carte d'identité au nom de Jérôme Moulin. Le Pire était devenu Idriss Mokhtar. L'Empereur ne révéla pas sa nouvelle identité.

— Le Pire et Le Der, passez-moi vos vrais papiers. Je vous les garde jusqu'à ce qu'on ait terminé.

L'Empereur ramassa les papiers de Rachid et Victor et les glissa dans la poche intérieure de son blouson.

— Et regardez-moi ça, la suite des opérations se trouve là, dit-il en brandissant un petit objet métallique.

— Qu'est-ce que c'est ? demanda le Pire.

— Une bombe ! exulta L'Empereur.

— Une bombe ? Une vraie ? reprit Le Pire, incrédule.

— Pas une vraie bombe, évidemment, boulet de ta mère !

— T'insultes pas ma mère, L'Empereur, c'est une femme très pieuse.

— Ben, je la plains d'avoir un boulet comme toi, enchaîna L'Empereur. Regardez bien ça, c'est une clé avec des fichiers explosifs. Des fichiers pour faire sauter la République. Et ça va commencer dès la fin du mois. Je suis dans le secret mais je n'ai rien le droit de vous dire. Personne ne doit toucher à ça, conclut L'Empereur en exhibant la clé juste avant de la fourrer dans la même poche que les papiers d'identité et de tirer ostensiblement la fermeture éclair. De toute façon, les fichiers sont protégés et il faut un code pour les ouvrir.

— Et tu as le code ? demanda Le Pire.

— Non, je l'aurai quand on aura fini notre boulot. Ce sera ma récompense. Allez, on se bouge.

Ils remontèrent au rez-de-chaussée et firent un sort à la nourriture qui restait. L'Empereur et Le Pire prirent une douche et se reposèrent un peu. Victor, pas vraiment fatigué, retourna devant la télévision. Vers quatre heures du matin, L'Empereur secoua la troupe.

— On s'en va, c'est l'heure. On a encore beaucoup de route et il vaut mieux prendre de l'avance. Allez Le Der, c'est à toi de conduire.

L'Empereur n'abandonnait jamais son rôle de meneur.

— Rachid, tu fermeras les portes du garage derrière nous puis tu remonteras fermer la villa. Jette les clés dans la boîte aux lettres. On t'attend en haut de l'allée.

— C'est comme si c'était fait.

Le Der s'installa au volant du fourgon. L'Empereur lui donna quelques consignes pour la conduite :

— Ne mets pas les phares tout de suite. Attends qu'on soit un peu plus loin. On voit assez clair. Avance doucement. On ne doit pas se faire repérer. Le propriétaire de la villa m'a dit qu'il avait un voisin curieux.

— Oui, je sais, il a essayé d'entrer dans la maison hier quelques minutes après votre départ. Il s'appelle Louis, un truc dans le genre.

— Allez, roule Le Der.

Victor lança le moteur et avança lentement le long de l'allée, comme le lui avait ordonné L'Empereur. Il récupéra Rachid et suivit les indications de l'Empereur :

— Au bout de la rue, tu trouveras un panneau d'autoroute pour Paris. Tu suis ces panneaux jusqu'au péage. Ensuite, direction Paris. Si tu as un problème, réveille-moi. Je suis mort. Je n'ai pas dormi la nuit dernière.

— Pas de problème L'Empereur. Tu peux dormir tranquille.

— Merci Le Der. Et déconne pas. Je tiens à la vie, ajouta Le Pire.

Samedi 10 juillet 2004

Victor suivit les panneaux indiquant l'entrée de l'autoroute pour Paris. Il n'arrivait pas à savoir exactement où il se trouvait. Il s'engagea sur l'autoroute après avoir roulé une quinzaine de minutes. Le jour se levait. Le ciel était clair. La journée s'annonçait belle. Il y avait déjà beaucoup de caravanes et de voitures étrangères sur la route malgré l'heure matinale. C'étaient les vacances. Victor ne savait pas ce qu'il y avait dans le fourgon. Il n'avait pas été autorisé à aller à l'intérieur pendant le maquillage du véhicule. L'Empereur lui avait simplement dit que, si la police découvrait ce qu'ils avaient chargé, ils seraient bons tous les trois pour un petit séjour à l'ombre. Victor n'avait pas non plus de nouvelles de Suzanne. Il roula pendant trois heures. Le moteur de la camionnette n'était pas très puissant et faisait un bruit d'enfer : il ne pouvait pas dépasser les quatre-vingts kilomètres heure sans déclencher de telles vibrations du véhicule qu'on avait l'impression qu'il allait se détacher en plusieurs parties. Le trafic s'intensifiait à mesure qu'ils se rapprochaient de Paris. Il s'arrêta pour prendre un café et se dégourdir les jambes. Ses deux complices ne bougèrent pas pendant les dix minutes de pause. Lorsque Victor vit la pancarte Paris – 100 kilomètres, il réveilla L'Empereur pour lui demander l'itinéraire.

— Quand tu arriveras à Paris, suis les indications Nancy, autoroute de l'Est A4.

Il était environ neuf heures quand ils atteignirent l'entrée de Paris. Il y avait beaucoup de monde. Victor était concentré sur sa conduite. L'Empereur se redressa et se repéra immédiatement.

— Parfait Le Der, beau boulot. On est dans les temps. Lorsque tu auras rejoint l'autoroute de l'Est, on s'arrêtera pour manger un peu. T'es pas trop fatigué ?

— Non ça va. Merci. Mais je prendrais bien quelque chose. J'ai la dalle.

Le Pire dormait toujours. L'Empereur se moqua de lui et le secoua.

— Debout fainéant. T'es pas à la Sécu ici !

Le Pire émit un geignement agacé et se retourna pour échapper aux coups de l'Empereur qui voulait le réveiller. L'Empereur abandonna finalement la partie en traitant Le Pire de raclure communiste.

Victor avait rejoint l'autoroute de l'Est et vit avec soulagement que la pause s'annonçait dans dix kilomètres. Quelques minutes plus tard, il s'engagea sur la bretelle qui menait à l'aire de service. Il gara le fourgon à la hauteur d'une pompe qui distribuait du gasoil. Il prit le pistolet et commença le remplissage du réservoir. Il ne remarqua pas les deux douaniers qui s'avançaient. Il sursauta lorsque l'un d'eux s'adressa à lui :

— Service Régional des Douanes, voulez-vous nous présenter les papiers de votre véhicule ?

Victor sentit son cœur déraper dans sa poitrine. Ses jambes vacillèrent, sa gorge se noua, son corps se tétanisa. L'Empereur arrivé entre-temps sauva la situation :

— Excusez-moi, Messieurs, que puis-je faire pour vous ?

— Nous souhaiterions examiner les papiers du véhicule. Vos pneus arrière sont quasiment lisses.

L'Empereur alla chercher les papiers dans le fourgon et les remit à un des deux douaniers qui les examina avec minutie. Il s'adressa à L'Empereur :

— Voulez-vous me suivre ? C'est une simple vérification.

— Pas de problème, je vous suis.

L'Empereur était d'un calme invraisemblable. D'un naturel déroutant. Le Der n'avait pas ouvert la bouche et en aurait d'ailleurs été bien incapable, une poignée de sable lui remplissait la gorge. Il était très impressionnable et se sentait défaillir à la moindre occasion, ce qui lui avait valu des séances d'humiliation à l'école lorsqu'il perdait connaissance à la vue d'une goutte de sang. L'Empereur fit un petit clin d'œil à ses deux complices et emboîta le pas du douanier. Le second douanier tournait autour du fourgon et inspectait le véhicule. Il s'adressa à Victor :

— Alors, vous êtes des Vosges ? Moi aussi. On ne voit pas beaucoup de Vosgiens en fourgon par ici. Vous rentrez à Épinal ?

— …

Victor n'arrivait pas à prononcer la moindre parole. Il transpirait, avait le souffle court et sentait sa vue se brouiller. Il passa la pointe de sa langue sur ses lèvres sèches et répondit par un hochement de tête avec un air totalement ahuri. Le douanier vit son malaise et se raidit brusquement :

— Alors, jeune homme, quelque chose ne va pas ? On a des choses à se reprocher ? Vous voulez bien ouvrir l'arrière du véhicule et me montrer ce que vous transportez ?

Victor n'entendit pas la fin de la phrase. Ses jambes se dérobèrent sous lui et il perdit connaissance.

Chapitre dixième

Au cours duquel chacun cherche une raison d'être là

Jeudi 8 juillet 2004

Lissie fut réveillée par son téléphone. Le jour était bien avancé et, bien qu'elle ait opté pour une chambre située à l'ouest de la villa, le soleil y pénétrait généreusement. Elle enfila un peignoir et se mit à chercher le téléphone qui continuait de sonner. Elle finit par mettre la main dessus.

— Allo, c'est vous Meunier ?

Lissie reconnut immédiatement la voix de son chef, le commissaire principal Leroux.

— Oui c'est moi, Monsieur. Rien ne vous échappe, dit-elle pour détendre l'atmosphère.

— Meunier, au cas où vous l'auriez oublié, je suis flic comme vous.

— Je n'ai pas oublié, Monsieur, rassurez-vous. On vous a informé pour cette nuit, je suppose. Je me suis couchée assez tard ou tôt comme vous voulez. Il a fallu faire les dépositions d'usage à la gendarmerie. Comme vous pouvez l'imaginer, cette histoire a déjà fichu un sacré bordel. A priori, personne ne connaît la victime.

— Elle est en cours d'identification. Mais cela risque de ne pas être simple, on lui avait manifestement fouillé les poches avant de la mettre à l'eau. Le Préfet m'a téléphoné ce matin en raison de votre présence sur les lieux de la découverte du cadavre. J'ai décidé, bien que rien ne m'y oblige, de me rendre à l'île d'Yeu pour vous assurer de mon soutien. Je suis en route. Pour la traversée, j'ai trouvé une place dans l'hélicoptère qui apporte la presse et je décolle dans trente minutes. Le vol est très court, j'y serai dans moins d'une heure. Où voulez-vous qu'on se rencontre ? Je vous retrouve directement à la gendarmerie ? Ah oui, j'oubliais. La prochaine fois que vous partez en vacances, Meunier, essayez de voyager sous un autre nom, vous éviterez de mettre la République sens dessus dessous.

Lissie reconnut le style de son Patron. Sarcasme et pragmatisme. Elle aimait cette façon directe d'appréhender les situations et, sous des allures autoritaires, Leroux se montrait un homme très soucieux de ses effectifs. Il savait combiner élégance et solidarité. Il jouissait d'ailleurs d'une grande estime au sein du commissariat.

On lui prédisait un avenir brillant, bien qu'il se défende de vouloir faire carrière. Il se disait content d'être là. Mais on savait bien qu'il ne resterait pas longtemps à Nantes. Il avait laissé entendre à Lissie que, s'il était appelé à un autre poste, il serait content qu'elle le suive.

— Allez Meunier, avait-il dit un jour qu'ils revenaient ensemble de Paris, vous n'avez pas de famille encore, profitez donc. Que diriez-vous d'une mutation au 36 ? Il y a des postes à pourvoir. Et à tous les échelons de la hiérarchie !

L'allusion n'était pas allée plus loin. Pour Lissie, qui cherchait encore sa voie au sein de la Grande Maison, la proposition, lancée l'air de rien, lui avait permis de comprendre que Leroux appréciait son travail. Pour le moment, c'est tout ce qui lui importait.

Elle prit rapidement une douche et se fit chauffer de l'eau pour un thé. Elle avait apporté son propre thé, car elle en était une véritable amatrice. Elle aimait sa préparation parfaitement ritualisée, jusqu'au moindre détail. Il lui était même arrivé d'emmener sa théière. Lissie était intarissable sur deux sujets, le thé et le vin. Pour le premier, elle trouvait d'ailleurs invraisemblable que, dans un pays réputé pour son sens du raffinement gastronomique, il soit impossible de boire un bon thé dans un bar ou un restaurant.

La plupart de ces établissements servaient un infâme breuvage, mensongèrement appelé thé, alors que cela n'en avait ni le goût ni les vertus. À Nantes, Lissie avait trouvé après de longues recherches les endroits où elle pouvait déguster du thé qui soit du thé. La bouilloire commençait à siffler lorsque Thomas fit son apparition.

— Alors commissaire, on se croit obligée de travailler en vacances, plaisanta-t-il.

— Ah dis donc, tu me reparleras de ton paradis, de ton île où l'on ne meurt que de vieillesse ou parfois de naufrage.

— Ce matin sur le port, on ne cause que de ça. Je viens même de faire une visite pour des symptômes manifestement inventés. Mais la personne savait que j'étais aux Vieilles hier soir et m'a fait passer un interrogatoire en règles. Cela m'a bien fait marrer ! Et regarde le journal : Gros titre à la une : « Île d'Yeu : Mort aux Vieilles ! ».

— Thomas, reprit Lissie, j'aimerais bien en rire mais mon patron débarque dans peu de temps pour soutenir sa pauvre collègue effondrée d'être tombée sur un cadavre. Je dois le retrouver à la gendarmerie. Est-ce que c'est loin d'ici ? Cette nuit, je ne me suis pas rendu compte.

— Non, ce n'est pas loin mais je ne vais pas pouvoir t'y emmener, j'attends un patient qui s'est fait piquer par une vive.

— Une vive ?

— Oui, c'est un poisson qui se pose sur le sable. Il a une arrête dorsale très pointue et gorgée de poison. Si tu marches dessus, tu ressens instantanément une brûlure atroce de tout le pied, qui devient rouge et gonflé comme une baudruche. Ça fait extrêmement mal, tu peux me croire.

— Et pourquoi tu ne reçois pas ce patient au cabinet ?

— C'est pas pour rien que t'es flic, toi ! Tu veux tout savoir. Mais, comme c'est mon jour de bonté, je vais te le dire. C'est parce que cette personne est un journaliste politique bien connu à Paris. Il vient à l'île d'Yeu depuis très longtemps et apprécie le coin parce qu'on lui fout la paix. Il possède une maison ici sur l'île, je crois. Pour être franc, c'est moi qui lui ai proposé de venir ici pour être plus tranquille. Je ne le connais pas personnellement mais il a l'air très sympa. Ah oui, j'ai oublié de te préciser qu'on peut facilement se faire piquer par les vives sur la plage des Vieilles !

— C'était la page people du Dr Thomas Besson. Dis-moi plutôt comment je peux aller à la gendarmerie.

Thomas ouvrit un tiroir de la cuisine et en sortit un plan de l'île.

— Quand tu sors de la villa et que tu rejoins la route goudronnée, tu es exactement ici, rue

Pierre Henry, fit Thomas sur un ton d'instituteur. La gendarmerie est là, à cet endroit. Tu vas donc suivre cette rue, passer le long du quai Vernier et aller jusqu'aux feux. Tu traverses, tu continues tout droit et tu remontes la rue Calypso jusqu'au grand rond-point. Tu poursuis tout droit sur la rue Clemenceau. Au bout de cette rue, sur ta droite, tu ne peux pas rater la gendarmerie.

— Merci Thomas. À tout à l'heure. Et soigne bien ton journaliste !

— Allez, et toi va rejoindre tes cousins gendarmes, je suis sûr qu'ils s'ennuient de toi depuis cette nuit ! rétorqua Thomas, piqué au vif.

Chapitre onzième

Au cours duquel certains s'enfuient courageusement

Jeudi 1er juillet 2004

François et Irène étaient revenus à bord. Après la douche, ils avaient flâné dans les rues de Saint-Jean-de-Luz et s'étaient arrêtés dans un restaurant du port. Ils avaient pris des fruits de mer. Un énorme plateau qu'ils avaient partagé tous les deux. Ils avaient bu un très bon Vouvray sec, bien fruité et parfait avec ce repas. La bouteille était assez chère mais c'était la manière de François de signifier à Irène qu'il enterrait la hache de guerre. Malgré tout, il restait soucieux et Irène faisait de son mieux pour le détendre. Comme ils avaient prévu de repartir seulement le lendemain matin, François n'avait pas donné de consigne au reste du groupe. Il les avait d'ailleurs invités à prendre du bon temps, conscient que le voyage avait été difficile pour chacun d'entre eux. Irène et François burent encore quelques verres sur le port et regagnèrent le voilier. Tout était éteint sur le bateau. Ils se rendirent directement à leur cabine sous le pont. De là, François pouvait accéder facilement à la barre en toute discrétion. Ce système avait été conçu pour que le skipper puisse faire son travail sans que les convives soient dérangés. Ils s'endormirent après avoir fait l'amour très tranquillement et s'être échangés des paroles tendres. Irène fut réveillée par de légers craquements au-dessus de sa tête. Elle écouta attentivement et réveilla François. Il était minuit quinze. Comme les craquements persistaient, François grimpa sur le pont. Il n'y avait personne mais son regard fut attiré par un morceau de papier accroché à la barre du voilier. Il l'attrapa et lut ces quelques mots : « *On en a assez de la galère, on s'en va passer nos vacances ailleurs. David, Vincent et Patricia.* » François relut plusieurs fois le message, le glissa dans sa poche et se précipita dans la cabine de David et Vincent. Vide. Dans l'autre cabine, Karin était allongée et semblait dormir. Il fit un tour complet du bateau, il n'y avait plus à bord qu'Irène, Karin et lui. Il ne savait pas s'il devait se réjouir ou se lamenter.

Dimanche 4 juillet 2004

La vie à bord avait bien changé. Le départ des « invités » avait alourdi la charge de chacun mais indubitablement allégé l'atmosphère. Les deux amis d'Irène, qui ne faisaient rien sur le pont, avaient tout de même assuré la vie quotidienne sur le bateau. Cuisine, vaisselle et entretien des parties habitables leur revenaient de fait. Patricia ne manquait pas. Elle n'avait pas levé le petit doigt pendant tout le voyage. Depuis le départ de Saint-Jean-de-Luz, c'est essentiellement Irène qui avait dû s'atteler aux tâches domestiques. Karin aidait François aux manœuvres. La mer n'avait pas été mauvaise et les vents étaient bien orientés. L'allure du voilier était plutôt bonne depuis qu'ils avaient quitté le Golfe de Gascogne et la Rochelle était en vue. La météo s'annonçait stable pour les jours à venir et François était soulagé de ne pas devoir se battre pour chaque mile. D'après ses estimations, il y avait encore au moins vingt-quatre à quarante-huit heures de navigation pour rallier l'île d'Yeu. Mais il se sentait fatigué et décida de faire halte à la Rochelle. Il préviendrait Thomas si son arrivée devait encore être retardée. De toutes les manières, il était en retard sur son plan de navigation. Il n'était plus à un jour près. Son portable vibra. C'était un message de son père qui s'annonçait à l'île d'Yeu dans les jours à venir.

— M… grommela-t-il, il n'aurait pas pu rester en Californie chez ma sœur ? On va encore devoir dégager de la maison dès qu'il sera là ! J'en ai ma claque du paternel.

Il se leva pour annoncer la mauvaise nouvelle à Irène.

Chapitre douzième

Au cours duquel on aurait tort de penser qu'on n'avance pas beaucoup

Jeudi 8 juillet 2004

Lissie pédalait le long de la rue Clemenceau lorsqu'une voiture klaxonna et la dépassa. C'était le commissaire Leroux dans un véhicule de la Gendarmerie. Il lui cria quelque chose qu'elle ne comprit pas, trop concentrée à maintenir son équilibre. La rue Clemenceau grimpait suffisamment fort pour qu'un cycliste non entraîné la trouve coriace. Lorsque Lissie entra dans la cour de la gendarmerie, elle trouva Leroux hilare qui l'attendait en bavardant avec le maire de l'île.

— Monsieur le maire de l'île d'Yeu, déclama Leroux à l'adresse de Lissie, encore rouge et essoufflée de l'effort qu'elle venait de faire. Je crois que vous vous connaissez.

— Bonjour Monsieur le maire, fit Lissie en saluant courtoisement l'édile. En effet, j'ai croisé Monsieur le maire cette nuit, commissaire.

Puis, se tournant vers Leroux :

— C'est même lui qui m'a ramenée à la maison.

Elle tendit la main à son supérieur et enchaîna :

— Bonjour Monsieur le commissaire Leroux, vous prenez un peu de bon temps sur l'île d'Yeu ? Qui garde la Maison ?

— Je vois que l'effort physique n'altère en rien vos talents pour le sarcasme, répliqua Leroux.

— Vous savez bien Monsieur que, si vous me provoquez, c'est un domaine dans lequel j'excelle, tout autant que vous, persifla Lissie.

Sentant qu'il n'aurait pas le dernier mot ce jour-là, Leroux préféra changer de sujet.

— Entrez avec moi Meunier, je crois que le brigadier-chef Binet nous attend. Vous connaissez déjà l'endroit si je ne me trompe.

Ils pénétrèrent dans le bâtiment et furent conduits jusqu'au bureau du brigadier-chef par le maire. Lissie salua le gendarme qui avait pris sa déposition dans la nuit. Cela n'échappa pas à Leroux qui se pencha et glissa à l'oreille de son adjointe :

— Alors Meunier, on se met à la bonne avec la concurrence !

Lissie fit comme si elle n'avait pas entendu. Ce n'était pas le lieu pour disserter des mérites respectifs de la Police et de la Gendarmerie. Le chef de la Gendarmerie les accueillit avec un air de circonstances. La pièce était petite et plutôt bien rangée. Les stores étaient tirés pour se protéger du soleil qui tapait fort. Il était presque midi. Derrière le brigadier-chef, une immense carte de l'île d'Yeu accrochée au mur donnait à penser que l'île était très étendue. Lissie essaya de se repérer, mais elle était trop loin. Elle distingua Port-Joinville et Saint-Sauveur, mais ne put localiser la plage des Vieilles.

— Vous cherchez les Vieilles, Madame le commissaire ? Elles sont là, exactement au bout de mon doigt, indiqua le brigadier-chef, content de son effet.

Lissie esquissa un sourire gêné, confuse d'avoir été précédée dans ses pensées. Le gendarme les fit asseoir autour de son bureau et ouvrit la conversation sans plus de formalités. Il avait l'allure d'un homme affable et assez décidé. Deux larges sourcils barraient son visage et lui donnaient un air sévère, particulièrement lorsqu'il semblait réfléchir.

— Madame le commissaire, Monsieur le commissaire, Monsieur le maire, je vous remercie d'être venus jusqu'ici. Madame, je suis navré que vos vacances commencent aussi mal, puisqu'on m'a dit que vous étiez arrivée hier.

— Le commissaire Meunier est une fanatique du travail, une véritable stakhanoviste, ironisa Leroux.

Le brigadier-chef sourit et regarda Lissie d'un air entendu. Il enchaîna sans faire de commentaires.

— Nos services ont commencé leur travail d'enquête. Le procureur de La Roche-sur-Yon doit arriver dans les prochaines heures. Le corps de la victime est parti ce matin à l'institut médico-légal de Nantes. Nous attendons les premiers résultats de l'autopsie. Ils devraient nous être communiqués en fin d'après-midi.

— Je vous remercie de ces précisions brigadier, reprit Leroux. Ne prenez pas ma présence ici comme une tentative d'empiéter sur vos prérogatives d'enquête mais le commissaire Meunier étant, malgré elle, mêlée à cette affaire, il m'a paru correct de venir vous rencontrer, pour le principe.

— C'est très aimable à vous commissaire. J'apprécie l'élégance de votre geste. Le commissaire Meunier nous a été très utile hier soir et cette nuit. Je peux vous confirmer, si vous ne le saviez déjà, son grand professionnalisme.

Comme s'y attendait Lissie, Leroux ne cilla pas. Mais elle ne put s'empêcher de rougir, ce que nota bien évidemment son chef, qui la gratifia d'une tape amicale sur l'épaule. Le gendarme se tourna vers Lissie et continua :

— Commissaire Meunier, en raison des faits que vous connaissez, je vous demanderai de ne pas quitter l'île dans les jours qui viennent. Nous pourrions avoir besoin de vous pour les nécessités de l'enquête. Si, pour une raison de force majeure, vous deviez absolument vous rendre sur le continent, vous seriez bien aimable de me le faire savoir et de m'indiquer le lieu de votre destination.

Lissie hocha de la tête en signe d'approbation. Le maire, qui était resté silencieux, sentit qu'il pouvait prendre la parole et demanda à l'adresse du brigadier-chef :

— Brigadier, la plage des Vieilles est toujours interdite d'accès. Quand pensez-vous qu'elle sera à nouveau ouverte au public ? Nous sommes au mois de juillet et c'est l'endroit le plus fréquenté de la Côte Sauvage.

— Cela ne dépend pas de moi, répliqua assez sèchement le chef de la Gendarmerie. J'obéis aux ordres du Parquet. Lorsque le procureur sera là, il me dira si je peux autoriser l'accès aux touristes. D'ici là, il m'est impossible de vous répondre.

Lissie fut frappée par le ton inamical de cet échange. Le gendarme enchaîna :

— Commissaire Leroux, jusqu'à quand êtes-vous des nôtres ?

— Jusqu'à ce soir. Je reprends l'hélicoptère à dix-neuf heures trente.

— Très bien. Dans ce cas, faites-moi savoir où vous vous trouverez et je vous avertirai dès que le procureur sera là. Nous irons directement à la plage des Vieilles.

— Comment Monsieur le procureur vient-il jusqu'ici ? questionna Leroux.

— Par le bateau régulier, Monsieur le commissaire, répondit le chef de la Gendarmerie. La Justice est pauvre.

— La Police est bien gérée, reprit Leroux.

— La Gendarmerie aussi, rebondit le brigadier-chef.

Le gendarme se leva et salua tout le monde en commençant par Lissie. Il lui demanda si elle voulait relire la déposition qu'elle avait faite durant la nuit.

— Volontiers brigadier.

— Alors suivez-moi, c'est par ici.

Lissie relut sa déposition. Elle n'y ajouta rien. Elle se tourna vers le chef de brigade et lui demanda :

— Avez-vous des éléments nouveaux depuis cette nuit ?

— Absolument aucun, commissaire. Personne ne s'est manifesté et aucune disparition en mer n'a été signalée. Nous avons fait une liste des bateaux qui mouillaient autour de l'île en plus de ceux officiellement enregistrés. Nous interrogeons leurs occupants, mais cela prendra du temps car il y en a plus de trente. J'espère que l'autopsie nous fera avancer sur les circonstances du décès. Et vous, qu'en pensez-vous, commissaire ?

— Rien a priori. J'ai été frappée comme vous par la blessure au thorax. Je n'ai jamais vu un trou comme ça. Je ne sais pas ce qui a pu être à l'origine d'une blessure pareille. Il y a des armes à feu qui peuvent faire de tels dégâts mais, dans ce cas, il y a un autre orifice pour l'entrée de la balle. Et puis, il y a aussi cette très grosse plaie sur le crâne. Elle a sans doute reçu un coup sur la tête. Peut-être même en est-elle morte ? Tant qu'on n'a pas le rapport d'autopsie, je suis comme vous brigadier, je n'ai pas une idée précise ou plutôt j'en ai cent.

Lissie remit sa déposition au chef de brigade et prit congé de lui.

— À tout à l'heure, brigadier. Vous avez mon téléphone. Appelez-moi quand le procureur sera sur place. Nous vous rejoindrons à la plage des Vieilles avec mon chef.

— Entendu commissaire et bon appétit.

Lissie regarda sa montre, il était treize heures trente. Elle comprit pourquoi elle avait si faim. Elle retrouva Leroux dans la cour de la gendarmerie en grande discussion avec le maire.

— Meunier, je suppose que vous avez faim. Monsieur le maire nous invite à déguster quelques fruits de mer. Une fameuse adresse, paraît-il.

— Sur le Port, chez le père Raballand, enchaîna le maire à l'adresse de Lissie. Vous venez avec nous ou vous poursuivez à vélo ?

— Je vais y aller à vélo. Je vous retrouve là-bas. J'y serai sans doute avant vous. Qu'est-ce que je vous commande ? Eau minérale ? Muscadet ?

— C'est au bout du Port, vous ne pouvez pas rater l'adresse, ajouta le maire à Lissie qui avait déjà enfourché son vélo et quittait la gendarmerie à une allure proportionnelle à sa faim.

Lissie trouva facilement l'adresse du Père Raballand. Elle posa son vélo et pénétra dans le restaurant. Un serveur vint à sa rencontre et, avant qu'elle ait ouvert la bouche, lui indiqua une table sur la terrasse avec trois couverts.

— Monsieur le maire m'a dit de vous installer ici. Il arrive dans quelques minutes.

Lissie prit place. Il faisait chaud mais la table était abritée d'un large parasol qui donnait une ombre bienvenue. Lissie ouvrit la carte posée devant elle et commença une lecture détaillée de ce qui s'annonçait comme un bon repas. Après les évènements de la veille, cette invitation tombait à pic. Le serveur la sortit de ses pensées gastronomiques.

— Je vous sers quelque chose en attendant, Madame ?

— Oui volontiers, un verre de Muscadet bien frais et une eau gazeuse. Merci.

Lissie avait repris la lecture de la carte lorsqu'elle entendit la voix de Leroux qui arrivait en compagnie du maire.

— Alors Meunier, vous m'aviez caché vos talents de cycliste.

— Je crains de n'avoir pas grand-chose à cacher, Monsieur. Mes talents cyclistes ont les mêmes limites que vos dons pour la cuisine, si vous me permettez de faire cette comparaison.

— Meunier, vous êtes formidable. Ce que j'aime chez vous, c'est que vous n'abandonnez jamais la partie. Je le sais, mais je ne me résigne jamais non plus à me l'avouer. Alors, Monsieur le maire, qu'est-ce que vous nous conseillez de déguster ?

— Tout est bon ici. Évidemment, le poisson et les fruits de mer en premier lieu.

Le serveur arriva avec le Muscadet et la bouteille d'eau gazeuse de Lissie, qu'il déposa devant elle.

— Dites donc Meunier, c'est comme ça que vous concevez la vie commune, chacun pour soi et Dieu pour vous ?

— Dieu n'existe pas Monsieur le commissaire. Et, comme je ne savais pas si vous buviez de l'alcool pendant le service, je ne me suis pas risquée à vous commander une eau gazeuse, vous auriez pu mal le prendre. Me serais-je trompée ?

— Non mais, écoutez-moi ça. Elle blasphème et en plus elle se fout de moi. Je vous prends à témoin Monsieur le maire, la jeune génération n'a pas plus de respect pour sa hiérarchie que pour les instances divines !

Le serveur était resté stoïque pendant cet échange, avec un petit sourire au coin des lèvres qui reflétait le plaisir qu'il avait eu à assister à la scène.

— Alors Messieurs, que désirez-vous ?

— La même chose que Madame, s'il vous en reste encore. Mais apportez-nous une bouteille, on la partagera. Si Madame accepte bien sûr.

— Avec plaisir, commissaire Leroux. Je n'imaginais pas jusqu'à hier déjeuner avec vous pour mon premier jour de congés. Comme quoi, tout est possible ! Dans la Police, c'est comme sur Koh-Lanta, d'un jour à l'autre, on ne sait pas avec qui on va cohabiter. Quand je rentrerai et que je dirai que j'ai passé mes vacances avec vous commissaire, je vais faire des jaloux. Des jalouses plutôt.

— Vous vous leurrez Meunier, les femmes ont d'autres fantasmes qu'un commissaire d'âge incertain.

— Détrompez-vous, Monsieur, j'ai surpris quelques conversations qui vous étonneraient. Vous plaisez encore beaucoup.

— Venir jusqu'ici pour entendre un flic me faire croire que j'ai des allures de Dom Juan. Je me demande si je ne devrais pas interrompre ma carrière sur le champ.

— Oh non, Monsieur, attendez un peu. Au moins le temps que je puisse prétendre à votre succession.

— Meunier, vous savez bien que vous ne pourriez postuler à ma succession car, même si vous en avez assurément le talent, l'ordre des choses vous en empêchera encore quelque temps. Il faudra que vous découvriez d'autres villes de France. Ou que vous repassiez par Paris.

— Madame et Messieurs, avez-vous fait votre choix ?

— Non pas encore, répondit le maire, qui n'avait pas dit un mot depuis son arrivée. Avez-vous une suggestion ?

— J'ai un très bon bar en croûte de sel avec des légumes farcis. En entrée, je peux vous proposer une salade de rougets tièdes avec une sauce au safran.

— Pour moi ce sera parfait, dit Leroux.

— Pour moi aussi, ajouta Lissie.

— Je m'incline devant cette belle unanimité. Plutôt rare, si j'en juge par ce que je viens d'entendre.

— Ne vous fiez pas aux apparences Monsieur le maire, Meunier et moi sommes toujours d'accord sur l'essentiel. C'est pour cela que, pour le reste, nous nous efforçons d'avoir des avis divergents.

— Je ne l'aurais pas aussi bien résumé. Mais, puisque vous le dites, conclut Lissie.

— Vous ne partagez pas mon avis, Meunier ? Si c'est le cas, faites-le moi savoir, la France est assez grande pour vous trouver un commissariat à quelques centaines de kilomètres de Nantes.

— Bien sûr, Monsieur. Comme vous le savez, je suis toujours de votre côté. À l'exception de rares fois où je ne le suis pas et, dans ces cas-là, je me réfère à mon habituel sens du devoir, qui veut que le chef ait raison.

Le serveur apporta le vin et cela mit fin à cette joute verbale habituelle entre les deux flics. Le restaurant était bondé. Une dizaine de tables sur la terrasse et un peu plus à l'intérieur de l'établissement constituaient un ensemble sans prétention. On venait visiblement plus pour la renommée de l'adresse que pour l'originalité du décor. Toutes sortes de senteurs titillaient les narines de Lissie, qui avait terriblement faim. Elle voyait passer d'énormes plateaux de fruits de mer où trônaient de gros tourteaux aux pinces menaçantes. Les clients attaquaient les plats avec une ferveur qui l'enchanta.

— À quoi pensez-vous commissaire Meunier ? demanda le maire.

— Je me disais que j'avais très faim et que je me réjouissais de commencer ce repas.

— Moi aussi j'ai faim, renchérit Leroux. Ma mère avait l'habitude de dire que c'était l'air marin. Malheureusement, j'ai remarqué avec l'âge que, quel que soit l'endroit où je me trouvais, j'étais toujours victime de l'air marin, même quand j'étais en poste à Grenoble. Ma femme me le reproche amèrement. Je lui promets tous les lundis que je ferai de la contention calorique. Évidemment, mes promesses tiennent jusqu'au déjeuner, après quoi je reporte au lundi suivant.

— Les promesses n'engagent que ceux qui les croient, Monsieur, c'est bien connu.

— Vous avez raison Meunier. Il y a bien longtemps que ma femme n'écoute plus mes résolutions dominicales en matière diététique. La semaine dernière, elle m'a menacé de faire la grève du sexe si je ne prenais pas des mesures efficaces pour stabiliser mon poids. Je me demande où elle a inventé ça ?

— Avez-vous lu Lysistrata d'Aristophane, Monsieur ?

— Non, Meunier. C'est un manifeste féministe ?

— Si on veut. Écrit par un homme. C'est une pièce de théâtre grecque. Pas récent vous voyez. Dans cette pièce, les femmes en ont assez que leurs maris fassent la guerre, alors elles les menacent de faire la grève de l'amour s'ils ne rentrent pas à la maison. Vous voyez, votre femme n'a fait que reprendre une idée vieille comme le monde.

— Ma femme ne manque pas d'idées pour ce genre de choses. N'allez pas lui en donner de supplémentaires.

— Ce n'est pas mon intention, Patron. Mais il me semble qu'à défaut de vous retenir sur la quantité de ce que vous mangez, vous faites de la course à pied ?

— Absolument Meunier, je cours tous les jours trente minutes. Mais à mon grand désespoir, je ne maigris pas d'un gramme. Ce qui fait enrager ma femme. Bon je ne vais pas vous couper l'appétit, ce n'est pas le moment.

On apporta les salades de rougets.

— Bon appétit Messieurs, lança Lissie affamée.

— Bon appétit commissaire, répondit le maire. En souhaitant que votre séjour se poursuive mieux qu'il a commencé.

— Méfiez-vous Monsieur le maire, Meunier attire les cadavres. Elle se contente rarement d'un seul.

— Commissaire Leroux, vous vous lancez dans une concurrence effrénée à Nostradamus.

Le repas se déroula autour de sujets variés et on évita soigneusement de reparler de la découverte de Lissie. Leroux interrogea le maire sur les ressources de l'île d'Yeu. Il apprit que la situation économique était devenue très tendue depuis que des directives européennes avaient sérieusement réglementé la pêche au thon. L'île avait assez bien fait face jusque-là grâce à cette activité et à de nombreux petits patrons de pêche qui faisaient de courtes campagnes pour rapporter des poissons de qualité relativement chers, ce qui leur permettait de bien gagner leur vie et, par là même, d'employer des marins de l'île. Tout le monde était gagnant. Avec le temps et les prélèvements de plus en plus importants de poissons, il avait fallu s'éloigner toujours plus pour trouver de quoi remplir les cales et les campagnes de pêche étaient devenues de moins en moins rentables. Tous ces patrons avaient petit à petit pris leur retraite et les jeunes n'avaient bien souvent pas les fonds pour se lancer. La pêche de ces poissons chers, longtemps ressource principale de l'île, était devenue progressivement une activité annexe et l'arrêt de la pêche au thon avait définitivement achevé la période de prospérité de l'île. Le maire comptait sur le développement d'un tourisme harmonieux pour pallier ces difficultés. Il évoqua aussi les projets de liaisons maritimes nouvelles avec le continent :

— Aujourd'hui, les bateaux dépendent des marées, car le port de Fromentine sur le continent n'est pas en eau profonde et cela limite le nombre de traversées possibles. L'arrivée de nouvelles unités capables de transporter de grandes quantités de touristes, indépendamment des horaires de marée, permettrait à l'île d'Yeu de miser sur la carte du tourisme.

Leroux se montra circonspect à l'évocation de ce déferlement de touristes d'un genre nouveau :

— Quand les îles ne sont plus des îles, Monsieur le maire, vous ne savez jamais ce qui arrive. Moi je trouve que votre île est bien belle pour ce que j'en ai vu et je crains que vos bateaux déversant à jet continu des touristes du continent ne soient les fossoyeurs de toute cette beauté encore préservée.

— On n'a pas le choix commissaire. C'est une question de vie ou de mort. Des risques à faire ça, il y en a. Mais il y en a encore plus à ne rien faire. Les jeunes vont partir et ce paradis deviendra une vaste maison de retraite avant de n'être plus qu'un cimetière.

Le repas tirait à sa fin. Lissie risqua une question :

— Monsieur le maire, que pensez-vous de cette histoire de cadavre ?

— Pas la moindre idée, commissaire. Je n'aime pas ce genre de publicité pour l'île. On ne sait même pas si c'est un meurtre ou un accident.

Leroux coupa le maire :

— Monsieur le maire, c'est un meurtre. La description que Meunier m'a faite du corps qu'elle a découvert hier soir me paraît claire comme un ordre de mobilisation.

Le maire baissa la tête dans son assiette. Lissie enchaîna pour couper le silence soudainement devenu lourd :

— Patron, si cela ne vous dérange pas, je vous laisse en compagnie de Monsieur le maire. Je vais retourner me reposer à la maison, ma nuit a été courte. Je vous rejoins dès que le procureur est là.

Déjà Lissie se levait, laissant les deux hommes terminer leur café. Leroux venait de refuser un digestif.

Lissie pédala tranquillement jusqu'à la villa. Lorsqu'elle arriva, elle aperçut la voiture de Thomas. Des bruits de voix lui parvenaient depuis l'avant de la maison. Elle rangeait son vélo contre le mur lorsqu'elle vit un homme s'approcher d'elle.

— Madame, enfin commissaire, on m'a dit que vous étiez de la Police. J'aimerais vous dire quelque chose. C'est à propos de la fille des Vieilles. Quand accepteriez-vous de me rencontrer ?

Chapitre treizième

Au cours duquel les petits esprits se rencontrent

Jeudi 8 juillet 2004

On était en vue de l'île d'Yeu, dont la silhouette se dessinait progressivement à l'horizon. Le voilier glissait à bonne allure sur une mer calme. Le vent était stable et relativement fort depuis l'escale de la Rochelle. Les conditions avaient évolué favorablement depuis la veille. François avait tiré de grands bords. Le choix de la route s'était révélé judicieux. Il faisait encore très beau. Irène avait été une coéquipière parfaite et la fin de ce voyage tourmenté se passait au mieux. Le pilote automatique était très performant et l'accès à Internet par satellite permettait de recevoir des relevés météos très régulièrement. Deux heures auparavant, François avait téléphoné à Thomas pour lui donner leur heure approximative d'arrivée et lui avait annoncé qu'il mouillerait à Port-Joinville et non pas à la Meule comme prévu. Il tira un dernier bord à l'approche de l'entrée du port pour se mettre dans les meilleures conditions. Il manœuvra superbement et atteignit la Marina sans encombre. Il sauta sur le quai et amarra solidement le Cologny. Il regarda s'il apercevait Thomas mais ne vit personne en dehors de quelques curieux qui s'approchaient pour admirer le voilier. Il remonta sur le pont et commença à ranger tout ce qui y traînait encore. Irène ramassait leurs affaires et vérifiait les autres cabines. François rangeait ses instruments de navigation lorsqu'il entendit la voix de Thomas derrière lui.

— Salut marin, bienvenue sur ton île.

— Salut Thomas, c'est sympa d'être là.

— Je faisais une visite sur le port quand j'ai vu ce superbe voilier arriver, j'ai pensé que ce devait être toi. Dis donc, c'est une belle machine sur laquelle tu voyages.

François sourit discrètement à ce commentaire enthousiaste. Irène remonta à ce moment-là des cabines en chantant joyeusement un air d'opéra.

— Thomas, je te présente Irène, qui brûle de te rencontrer. Je lui ai beaucoup parlé de toi.

— Bonjour Irène, bienvenue sur la plus belle île du monde. En toute objectivité bien sûr.

— Bonjour Thomas, heureuse de te rencontrer. Depuis six mois que je connais François, il ne se passe pas une journée sans qu'il mentionne ton nom.

— Longue histoire, chère Irène, longue histoire. Mais je dois te confier que François n'arrête pas de me parler de toi. Je crois pouvoir dire qu'il est complètement dingue de toi.

Irène sourit et baissa les yeux, l'air un peu gêné par cette marque d'amour rapportée par Thomas. Celui-ci, sensible à son malaise, enchaîna :

— Où sont vos invités ?

François intervint :

— Les trois premiers sont partis à Saint-Jean-de-Luz, pensant qu'ils étaient au bagne, et la dernière, qui avait mieux résisté, en a finalement eu assez et nous a quittés lors de notre dernière escale à la Rochelle. Belle brochette de parasites !

— Ce n'était pas plus mal de finir à deux, ajouta Irène qui cherchait le consensus.

Thomas se fit philosophe :

— La voile fait fantasmer. Mais quand on est sur le bateau, sans moyen de s'échapper, ce n'est plus la même chanson.

— Tu l'as dit camarade, renchérit François. Bon, reprit-il, moi j'ai terminé mes rangements. Je dois passer à la capitainerie pour les formalités puis je te rejoins à la maison. Il y a du monde ? Est-ce que mes parents se sont manifestés ?

— Non, je ne savais pas qu'ils devaient venir. Pour le moment, il y a une amie à moi dont j'ai dû te parler, Lissie Meunier, commissaire de Police. Elle passe la semaine. Mais ses vacances ont bien mal commencé.

— Elle t'a déclaré sa flamme et tu as refusé ?

— Non, c'est plus grave et moins compliqué.

Thomas raconta en détail la baignade aux Vieilles et la découverte du cadavre la veille. Il conclut son récit en se demandant qui pouvait être cette jeune femme.

— La Police n'a aucun indice ? demanda Irène.

— Je n'en sais pas plus. On demandera à Lissie. Elle a passé une partie de la nuit à la gendarmerie et doit encore y être car son patron est arrivé sur l'île.

— Thomas, tu peux nous pousser jusqu'à la maison ?

— Pas de problème. Je repars au cabinet, mais j'ai terminé mes visites.

François se chargea des sacs et ils grimpèrent dans la 4L de Thomas. Ils restèrent silencieux pendant le court voyage. Thomas avait récupéré une télécommande et l'actionna.

— Voilà l'endroit le plus incroyable du monde, lança Thomas à l'adresse d'Irène.

— Dis donc François, c'est encore mieux que sur tes photos, s'exclama Irène.

Il y avait une belle lumière à cette heure du jour. La mer prenait une couleur irisée sous les rayons du soleil couchant. L'ombre de la villa se détachait et venait effleurer le sable et le bord de l'eau. La marée était haute. L'ensemble était vraiment saisissant.

— Allez, François, viens reprendre possession de ta maison, déclara Thomas.

— Si tu le veux bien, je me considérerai comme un invité. On repart dans peu de temps. En plus, mon père risque de débarquer sous peu et de nous éjecter. Alors, l'occupant principal du moment est déclaré propriétaire. J'espère que tu sauras nous recevoir !

— Moi je prendrais volontiers une douche et irais bien m'allonger. Je suis raide, absolument défaite.

— Comme tu veux, il y a trois salles de bains, tu n'as que l'embarras du choix. Il y a des chambres libres en bas ? demanda François.

Thomas conclut :

— Bien sûr mon vieux, la tienne est libre. Je ne suis quand même pas complètement chez moi, quoi que tu en dises !

Le petit groupe se sépara. François fit le tour de la maison, Irène s'engouffra dans la douche et Thomas alla frapper à la porte de Lissie, qui ne répondit pas.

— Tu frappes avant d'entrer chez toi ? ironisa François qui passait près de Thomas à ce moment-là.

— Je voulais te présenter Lissie, mais elle n'est pas là.

— Tu es bien pressé de nous faire connaître cette dame de la Police. Tu files du mauvais coton camarade, continua François sur le même ton.

— Tu ne crois pas si bien dire ! J'hésite même à entrer dans la Police moi aussi. À voir Lissie, on peut légitimement se demander si on ne s'épanouit pas mieux dans la maison Poulaga.

Les deux amis aimaient ces duels et adoraient se renvoyer des échanges grinçants. Pour le plaisir des mots et en raison de cette longue amitié qui les unissait depuis plus de dix ans. Thomas descendit à la cuisine et eut la surprise de trouver Lissie.

— Toi ici ?

— Ben oui, moi ici. C'est si étonnant ?

— Je ne t'ai pas entendu entrer. J'étais justement en train de parler de toi avec François. J'ai frappé à ta porte.

— Je viens d'arriver. Je suis allée faire un tour près des Vieilles.

— Près des Vieilles ! Tu as un certain sens du macabre toi.

— Mon instinct de flic, des fois que l'assassin revienne sur les lieux de son crime.

— Je te rappelle que tu es ici en vacances, Miss Marple, pas pour faire une enquête.

Le téléphone de Lissie interrompit Thomas. C'était la Gendarmerie.

Lissie s'isola pour parler tranquillement. François, qui était arrivé au moment où son téléphone sonnait, se versa un grand verre d'eau fraîche, prit une pomme et alla s'installer dans le salon. Lissie réapparut et annonça à Thomas que le chef de la Gendarmerie lui demandait de passer. Thomas sembla contrarié.

— Qu'est-ce qu'il te veut encore celui-là ?

— Il veut me montrer les premiers résultats de l'autopsie. Je suis bien curieuse de savoir comment et de quoi cette jeune femme est morte.

— Je me demande aussi. Ce trou qu'elle avait au milieu du thorax était vraiment horrible.

— Je n'ai pas une grande expérience, mais je n'ai jamais rien vu de pareil. Quand j'en ai parlé à mon chef, il avait lui aussi l'air assez dubitatif.

— Moi je ne suis pas prêt d'oublier ça. La chirurgie à côté, c'est presque du Walt Disney !

— Je pense que le procureur arrivera pendant que je serai là-bas. T'as prévu quelque chose pour ce soir ?

— Non, pas encore. On ira probablement dîner sur le Port avec Irène et François. Je m'occupe de trouver un bel endroit, moins dangereux qu'hier soir. Avant que tu partes, viens avec moi que je te présente mon ami François Trazonni, marin parmi les marins.

— Bonjour François.

— Bonjour Lissie, je crois. Ravi de te connaître.

— Cette maison est fantastique !

— Ce n'est pas la mienne, c'est celle de mon père mais fais comme chez toi. Profite de l'endroit. Je reconnais que ce n'est pas si mal.

— François, je suis désolée mais on m'attend à la gendarmerie. On aura l'occasion de bavarder ce soir. Thomas m'a dit qu'on dînait ensemble. Je prends mon vélo et je file chez les pandores.

— Bonne route et mes amitiés à Monsieur le chef de Gendarmerie, ironisa Thomas.

— Je n'y manquerai pas. Je suis sûre qu'il sera très touché.

— Sympathique, ta policière, conclut François, un sourire aux lèvres.

Lissie enfourcha son vélo et se dirigea vers la gendarmerie. Elle connaissait bien le chemin maintenant. Il y avait beaucoup de trafic à cette heure. On rentrait de la plage. On allait boire un verre sur le Port. La route qui bordait la plage de Ker Châlon ressemblait à une rue chinoise aux temps de Mao. Beaucoup plus de vélos que de voitures. Il n'y avait aucune agressivité. Les automobilistes tentaient de se frayer un passage au milieu de la marée de cycles en tous genres. De temps en temps, un conducteur pressé utilisait son klaxon pour faire accélérer le mouvement mais cela avait autant d'effet sur le trafic qu'un conseil de modération donné à un alcoolique. La température était encore chaude en cette fin d'après-midi. Lorsque Lissie arriva devant la gendarmerie, elle observa qu'une certaine fébrilité régnait dans la cour. Elle en conclut que le procureur était arrivé. Elle aperçut Leroux qui s'entretenait avec un homme qu'elle n'arrivait pas à identifier. Elle rangea son vélo contre le mur de la gendarmerie et s'avança vers le brigadier-chef.

— Je suis là, dit-elle pour attirer l'attention du gendarme.

— Je suis à vous tout de suite commissaire, sans doute voulez-vous saluer Monsieur le procureur ?

— Bonsoir, Monsieur Le procureur. Avez-vous fait bon voyage ?

— Excellent, je vous remercie commissaire Meunier. On m'a dit que vous étiez aux avant-postes hier soir ?

— Absolument. Plus près eût été difficile, puisque j'ai moi-même découvert le cadavre.

Le chef m'a dit que les résultats de l'autopsie étaient arrivés.

— Affirmatif commissaire, renchérit le brigadier-chef. Je viens de recevoir un fax destiné à Monsieur le procureur.

Le procureur se plongea dans la lecture du document. Aucune émotion ne transparaissait sur son visage. C'était un homme grand et très mince. Il devait avoir une cinquantaine d'années. Il avait des cheveux bruns coupés très courts, ce qui accentuait le bleu de ses yeux. Un bleu glacial et transperçant. Lissie ne l'avait que rarement rencontré mais en avait beaucoup entendu parler. À la Roche-sur-Yon, où il officiait, il était connu pour son intransigeance à l'égard à la fois des prévenus mais aussi de ses collègues. Il était très respecté et sans doute craint parmi ses pairs. Lorsqu'il eut terminé, il tendit le rapport à Leroux sans faire le moindre commentaire. Leroux s'en saisit et, au contraire, manifesta son étonnement de façon assez ostentatoire.

— Il semble qu'on n'ait laissé aucune chance à cette fille. Fractures du crâne et hématome intracrânien pour le haut. Pour le thorax, le légiste semble peiner un peu. Il conclut, je cite « Délabrement du thorax avec disparition complète du poumon droit et du gril costal droit. Des traces de déchirures par objet métallique semblent à l'origine des arrachements tissulaires, faits de dehors en dedans ou de dedans en dehors pour d'autres parties, et de la perte de substance. Il n'y aucune trace de projectile. La mort remonte de quarante-huit à soixante-douze heures avant la découverte du corps. Le corps a été immergé alors que la personne était déjà décédée. Les analyses toxicologiques et génétiques sont en cours. » Qu'en pensez-vous Monsieur le procureur ?

— La même chose que vous, commissaire Leroux. Cette jeune femme a été assassinée sauvagement puis on s'est débarrassé d'elle en la jetant à la mer. Je ne comprends pas encore le pourquoi des blessures au thorax. Nous n'avons de plus aucun indice quant à son identité. Elle n'avait aucun papier sur elle et ses empreintes digitales ne sont pas connues de nos services. Les recherches ADN sont en cours. Aucune disparition suspecte n'a été signalée à ce jour. Je vais confier l'enquête au juge d'instruction de la Roche. Le fait que le cadavre ait été découvert ici sur l'île n'est peut-être qu'un hasard. L'enquête nous le dira. Enfin, je l'espère. J'ai un mauvais pressentiment. Cela risque de traîner en longueur. Les cadavres sans identité, ce n'est jamais bon, on en vient plus difficilement à bout.

— J'espère que l'avenir démentira ce mauvais présage. Il faut compter sur le zèle et l'efficacité de la Gendarmerie.

— Je compte bien dessus, commissaire Leroux.

Lissie s'immisça dans la conversation :

— Quelque chose me dit que la chance sera de notre côté, Messieurs. Moi, je ne crois pas que ce cadavre soit arrivé ici par hasard. Bien sûr, je n'ai aucune preuve. Seulement peut-être l'intuition féminine.

— Ah Meunier, interrompit Leroux, vous me ferez toujours rire. Je me demande si on donne des cours d'astrologie à l'École de Police maintenant. De mon temps, ce n'était pas le cas, mais peut-être cela a-t-il changé ? Rassurez-moi Meunier, l'astrologie n'était qu'une discipline optionnelle pendant vos études ?

— Commissaire Leroux, c'est la jalousie qui vous fait parler ainsi. La jalousie. Vous verrez ce que je vous dis.

Le procureur assistait un peu incrédule à cet échange qu'en amateur du genre il appréciait tout particulièrement.

Le chef de Gendarmerie reprit la parole.

— Madame, Messieurs, je vous propose d'aller jusqu'à la plage des Vieilles. C'est un souhait bien légitime de Monsieur le procureur. Nous pouvons y aller avec notre fourgon, sauf si le commissaire Meunier veut s'y rendre en vélo. Elle semble apprécier ce moyen de locomotion.

— J'aurai grand plaisir à voyager dans un fourgon de la Gendarmerie, ce n'est pas tous les jours que j'en ai l'occasion. Je vous suis.

— En voiture s'il vous plaît, héla le brigadier-chef.

Le procureur et les commissaires Leroux et Meunier s'engouffrèrent dans le véhicule, tandis qu'un homme essoufflé arrivait à pied dans la cour de la gendarmerie

— Merde ! jura le brigadier Binet, c'est Bonfils, le correspondant de Ouest-France, il ne manquait plus que lui. Il a déjà fait un papier. Cela n'a pas l'air de lui suffire. Un cadavre aux Vieilles, c'est l'affaire de sa vie !

Il démarra son véhicule et passa à côté du journaliste en faisant mine de ne pas le voir. Leroux s'en étonna.

— Alors brigadier, vous refusez de communiquer. Vous allez avoir des ennuis avec votre hiérarchie. Nous, dans la Police, on sait communiquer. On ne rate jamais une occasion de faire savoir à la population ce qu'elle doit connaître.

— Vous avez raison commissaire, mais moi je n'ai rien à dire. On ne sait rien pour le moment. Je verrai quand on en saura un peu plus.

— Votre honnêteté vous honore brigadier, mais elle vous perdra, persifla Leroux.

Lissie intervint :

— Patron, je ne vous savais pas cynique à ce point. Vous non plus vous ne courez pas après les journalistes. C'est un peu l'hôpital qui se moque de la charité, non ?

— Meunier, vous m'agacez en Mère la Vertu. Ai-je encore le droit d'avoir des défauts ?

— Patron, il n'y a pas de risque de ce côté, la nature vous en a pourvu de solides.

— Meunier, regardez ce splendide paysage au lieu de toujours me narguer. N'oubliez pas que je suis ici à cause de vous.

— C'est très aimable à vous de me le rappeler Patron. J'apprécie la délicate attention.

— Allez Meunier, ne vous vexez pas. Vous savez qu'à force de me chercher des poux dans la tête, vous allez finir par en trouver.

Le fourgon avait traversé plusieurs zones résidentielles. Les maisons construites sur le même modèle donnaient à l'ensemble une harmonie douce. Les villas étaient entourées de petits terrains bien entretenus. Les volets bleus ou jaunes ornaient avec délicatesse les constructions simples et assez jolies. De magnifiques massifs d'hortensias poussaient au pied des murs sous les fenêtres. Malgré les habitations nombreuses, l'abondante végétation conservait un aspect naturel et sauvage. Lissie aimait de plus en plus l'endroit et enrageait intérieurement d'être enfermée dans un fourgon de Gendarmerie avec son chef et un procureur, elle aurait dû prendre son vélo, se dit-elle. Le brigadier la sortit de ses considérations.

— Nous arrivons, Madame, Messieurs.

Il se gara à côté d'une croix. Ils descendirent l'un après l'autre et suivirent le brigadier-chef, qui ouvrait la marche. Ils pénétrèrent sur la plage par un chemin bordé de chaque côté d'une palissade qui servait à protéger la flore littorale du piétinement des touristes. De l'herbe frêle et des plantes vivaces parsemaient le sable au-delà des palissades. En passant, ils avaient brièvement salué un gendarme qui interdisait l'accès à la plage des Vieilles. L'information avait dû bien circuler, car il y avait peu de monde. Seuls quelques badauds se poussèrent du coude lorsque le petit groupe franchit les barrages de ruban rouge et blanc. Lissie enleva ses chaussures. Il était dix-huit heures et le sable était encore très chaud. Le brigadier-chef arrêta tout le monde au milieu de la plage, à quelques mètres du bord de mer. La marée était descendante mais encore assez recouvrante. Seuls quelques rochers affleuraient à la surface de l'eau. Le brigadier-chef s'adressa à Lissie.

— Alors, commissaire Meunier, dites-nous comment les choses se sont déroulées hier soir.

Lissie raconta les événements de la veille en faisant de son mieux pour être aussi exhaustive que possible. Le procureur prit la parole :

— Avez-vous remarqué quelque chose de spécial avant de vous mettre à l'eau pour nager, commissaire ?

— Rien de marquant. Je dois confesser que je n'avais pas des yeux de détective hier soir. En tous cas, aucun détail particulier n'a retenu mon attention. De plus, la nuit tombait lorsqu'on a nagé pour rejoindre les Vieilles.

— À votre avis, d'où venait le cadavre lorsque vous l'avez découvert ? Du large ?

— C'est difficile à dire. La tête était tournée vers la plage, les pieds vers le large. Je ne connais pas les courants qui traversent cette petite baie mais le plus probable est que le corps venait du large. À quoi pensez-vous ?

— Je me demandais si on avait pu se débarrasser du cadavre depuis un des bateaux qui mouillent ici devant nous ou si, au contraire, on l'avait jeté de beaucoup plus loin et que les courants l'avaient entraîné jusqu'à l'endroit où vous l'aviez découvert.

— Nous nagions entre la côte et les bateaux que vous mentionnez, ce qui ne permet pas de répondre à cette question.

— Brigadier, interpella le procureur, avez-vous fait l'inventaire de tous les voiliers et autres embarcations qui étaient là au mouillage hier soir ? Avez-vous déjà interrogé leurs propriétaires ? Commissaire Meunier, vous souvenez-vous si vous avez vu des signes de vie sur ces bateaux pendant que vous nagiez ?

Le brigadier enleva sa casquette, se frotta le crâne avec la paume de la main et manifesta des signes d'embarras :

— C'est que... Monsieur le procureur, je manque d'effectifs. Mes hommes ont dressé une liste des bateaux présents hier soir au large de la plage des Vieilles, pour autant qu'ils n'aient pas quitté l'endroit entre hier soir et ce matin. Mais nous n'avons perquisitionné aucun d'entre eux. En principe, les propriétaires devraient se faire enregistrer à la Capitainerie mais, souvent, ils ne le font pas et je n'ai alors aucun moyen de vérifier quoi que ce soit. D'ailleurs, ce mouillage plus ou moins sauvage n'est pas sans poser de problèmes. Les occupants déversent leurs eaux usées, qui souillent les abords de la plage. Pour être franc Monsieur le procureur, nous n'avons pas commencé les vérifications que vous souhaitez et qui sont bien logiques.

Pendant qu'ils parlaient, un groupe de quatre hommes s'approcha d'eux. Ils étaient tous vêtus de la même manière. Le bleu dominait les autres coloris. Des gendarmes, pensa Lissie.

— Bonjour « messieurs-dame ». Franck Mathey de l'unité de recherche criminelle de la Gendarmerie Nationale. Nous venons procéder à quelques relevés scientifiques.

— Excusez-moi, bredouilla le brigadier-chef, j'avais été informé de l'arrivée de l'unité mais j'ai oublié de vous prévenir. Il se passe tellement de choses depuis hier que je n'ai pas pensé à vous transmettre l'information. Et, comme je n'ai pas dormi, c'est encore plus difficile.

Lissie vint à son secours :

— Ne vous en faites pas brigadier, je vous ai vu au travail et vous avez été parfait jusqu'à maintenant. On ne peut pas vous en vouloir. Moi aussi, la vue de ce cadavre m'a troublée.

— Merci commissaire Meunier. J'apprécie votre soutien.

Franck Mathey, le chef de l'unité de recherche, enchaîna :

— Est-ce que la surface de l'eau a été contrôlée ? Savez-vous si on a retrouvé d'autres objets ayant pu appartenir à la victime ?

Le ton était agressif et arrogant. Le brigadier-chef sentit que Mathey cherchait à asseoir sa position de spécialiste et que lui, simple gendarme, devait faire profil bas sous peine d'humiliation. Mathey ne l'avait pas lâché du regard. Il attendait une réponse qu'il connaissait, puisqu'il lui avait déjà posé ces questions lorsqu'il l'avait appelé quelques heures plus tôt pour lui annoncer son arrivée. Mathey avait la réputation d'un gendarme efficace et sûr de lui. Il n'aimait pas qu'on lui résiste. Lissie le détesta immédiatement. Elle jeta un coup d'œil à Leroux, dont la moue désapprobatrice traduisait sans ambiguïté son agacement devant les façons grossières de Mathey. Leroux aimait l'élégance et était attaché au style. La rudesse ne lui faisait pas peur, encore fallait-il qu'elle soit employée avec talent. Mathey avait la rudesse mais pas le talent, c'était évident. Leroux pensa qu'il était temps de plumer ce paon.

— Monsieur Mathey, depuis quand êtes-vous sur l'île ?

Mathey regarda sa montre, fit semblant de réfléchir, puis répondit à Leroux sans baisser les yeux :

— Environ deux heures, commissaire.

— Et qu'est-ce que vous avez fait pendant ces deux heures Monsieur Mathey ?

Le gendarme ne s'attendait manifestement pas à être interrogé. Habituellement, c'était lui qui posait les questions. Surpris et déstabilisé par le ton de Leroux, qui le dépassait en outre d'une dizaine de centimètres, Mathey commença par justifier son emploi du temps. Ce fut une erreur.

— Nous avons lu les dépositions des témoins, interrogé les gendarmes présents cette nuit puis pris connaissance du rapport d'autopsie. Comme vous le voyez, nous n'avons pas chômé.

Mathey crut à tort qu'il avait repris le dessus. Leroux continua sur le même ton :

— N'aviez-vous pas reçu les dépositions des témoins ce matin ? Ne les avez-vous pas faxées, chef ? demanda Leroux au brigadier.

— Oui absolument, répondit-il.

— Alors Monsieur Mathey, pouvez-vous m'expliquer pourquoi vous avez encore pris le temps de les relire ?

Mathey fut surpris par la flèche de Leroux. Il ne répondit pas. Leroux en profita.

— Monsieur Mathey, si vous pensez que vous éluciderez ce probable crime en perdant votre temps de cette manière, vous vous trompez. Solidement même. Le brigadier n'a pas dormi de la nuit pour répondre aux diverses exigences de cette enquête. Alors, modérez vos propos je vous prie et vaquez à vos occupations ou je me verrai dans l'obligation d'avertir votre hiérarchie de vos méthodes d'un autre âge.

Mathey avait baissé les yeux. La sonnerie de son téléphone portable le sauva.

— Excusez-moi, « messieurs-dame », mon chef au téléphone.

Il s'éloigna du groupe et sa conversation fut aussitôt couverte par le bruit du ressac. Leroux était tout sourire, content de son effet. Lissie était soulagée que la tension soit retombée.

— Bravo Patron, dit-elle à Leroux, vous lui avez bien cloué le bec à ce morveux. Ça lui apprendra à se prendre pour la reine d'Angleterre.

Le procureur, resté muet jusque-là, sortit de son silence :

— Personnellement, j'ai vu ce que je voulais voir. Commissaire Leroux, puis-je rentrer avec vous ? Je crois que vous repartez en hélicoptère ?

— S'il n'est pas complet, ce sera bien volontiers, Monsieur le procureur. Brigadier, pouvez-vous demander à l'un de vos hommes de vérifier s'il y a encore une place dans l'hélicoptère de dix-neuf heures trente ? J'ai laissé ma voiture à l'héliport de Bouin, je ferai un crochet par La Roche pour vous déposer si vous le souhaitez.

— C'est très aimable à vous commissaire Leroux et, sans vouloir abuser de votre gentillesse, ce serait absolument parfait.

— Alors, allons-y.

Le petit groupe retourna jusqu'au fourgon de gendarmerie et chacun retrouva sa place. Le retour se fit en silence, seulement interrompu par le brigadier-chef, qui confirma au procureur qu'il pourrait prendre l'hélicoptère. Ils aperçurent brièvement la pointe des Corbeaux puis longèrent la Côte sablonneuse par les plages des Conches, du Marais Salé et des Sapins. À la hauteur de la pointe Giberge, ils passèrent devant l'école de voile où quelques beaux catamarans semblaient régater. Le spectacle de ces voiles tendues au vent était féerique. Ils traversèrent Port-Joinville et atteignirent l'extrémité du port, où un hélicoptère était stationné. Le commissaire Leroux et Le procureur descendirent. Leroux se tourna vers Lissie.

— Meunier, je vous laisse. J'espère que je n'aurai pas à revenir. Faites pour le mieux et rentrez à Nantes. Vous verrez, le Commissariat est beaucoup plus tranquille que les plages de cette île, charmante par ailleurs.

— Merci Patron. Je veillerai à ne pas troubler le calme du commissariat. Enfin, je ne jure de rien, cela risquerait de porter malheur.

— Reposez-vous et revenez en forme. Il y a du travail là-bas et encore navré d'avoir perturbé vos vacances.

— Mais c'était un plaisir, Patron.

— Je n'en doute pas une seconde, Meunier !

Leroux rejoignit le procureur qui attendait au pied de l'hélicoptère, puis les deux hommes parlèrent quelques secondes avec le pilote et s'engouffrèrent dans l'appareil qui décolla presque aussitôt. Le conducteur du fourgon de gendarmerie s'adressa à Lissie :

— Pardon Madame, où voulez-vous aller ?

— À la gendarmerie, j'y ai laissé mon vélo.

— C'est comme si c'était fait.

Ils prirent un itinéraire que Lissie ne connaissait pas, pour éviter d'avoir à retraverser le Port, particulièrement encombré en cette fin de journée.

Lissie pédalait de mieux en mieux. En vingt-quatre heures, elle avait accompli de fulgurants progrès en équilibre et en vitesse. Il lui manquait encore un peu d'endurance. La semaine ici y pourvoirait. Elle arriva devant la propriété, mais la porte était fermée. Elle sonna. Aucun bruit. Il n'y avait manifestement personne à l'intérieur ou alors les occupants dormaient. Lissie fouilla ses poches à la recherche de son portable. Rien. Elle avait dû l'oublier dans sa chambre avant de partir. Sa montre indiquait vingt heures. Elle décida d'aller sur le port. Elle avait donné rendez-vous à vingt-deux heures au bar l'Équateur à l'homme qui voulait lui parler de la jeune femme trouvée morte sur la plage des Vieilles. Elle était donc libre jusque-là. Elle pensait bien retrouver Thomas, François et Irène. Ils devaient probablement boire un verre dans un des bars qui faisaient tous le plein pour l'apéro du soir, une véritable institution islaise dont les touristes raffolaient. Elle remonta sur son vélo et se dirigea vers Port-Joinville.

CHAPITRE QUATORZIÈME
Au cours duquel Lissie ajoute une corde à son arc

Jeudi 8 juillet 2004

Lissie avait retrouvé sans mal François, Irène et Thomas qui furent tout heureux qu'elle se joigne à eux. Ils étaient attablés sur le Port et partageaient une bouteille de Gros Plant. Il y avait trois autres personnes avec eux. Les conversations roulaient sur des affaires islaises et sur le cadavre des Vieilles. L'apéro dura longtemps, presque jusqu'à vingt-deux heures et Lissie s'éclipsa au moment où le petit groupe se mettait en route pour aller dîner à la Crêperie Bleue selon les exigences d'Irène qui avait assuré que des vacances sans crêpes, c'était un peu comme aller à Munich sans goûter à la bière. François avait ajouté qu'il était d'accord et qu'il fallait soutenir sans réserve la gastronomie régionale. Lissie promit de les rejoindre rapidement dès qu'elle aurait terminé, soit à la Crêperie soit à la Villa.

L'homme attendait debout sur la terrasse de l'Équateur. Il y avait beaucoup de monde et aucune table n'était libre.

— Bonsoir Madame, commissaire je crois, on va aller ailleurs, ici c'est bondé et ce n'est pas le lieu le plus discret de l'île.

L'Équateur accueillait une clientèle bigarrée et changeante selon les heures de la journée et de la nuit. Situé au bout du port, il offrait une belle vue sur les bateaux accostés et sur la foule qui déambulait.

— Je vous suis, répondit Lissie.

L'homme devait avoir une soixantaine d'années ou peut-être dix de plus. Lissie ne pouvait se faire une opinion franche sur son âge. Son visage buriné trahissait une vie passée à l'extérieur. Peut-être un ancien marin, pensa-t-elle. Il avait de très grandes mains, longues et larges, disproportionnées par rapport au reste du corps. Il était plutôt râblé et les muscles de ses avant-bras saillaient à chacun de ses mouvements. Il avait une allure très tonique et très sportive. Il reprit la parole :

— On va aller au Navigateur, il y a du monde mais je m'y sentirai mieux qu'ici.

Lissie acquiesça. Elle suivit cet homme qui connaissait l'île et probablement ses coutumes.

Elle n'avait pas peur. Elle était seulement curieuse.

Ils passèrent devant le centre de vacances que Thomas lui avait montré en arrivant, le contournèrent, traversèrent la rue de la Tourette puis arrivèrent devant le Navigateur.

Il y avait plusieurs tables libres. L'homme alla au fond du bar et s'installa à une petite table juste à côté du comptoir.

— Je crois que c'est vous qui avez découvert le cadavre hier soir commissaire. Je ne sais pas si ce que je vais vous dire vous intéressera mais je sais que vous êtes une amie du Docteur remplaçant et, comme je l'aime bien parce que c'est un bon docteur, je voudrais vous rendre service.

— C'est gentil à vous, mais je ne suis pas en charge de l'enquête. Si vous avez quelque chose à raconter, ce serait mieux et plus utile de vous adresser directement aux gendarmes.

Le garçon arriva pour prendre les commandes.

— Vous boirez un Muscadet commissaire ?

Lissie acquiesça sans hésitation. L'homme s'adressa au serveur :

— Deux Muscadet s'il te plaît Marco.

Il attendit que le garçon disparaisse pour continuer.

— Alors ça, il n'y a pas de risque. Plutôt crever que de parler aux pandores de l'île.

— Ils vous ont fait du mal ?

— Et bien, ils se croient tout permis ces seigneurs. D'une manière générale, je n'ai rien contre les flics. Les policiers ou les gendarmes, ils ont leurs princes et leurs racailles. Ceux que j'ai rencontrés n'ont pas échappé à la règle. Mais la flicaille de l'île, c'est une drôle d'engeance. Ils retirent les permis de conduire comme on prend le courrier dans sa boîte. Parce qu'ils sont en bisbille avec le maire, ce sont les habitants qui trinquent ! Vous savez, moi je suis comme tout le monde, moins je les vois, mieux je me porte. C'est pas très original, j'en conviens. Si je vous parle, c'est que j'aime bien le Docteur. C'est tout.

Lissie ne savait pas quoi répondre. Entre la loyauté à la Gendarmerie et son instinct de flic qui lui enjoignait d'écouter cet homme, elle était tiraillée. Finalement, le flic qui sommeillait toujours en elle l'emporta.

— Allez-y, je vous écoute. Je ne sais pas ce que je ferai de ce que vous allez me dire, mais racontez toujours.

— Voilà, je suis un ancien patron de pêche, je ne l'ai pas toujours été mais c'est un des métiers que j'ai exercés. Au temps où les affaires marchaient bien, je faisais les campagnes de thon. On partait deux semaines. J'avais dix hommes à bord. Le poisson était facile à trouver et à vendre.

L'argent était au bout de la campagne. Il n'y avait jamais de mauvaises surprises. Puis j'ai tout vendu et fait d'autres boulots sur l'île ou sur le continent. Maintenant, je suis en retraite, je pars à la pêche sur un petit rafiot. Seulement pour la journée. Je tue le temps. Deux jours avant que vous retrouviez le cadavre, en rentrant au port de la Meule, j'ai vu le corps de la fille à peu près à un demi-mille au large de la Pointe de la Tranche. J'étais allé poser des casiers assez loin et il était beaucoup plus tard que d'habitude, car j'étais tombé en panne et j'avais voulu réparer moi-même. Je me suis approché, parce qu'il faisait quasiment nuit et, d'où j'étais, je ne distinguais pas bien cette masse sur l'eau. Quand je suis arrivé tout près, j'ai vu que c'était un corps de femme qu'on avait recouvert de branchages. J'ai eu des nausées en la regardant. J'ai inspecté les alentours. Il n'y avait aucun bateau qui mouillait à proximité. Je me suis encore approché et j'ai attrapé ça, accroché à un des pieds du cadavre.

L'homme avait posé sur la table un sachet plastique qu'il prit délicatement par le fond pour en faire sortir un objet sans forme, de couleur bleu.

— Qu'est-ce que c'est ? demanda Lissie.

— À mon avis, c'est un morceau de cordage avec quelques algues autour. On appelle ça un bout entre marins. On ne dit jamais le mot corde sur un bateau, ça porte malheur.

Lissie prit le sac plastique pour toucher le cordage. Il mesurait environ quarante centimètres et était de couleur bleue. Un bout des plus banals.

— J'imagine qu'il y a des centaines de milliers de cordes comme cela de par le monde. Enfin je veux dire de cordage.

— Absolument. Des milliers. Seulement, ce que je voulais vous dire, c'est qu'on a probablement attaché cette femme par les pieds et qu'on a dû la tirer comme ça.

— Qu'est-ce qui vous fait dire ça ?

— L'impression que j'ai eue en la voyant.

— Est-ce seulement cette impression ou y a-t-il autre chose que vous aimeriez me dire ?

— Vous êtes bien comme tous les flics, vous. Vous êtes persuadée que les gens ne disent jamais tout.

— Vous avez raison, parce que c'est souvent le cas. Les gens font rarement des aveux complets du premier coup. Comme si cela leur faisait peur. Alors, je ne serais pas étonnée que ce soit la même chose pour vous. Allez jusqu'au bout, je verrai comment je me débrouillerai avec ce que vous m'aurez révélé.

— Et bien, on peut dire que vous ne perdez pas de temps, commissaire. Mais votre intuition ne vous a pas trompée. Je vais donc la finir, mon histoire. Quand je suis arrivé vers le cadavre il y a trois jours, alors qu'il faisait nuit, j'ai entendu un bruit de moteur au loin, pas celui d'un bateau de pêche, plutôt celui d'un hors-bord assez puissant. Ce bateau devait foncer à toute allure en direction de la Pointe des Corbeaux. Est-ce que c'est un hasard ou est-ce que ce bateau avait quelque chose à voir avec le cadavre, je n'en ai aucune idée.

— Qu'est-ce que c'est cette histoire de branchages ?

— C'était peut-être pour cacher le cadavre. Il y a pas mal de bateaux qui passent par là. Alors un amas de branches, ça n'attire pas forcément l'attention. Moi je me suis approché parce que ma lampe de bateau a fait briller quelque chose sur elle, peut-être un verre de montre ou un bijou. Sinon, je ne serais pas allé voir.

— Ce que vous me dites, c'est qu'on a sciemment essayé de dissimuler ce corps et que ce n'est pas un accident ?

— Moi je ne dis rien, commissaire, je vous laisse faire vos déductions.

— Quand j'ai trouvé le corps hier soir, il y avait encore quelques branches mais peu, j'ai pensé qu'elles s'étaient prises là par hasard. Et pourquoi n'avez-vous averti personne ?

— Parce que je vous ai dit qu'il était hors de question que je collabore avec les gendarmes de l'île.

— Mais moi je suis aussi un flic et vous me racontez quand même tout ça.

— Oui, mais vous, c'est pas pareil. Comme je vous l'ai dit, vous êtes l'amie du Docteur, qui est toujours très gentil et qui s'occupe très bien de mes problèmes de santé.

Lissie risqua une question.

— Accepteriez-vous de me laisser ce morceau de cordage ? Ce bout comme vous dîtes ?

— À une condition.

— Laquelle ?

— Que vous me juriez que vous ne le donnerez pas aux gendarmes et que vous ne direz jamais comment vous vous l'êtes procuré.

— Promis.

— Juré ?

— Craché, enchaîna Lissie.

— Je savais que je pouvais vous faire confiance.

— Quel est votre nom ?

— Appelez-moi Minot, tout le monde me connaît sous ce nom ici.

— Entendu, Monsieur Minot.

Minot sourit à cette appellation inhabituelle.

— Sans Monsieur, ce sera suffisant. Vous reprenez quelque chose ?

— Volontiers, dit Lissie. Je boirais bien une bière pression très froide.

Minot héla Marco et commanda la bière et un verre de vin blanc pour lui. Lissie se sentait bien avec cet homme. Il était carré et transparent. Elle se dit qu'il aurait fait un bon flic. Loyal et en même temps capable d'autonomie de pensée. Elle eut, l'espace de quelques instants, l'envie de partager avec lui ce qui lui passait par la tête mais elle se ravisa car ce n'étaient que des supputations personnelles. Minot reprit la conversation dès que le garçon eut servi les consommations. Il but une petite gorgée de vin, se racla la gorge et s'adressa à Lissie :

— Alors comme ça, vous êtes flic. Les gars de mon âge, on a du mal à se faire à l'idée qu'une femme puisse être flic. Commissaire qui plus est.

— Vous n'êtes pas le seul. C'est pourtant vrai. Commissaire à Nantes. Depuis dix-huit mois.

— Vous êtes Nantaise ?

— Pas du tout. Je suis Alsacienne.

— Pas vraiment la porte à côté. Et c'est votre premier séjour à l'île d'Yeu ?

— Premier oui. Un peu plus de vingt-quatre heures et je pourrais presque écrire un livre. Vous habitez un bien bel endroit, Monsieur Minot. Le peu que j'en ai vu me donne envie de connaître le reste. Si le temps se tient au beau, ce sera formidable.

— Si un jour l'envie vous prend d'admirer l'île depuis la mer, je peux être votre guide. Une petite partie de pêche sur mon rafiot, ça vous dirait ?

— Je n'ai pas le pied marin, l'Alsace doit encore faire connaître ses atouts maritimes. Mais pourquoi pas ? Si vous me promettez de ne pas tourner autour d'autres cadavres.

— Vous savez, la mer n'en ramène pas chaque matin, heureusement.

— Alors, je vous ferai signe, promis.

— Je bois mon premier café sur le port tous les jours, dimanche compris, au Clipper. Vous ne pouvez pas me manquer. Si je n'y suis pas, c'est que je serai mort ou en voie de l'être !

Leur conversation continua tranquillement. Minot aimait son île et son enthousiasme était communicatif. Il encouragea Lissie à revenir en mai, quand les genêts et les ajoncs sont en fleurs, quand la symphonie des couleurs flamboie. Il lui dit qu'il fallait acheter « un petit quelque chose » ici. De Nantes, c'était vraiment facile pour le week-end. Lissie sentait qu'elle se laissait prendre aux chants de Minot et trouva cela bien agréable. Elle regarda sa montre : minuit moins dix.

— Je vais rentrer. J'ai eu une rude journée. Je serai contente de rejoindre mon lit.

— Je vous comprends. Moi aussi je rentre. Bonne nuit, commissaire et n'oubliez pas de garder notre secret.

— Bonne nuit, Minot. Merci de votre confiance.

Minot tourna à droite et Lissie à gauche. Elle récupéra son vélo et prit la direction de la villa. Des dizaines de bicyclettes formaient un serpent lumineux qui s'étirait tout le long de la rue Pierre Henry. On entendait le bruit des dynamos qui jouait une sorte de basse continue. Lissie s'étonna à nouveau du plaisir qu'elle avait à pédaler.

La villa était encore complètement illuminée. Des lumières intégrées dans le sol jalonnaient le chemin d'accès. L'ensemble était particulièrement réussi. Lissie posa son vélo et jeta un œil à travers la fenêtre de la cuisine. François, Irène et Thomas étaient assis autour de la table. L'ambiance semblait joyeuse et la conversation très animée. Lissie cogna au carreau. Thomas se retourna et lui adressa un grand sourire. Il lui fit signe d'entrer. Pour rejoindre le groupe, Lissie décida de passer par la terrasse et perçut des voix d'hommes qui venaient d'une chambre du premier étage. Par réflexe, elle s'arrêta sous la fenêtre et essaya de distinguer ce qui se disait juste au-dessus d'elle. Elle entendit répéter le prénom « Philippe », mais elle ne put déterminer de quoi ces hommes parlaient. Elle fut surprise par Thomas qui venait à sa rencontre.

— Bonsoir commissaire, lança-t-il, ravi de la voir arriver. Madame se joindrait-elle au petit peuple pour boire un verre de notre excellent Vouvray ?

— Je ne sais pas si c'est une heure pour boire du vin, s'inquiéta Lissie.

— Tu es en vacances, Lissie, ne l'oublie pas, même si elles ont commencé de façon un peu sinistre.

Thomas prit Lissie par la main et l'entraîna dans la cuisine. Leur arrivée fut saluée par Irène et François que les verres de vin successifs avaient rendus fort gais. Sans préambule, Irène s'adressa à Lissie :

— A-t-on du nouveau à propos du cadavre des Vieilles ?

François s'était levé pour aller chercher un verre. Il enchaîna :

— Et qu'est-ce que c'était ce rendez-vous ce soir ? On a vu un ami qui nous a dit que tu étais au Navigateur avec un ancien patron de pêche de l'île mais il n'a pas su nous dire le nom du type, il ne s'en rappelait plus. Tu aurais des choses à nous cacher, commissaire Meunier ?

Lissie se sentit rougir comme un voleur pris la main dans le sac. En dehors de son métier, où le mensonge était une religion si on voulait durer et avoir une chance de « boucler les affaires », elle n'aimait pas mentir. À vrai dire, elle était un peu perdue. Elle était en vacances et, en même temps, elle se trouvait confrontée à une histoire qui lui rappelait sa routine. Pas facile, pensa-t-elle, de savoir quoi faire. Thomas aperçut son embarras et vint à son secours :

— Allez, bois ce jus de treille, tu trouveras quoi nous dire. « In vino veritas ».

— Merci Thomas. Et bien dites, donc ! Sacrée journée ! Je suis contente d'être au bout. Même si j'apprécie mon Patron, je n'avais pas prévu de le retrouver ici. Sans compter la visite du procureur. J'aime bien mon boulot et j'aime bien les vacances. Mais si possible pas en même temps !

Elle s'était assise à côté de Thomas, son épaule frôlant la sienne. Elle s'adressa à François :

— J'ai entendu des voix en entrant. Cela venait du premier. Vous avez invité des amis ?

— Ce sont des ouvriers de mon père. Il a toujours des idées en tête. Il voudrait faire une piscine devant la terrasse. Une piscine à débordement, à plusieurs niveaux. Il a la folie des grandeurs. Il m'a prévenu aujourd'hui qu'il avait envoyé deux de ses gars pour apporter du matériel et reprendre d'autres choses. Ils repartent demain ou après-demain, je ne sais pas vraiment. Ils vont se débrouiller, je crois qu'ils sont déjà venus ici. Il m'a aussi dit que ma mère et lui allaient venir sur l'île d'ici un ou deux jours, contrairement à ce que je croyais. Et, s'il arrive, moi je dois dégager. Je suis persona non grata quand il est là. Vieille et classique querelle entre père et fils. Mais je n'ai pas envie d'en parler. Thomas t'expliquera s'il le veut. Il connaît l'histoire par cœur.

Un bref silence s'installa. Lissie y mit fin rapidement :

— Moi, dit-elle, ce n'est que le deuxième jour que je suis là et j'ai l'impression d'être arrivée depuis plusieurs mois. Je me retire dans mes appartements. Est-ce que je suis encore autorisée à prendre une douche à cette heure ?

— Bien sûr, confirma François.

Irène, discrète jusque-là, profita du départ de Lissie pour se lever.

— Moi aussi je serais contente d'aller m'écrouler et disparaître du monde des vivants. Cela fait bien longtemps que je n'ai pas dormi dans un vrai lit.

— Vous avez raison les princesses, allez rejoindre Morphée et ses bras accueillants, ironisa Thomas.

— Dis-moi Thomas, tu travailles demain ?

— Oui, hélas. Je crois même que ce sera plutôt une grosse journée. Si je ne veux pas faire de la consultation en mode zombie, je devrais faire comme vous.

— Bon, je vois que la guerre est finie faute de combattants ! Dommage, j'aurais volontiers livré une nouvelle bataille, ajouta François en tenant une bouteille vide.

Lissie se glissa sous la douche. La chaleur de l'eau et la force du jet lui firent du bien. Elle laissa couler l'eau sur sa nuque, longuement, pour effacer la tension des dernières vingt-quatre heures. Elle pensa à Minot et trouva curieux que cet homme n'ait pas appelé ni prévenu la Police. Mais il lui avait laissé un bon sentiment et elle ne pouvait pas imaginer une seconde qu'il ait pu tremper dans la mort de l'inconnue des Vieilles. Lorsqu'elle se sentit détendue, elle arrêta l'eau et se prépara pour aller au lit. Cela lui prenait toujours beaucoup de temps. C'était pour elle comme une sorte de méditation, qu'elle pratiquait avec plaisir à ce moment particulier. Elle repensait à sa journée, aux personnes qu'elle avait croisées. Son esprit s'arrêta sur Thomas. Elle se rendit compte qu'elle était vraiment heureuse d'être là avec lui. Elle appréciait beaucoup sa compagnie, sa douceur, son attention. Elle s'enroula dans une serviette, le temps de finir ses préparatifs. Prête pour la nuit, elle enfila un teeshirt qui la couvrait jusqu'aux genoux. La fenêtre était ouverte et elle avait une vue étendue sur la côte vendéenne. Des lumières éclairaient l'horizon en un long serpentin scintillant et, en levant les yeux, elle fut saisie par le ciel si intensément étoilé. Elle resta ainsi immobile, émue de pouvoir admirer ces magies de la nuit. On frappa à sa porte très discrètement. Elle se retourna, surprise :

— Qui est-ce ?

— C'est moi, Thomas.

— Thomas, qu'y a-t-il ? Quelque chose ne va pas ?

— Si, si tout va bien. Je peux entrer ?

— Bien sûr ! Entre !

Thomas entra et referma la porte avec d'infinies précautions. Il était immobile, les mains le long du corps et la tête légèrement penchée en avant. On aurait dit un collégien convoqué chez le principal après s'être fait prendre en train de fumer dans les toilettes. Lissie ne put s'empêcher de rire.

— Que se passe-t-il Thomas ? On dirait que tu as quelque chose à te faire pardonner.

— Lissie, j'aimerais te dire…

Thomas s'arrêta là et reprit la contemplation de ses chaussures. Lissie continua sur un ton léger.

— Alors Thomas, je crois que j'ai deviné, tu voulais me dire que tu étais fier d'avoir acheté une nouvelle paire de chaussures !

— Arrête Lissie, je t'en prie ne te moque pas de moi.

Lissie s'était assise sur le bord de son lit et avait pris un air plus sérieux.

— Viens t'asseoir Thomas, viens près de moi et dis-moi ce que tu as sur le cœur.

Thomas s'avança lentement mais ne s'assit pas. Il y avait un silence que Lissie trouvait charmant. Elle attendit encore un peu avant de renouveler son invitation :

— Assieds-toi près de moi Thomas. Je t'écoute.

Sans mot dire, Thomas s'assit à côté de Lissie et tourna son regard vers elle. Lissie posa sa main sur l'épaule de Thomas et la fit glisser lentement le long de son bras jusqu'à sa main, qu'elle caressa délicatement. Thomas sentit un frisson parcourir son dos et ce geste de Lissie l'encouragea.

— Lissie, cela fait longtemps que je voulais te dire ce que je ressens pour toi. Déjà lorsque tu étais à Besançon, j'ai voulu essayer de te le faire comprendre, mais je ne dois pas être doué pour les messages subliminaux, car tu ne semblais pas très réceptive à mes appels ou alors ils étaient trop obscurs pour que tu les déchiffres…

— Rassure-toi Thomas, je les ai tous enregistrés et compris mais, à l'époque, j'avais mis un trait sur ma vie affective. Je voulais absolument réussir ma carrière et, comme tu l'as remarqué, j'ai fait la sourde oreille à tes messages pourtant très explicites. J'en suis désolée, car je dois dire que tes efforts répétés me touchaient beaucoup, mais je n'étais pas disponible pour les accueillir et en faire ce qu'ils méritaient.

— Alors, tu avais remarqué mes signaux. Par moments, je me trouvais pathétique dans mes tentatives…

— Cela me plaisait beaucoup. Parfois, je me sentais coupable d'être aussi peu réactive à tes avances mais c'était au-dessus de mes forces… Heureusement, les choses ont changé.

Lissie avait conclu son propos par un grand éclat de rire bientôt partagé par Thomas. Elle s'approcha de lui et lui ébouriffa affectueusement les cheveux.

— Moi aussi je ressens toutes sortes de belles choses pour toi Thomas et je suis très heureuse que tu sois venu dans ma chambre ce soir. De mon côté, je n'aurais pas osé te rejoindre dans la tienne, mais c'est formidable que tu l'aies fait. Merci d'avoir pris le risque.

Lissie avait toujours sa main dans les cheveux de Thomas. Il avait posé la sienne sur la cuisse de Lissie et faisait tourner doucement ses doigts en des cercles invisibles. Lissie attira Thomas vers elle.

— Viens, allonge-toi contre moi.

Elle le prit par les épaules et le fit pivoter pour qu'ils soient face à face. Thomas saisit un poignet de Lissie et y déposa quelques baisers. Lissie approcha son visage de celui de Thomas. Elle avait très envie de l'embrasser.

— Puis-je espérer tes lèvres sur les miennes ? demanda-t-elle avec un petit sourire.

— Non tu ne peux pas espérer, tu peux seulement exiger.

Ils s'embrassèrent d'abord tranquillement puis, le désir naissant, leurs baisers devinrent plus appuyés, plus longs, plus passionnés.

— Thomas, j'ai envie de toi.

— Moi aussi, terriblement.

— Alors, il faut que je te déshabille. Pour moi ce sera plus facile…

Lissie le déshabilla lentement et cela excita beaucoup Thomas de la voir l'effeuiller avec application et gourmandise. Quand elle eut terminé, Thomas enleva le tee-shirt de Lissie. Ils étaient nus tous les deux et un peu gauches, comme une première fois. Thomas embrassa le visage de Lissie puis descendit tranquillement jusqu'à ses seins, dont il mordilla les extrémités déjà durcies. Ils avaient très envie l'un de l'autre et la suite fut une jolie partie amoureuse et charnelle. Ce soir était comme le paraphe qu'on appose à un texte déjà lu et relu. Thomas glissa son sexe dans celui de Lissie.

— Il y a très longtemps que j'attendais ce moment-là, Thomas.

— Moi aussi, Lissie. C'est tellement bon d'être en toi.

Thomas sentit qu'il ne pourrait pas lutter contre l'envie de venir en elle. Il en avait si souvent rêvé que tout alla très vite, un peu trop à son goût. Il aurait aimé rester encore fièrement dans le sexe de Lissie. Elle sentit son corps se tendre puis être pris de tremblements tandis que Thomas jouissait en elle. Il resta immobile, allongé sur elle, pendant qu'elle lui effleurait le dos. Il s'endormit brièvement puis roula lentement sur le côté. Lorsqu'il ouvrit les yeux, il vit que Lissie le regardait et lui souriait. Il s'approcha d'elle et l'embrassa tendrement. Ce simple contact eut pour inévitable conséquence de faire renaître leurs ardeurs. Ce fut une longue nuit d'amour et une très courte nuit de sommeil.

Chapitre quinzième

Au cours duquel on apprend qu'un et un font deux

Vendredi 9 juillet 2004

Lorsque Lissie ouvrit les yeux, Thomas n'était plus dans sa chambre. Elle ne l'avait pas entendu partir. Sa montre indiquait neuf heures. Elle se leva, encore chavirée par la belle nuit qu'elle avait passée avec Thomas et un peu déçue de ne pouvoir se blottir contre lui. Il devait certainement être déjà au cabinet.

Elle avait faim. Elle descendit après avoir passé une robe. Elle se sentait très légère, comme sous l'effet d'une drogue euphorisante. Bien qu'elle n'ait rien d'une biche effarouchée, elle se dit que c'était probablement la première fois que faire l'amour lui procurait autant de plaisir.

La cuisine était baignée de soleil. Irène et François déjeunaient sur la terrasse. Lissie fit chauffer de l'eau pour son thé et choisit dans sa réserve personnelle un thé blanc japonais qu'elle appréciait particulièrement à cette heure du jour pour sa délicatesse. Irène pénétra dans la cuisine.

— Salut Lissie. Bien dormi ?

Lissie ne sut pas si cette remarque était à prendre au premier ou au second degré. Elle choisit la réponse la plus simple.

— Oui très bien. Merci. Et toi ?

— Pas très bien, non. J'ai bu trop de vin hier soir et chaque fois c'est le même scénario, cela m'empêche de dormir. Je me rattraperai ce soir. Qu'est-ce que tu as prévu de faire aujourd'hui ?

— Rien de particulier. Thomas m'a conseillé de faire le tour de l'île à vélo. Il m'a dit que c'était possible en trois heures. Je pense que je vais prendre un pique–nique et mes affaires pour me baigner. Le temps est encore superbe. C'est le jour pour ça je crois.

— Je peux venir avec toi ?

— Bien sûr ! À deux ce sera plus sympa.

— C'est la première fois que je viens à l'île d'Yeu, alors je suis aussi ignorante que toi. François est complètement fondu de cette île. Dès qu'il a quelques jours de vacances, il veut venir ici. Je le comprends. Je trouve que le coin a l'air vraiment formidable et François a bien fait d'insister pour que je l'accompagne.

— Qu'est-ce qu'il a à son programme François aujourd'hui ?

— Je crois qu'il a quelques bricoles à faire sur le bateau qu'il emmène aux Caraïbes, à Antigua. Il ne repartira pas avant quatre jours au moins. Il doit aussi rencontrer les deux marins qui viennent avec lui pour la traversée. Il en a pour la journée. Moi je suis enchantée de venir avec toi.

— On part dès qu'on est prêtes ?

— Pas de problème, je vais voir dans le garage si je peux trouver un vélo.

— Alors je prends mon petit-déjeuner, je prépare mon sac et on s'en va.

Lissie était ravie d'avoir de la compagnie pour son tour de l'île. Irène lui plaisait et elle se réjouissait de passer la journée avec elle. Son thé était prêt. Elle prit la théière et alla s'asseoir près de François et Irène. François s'adressa à elle :

— Je te confie Irène. Sens de l'orientation, voisin de zéro, en clair nul. Ne l'écoute pas si tu cherches ta route, elle se trompe à peu près cent fois sur cent. Aucun espoir de retrouver la maison si tu la laisses décider du chemin à prendre. J'espère que, dans la Police, on vous donne quelques notions d'orientation.

— Je me trompe ou c'est une remarque sexiste ? On ne fait que le tour de l'île, cela ne devrait pas être trop difficile. On va essayer d'unir nos forces pour nous perdre avec talent.

— Toi le marin d'eau douce, reprit Irène, tu peux faire le malin. Si tu n'avais pas toutes sortes de gadgets pour te diriger, tu ne serais pas plus fier que nous.

— D'accord capitaine, ironisa François, à la prochaine traversée, je te confie la barre. On verra si on arrive aux Caraïbes comme prévu ou à Arcachon.

— Entendu, je relève le défi. Mais tu devras me montrer comment tu te sers de tes instruments.

La conversation roula sur ce ton un long moment et Lissie s'amusait beaucoup à les écouter se chamailler pour des broutilles. Elle avala un copieux petit-déjeuner et se sentit prête pour sa randonnée cycliste.

— Je monte me préparer et on part quand tu veux Irène.

— François, tu sais où je peux trouver un vélo dans cette maison ? demanda Irène.

— Je vais t'en chercher un au garage. Il y a celui de ma sœur.

— Oui, mais je viens d'y aller et il n'y était pas.

— Je ne vois pas où il pourrait être. Tu ne devais pas être bien réveillée. En principe, il est toujours à côté du scooter.

François se leva et contourna la maison. Irène partit dans sa chambre en passant par la cuisine. Lissie ne savait pas bien ce qu'elle devait emporter pour sa balade à vélo. Son côté un peu obsessionnel lui dictait de transférer la moitié de sa valise dans son sac à dos, mais elle se ravisa en constatant le volume et surtout le poids qu'elle devrait porter toute la journée. Elle fit taire sa petite voix intérieure pour se convaincre de ne prendre que le minimum utile. Elle en profita pour mettre un peu d'ordre dans ses affaires qui, avec les évènements de la veille, avaient essaimé un peu partout. Or, elle n'aimait rien tant que l'ordre. Il y avait dans sa chambre une grande armoire qu'elle n'avait pas investie à son arrivée et qui lui semblait tout indiquée pour pendre quelques vêtements. Plusieurs rangées de livres en occupaient la partie droite mais la partie gauche lui permettrait d'y mettre ce qu'elle souhaitait. Elle regarda distraitement les livres et fut étonnée par leurs titres. Des volumes de Marx, de Trotski, des ouvrages sur la guerre d'Espagne, des recueils de poésie d'Aragon et les œuvres complètes de Sartre dans La Pléiade. Elle se dit que les heures de jeunesse de François ou de sa sœur avaient dû être versées dans un marxisme militant. Elle en sourit et pensa à ce que disait François de ses conflits avec son père, que Thomas avait évoqués de façon sibylline. Sans doute que le père, entrepreneur de travaux publics, avait dû voir d'un œil mauvais l'un de ses rejetons frétiller avec la gent communiste. Son béton avait dû se lézarder devant pareille infamie. Elle en était là de ses considérations politiques lorsqu'elle perçut, de sa fenêtre ouverte, le bruit d'une voiture qui entrait dans la cour, la porte du véhicule claquer puis la voix de Thomas qui s'adressait à quelqu'un. Probablement François. Ils étaient cachés par l'angle de la maison et elle ne pouvait les voir. Thomas semblait très excité mais Lissie ne parvenait pas à distinguer ses paroles. Le seul mot qui la fit sursauter fut « Minot » que Thomas répéta à plusieurs reprises. François parlait moins fort et Lissie ne l'entendait quasiment pas. Elle termina son sac et descendit rejoindre Irène. Lorsqu'elle arriva en bas de l'escalier, Thomas sortit en trombe de la cuisine et faillit la renverser.

— Une urgence, Docteur ? ironisa Lissie.

— Non, un cadavre, commissaire.

— Un cadavre ?

— Oui, un deuxième cadavre. Retrouvé ce matin dans son bateau au large de La Meule.

— Meurtre ou mort naturelle ? interrogea Lissie, mi-figue, mi-raisin.

— On ne sait pas encore. On raconte à peu près tout sur le port. La seule différence avec le cadavre des Vieilles, c'est qu'on sait qui c'est cette fois-ci.

— Minot, j'imagine, lança Lissie.

— …

Thomas crut que le ciel lui tombait sur la tête. Il regarda Lissie dans les yeux.

— Ah ! Tu avoues, c'est toi qui l'as dézingué !

— Pourquoi l'aurais-je tué ? poursuivit Lissie, mi-agacée, mi-amusée d'être prise pour l'auteure d'un crime.

— Si tu ne l'as pas tué, comment sais-tu que c'est son cadavre qu'on a retrouvé ce matin ? Tu as déjà des informateurs sur le Port ? Commissaire Lissie Meunier, Lucky Luke de l'information. Le commissaire Meunier connaît le nom des morts avant les morts eux-mêmes. Bravo Commissaire. Vous êtes décidément promise à un bel avenir.

— On se calme, Docteur Besson, on se calme. Je t'ai simplement entendu de la fenêtre de ma chambre quand tu parlais avec François. Ce qui est fou, c'est que c'est probablement l'homme que j'ai rencontré hier soir au Navigateur. Un ancien patron de pêche je crois.

— Oui, c'est lui. Je le connaissais un peu. C'était un client du cabinet. J'ai dû le voir deux ou trois fois, pas plus. Il m'aimait bien et calait souvent ses consultations pendant mes périodes de remplacement. Il partait à la pêche tous les matins. Toujours seul. Je crois qu'il vivait également seul sur l'île. Il a peut-être fait un malaise sans pouvoir demander d'aide à temps.

— C'est quand même incroyable. Je ne connais personne sur cette île et la seule avec qui j'échange pendant moins de deux heures meurt juste après que je l'ai rencontrée. Thomas, appelle un exorciste, je suis ensorcelée. Et arrête de me fréquenter, sinon tu vas mourir aussi ou avoir des ennuis.

Comme seule réponse, Thomas s'avança vers elle à la recherche d'un baiser. Lissie lui glissa à l'oreille :

— On a le droit ici ?

— Bien sûr, ce n'est pas un couvent.

Ils s'embrassèrent au pied de l'escalier, comme des collégiens. Lissie aimait les baisers de Thomas. Des pas à l'étage les stoppèrent dans leur élan. C'était Irène qui sortait de sa chambre.

— Tu es là Thomas !

— Comme tu vois.

— Rien de grave j'espère ?

— Non. Je suis venu annoncer à Lissie que l'homme avec lequel elle a bavardé hier soir a été retrouvé mort ce matin dans son bateau au large de la Meule. J'ai profité d'une visite à domicile dans le coin pour faire un saut jusqu'ici. D'ailleurs il faut que je file, je suis déjà à la bourre.

Irène s'arrêta au milieu de l'escalier, sous le coup de l'émotion. Elle était toute blanche. Sa respiration s'était accélérée. Lissie vit son malaise :

— Tu le connaissais, Irène ?

— Non pas vraiment. François, oui, je crois. Mais je n'en suis pas certaine.

Le téléphone de la villa sonna et Thomas se dirigea vers l'appareil. Il héla Lissie :

— Lissie, c'est pour toi. Un admirateur zélé !

— Dis-moi qui c'est, chuchota Lissie en mettant sa main sur l'écouteur.

— Quelqu'un avec qui je ne peux pas rivaliser, persifla Thomas. C'est le chef de la Gendarmerie.

Lissie fit une moue significative. Elle alla s'isoler dans le salon. Elle revint quelques minutes plus tard :

— Il veut que j'aille à la gendarmerie ce matin. Il sait déjà que j'ai vu Minot hier soir. Il aimerait me poser quelques questions. Quelle galère ! Thomas, va me chercher un billet, je rentre chez moi et je me mets sous ma couette pendant une semaine.

— La Police française en déprime ? Je n'y crois pas un instant. Je suis sûr que tes réflexes de flic sont déjà en alerte.

— Bon, je ne discute pas avec les types de mauvaise foi, fussent-ils médecins.

— On bat en retraite commissaire ?

— Dis Thomas, tu ne veux pas m'emmener à la gendarmerie ? Irène, je suis navrée, mais je dois aller faire ma visite quotidienne à la maréchaussée.

— On a du temps devant nous. On peut partir quand tu rentres. T'en as pour longtemps ?

— Une bonne heure j'imagine.

— OK, alors je t'attends, confirma Irène, conciliante.

— Thomas, tu ne m'as pas répondu, c'est oui pour m'emmener à la gendarmerie ?

— Bien sûr, commissaire. C'est comme si on était déjà en route.

Thomas et Lissie se retrouvèrent dans la 4L et quittèrent la villa. Thomas voulut savoir si Minot se sentait menacé la veille lorsqu'elle l'avait rencontré.

— Pas vraiment. Il m'a raconté des histoires de l'île et aussi ce qu'il imaginait du meurtre des Vieilles.

— Ah oui, et qu'est-ce qu'il en disait ?

— Il était convaincu qu'il y avait un trafic de femmes du Maroc vers l'Angleterre et que les trafiquants avaient des connexions sur l'île.

— Dis donc, il en avait de l'imagination ce monsieur.

Lissie ne savait pas pourquoi elle avait inventé cette histoire. Un vieux réflexe sans doute. Ne jamais dire ce qu'on sait. À personne. Même à l'homme avec qui vous avez passé la nuit. Leroux répétait sans cesse : « L'assassin ne dort jamais loin de ton coussin ».

Lissie s'en voulut d'avoir de telles idées à propos de Thomas. Elle revint à Leroux et à ses aphorismes à répétition. Au début d'une affaire, il martelait « Trouve le coupable en trois jours, si tu ne veux pas qu'il coure toujours ». Elle avait pu constater que cela s'était vérifié à plusieurs reprises. Lissie regarda Thomas conduire. Il avait de très jolies mains, avec de longs doigts fins. La gendarmerie était en vue. Thomas la déposa dans la cour.

— Appelle François quand tu auras terminé. Il viendra te chercher.

— Merci Thomas. J'espère que je n'en aurai pas pour des heures.

Le chef de la Gendarmerie sortit à sa rencontre et lui souhaita la bienvenue.

— Vous connaissez les lieux, commissaire. Si vous voulez bien me suivre.

Lissie pénétra dans le bureau du chef et s'y sentit presque comme chez elle.

— Commissaire, vous savez que le dénommé Denis Morgins dit Minot est mort. On l'a retrouvé ce matin au large du port de la Meule. Il y pêchait tous les jours. Son corps gisait au fond de son bateau. Sans aucune trace de coup ou de blessure apparente. Rien qui ne retienne l'attention à la première inspection. Il était sur le ventre, comme s'il avait eu un malaise et s'était affalé, inconscient. Sa bouche et son nez étaient immergés et il s'est sans doute noyé en aspirant l'eau dans laquelle son visage baignait. Un peu comme les petits enfants qui se noient dans une flaque d'eau parce qu'ils n'arrivent pas à se relever. D'après son dossier médical, il était diabétique, alors, cela pourrait peut-être expliquer qu'il ait perdu connaissance. Enfin le légiste nous dira tout ça. Mais, deux morts au large de la Côte Sauvage en deux jours, cela commence à faire désordre sur la place. J'ai demandé à mes hommes de clarifier quel avait été l'emploi du temps de Morgins hier et ils ont rapidement découvert que vous aviez été vue en sa compagnie au bar Le Navigateur. C'est exact commissaire ?

— Parfaitement exact. J'ai pris un verre avec lui dans ce bar.

— Vous le connaissiez ?

— Non, pas du tout. Il voulait me parler de l'affaire des Vieilles. Il avait quelque chose d'important à me dire.

— Continuez commissaire, continuez…

— Il m'a raconté qu'en rentrant de sa pêche quotidienne avec son bateau, deux jours avant la découverte du cadavre, il lui avait semblé avoir vu quelque chose qui flottait sur l'eau. Il se demandait si ce n'était pas justement le cadavre qu'il avait aperçu.

— Où Minot se trouvait-il à ce moment-là ?

— Il m'a indiqué que c'était un peu au large de la Pointe de la Tranche.

— Vous a-t-il précisé pourquoi il n'était pas allé observer de plus près ce qu'il avait aperçu ?

— Oui, il était limite en carburant et ne voulait pas prendre le risque de tomber en panne d'essence en pleine nuit.

— Vous est-il apparu soucieux ?

— Non, pas spécialement. Il m'a aussi signalé qu'il n'irait pas vous informer de cela car il vous détestait vous, les gendarmes de l'île. Moi, je suis une femme, alors il estimait que c'était différent.

Lissie avait menti une fois de plus aujourd'hui. Puisqu'elle était mêlée à ces deux histoires, elle tentait de donner un sens à ces deux décès. Une intuition lui soufflait qu'ils n'étaient peut-être pas complètement étrangers l'un à l'autre. Restait à découvrir ce qui les liait. Mais rien à cet instant ne prouvait que la mort de Minot ne fût pas accidentelle. Après tout, il avait pu faire un malaise à cause de son diabète et cela pouvait suffire à expliquer sa mort inattendue. Elle demanderait à Thomas de lui en dire un peu plus sur le diabète.

Selon les « lois de Leroux », considérant les soixante-douze premières heures suivant un crime, elle avait encore deux jours devant elle pour y voir plus clair. Mais la tâche n'était pas simple, car elle n'était pas chargée officiellement d'enquêter. Elle allait se mettre au travail et comprendre ce qui se passait sur cette île « où il ne se passe jamais rien ». Le brigadier-chef la sortit de ses réflexions.

— Commissaire, à quelle heure avez-vous quitté Monsieur Morgins ?

— Assez tard, il devait être aux alentours de minuit. Un peu avant minuit je crois.

— Deviez-vous vous revoir ?

— Nous n'avions rien prévu de précis mais il m'avait proposé de m'emmener sur son bateau.

— Vous a-t-il laissé entendre qu'il était souffrant ou qu'il se sentait menacé ?

— Non, rien de tout cela. Brigadier, vous parlez comme si vous étiez sûr que Minot avait été tué. Vous ne croyez pas à la thèse du malaise ?

— Je ne sais pas commissaire. Pour le moment, je ne néglige aucun indice.

— Une autopsie a-t-elle été demandée ?

— Oui, nous aurons les premiers résultats dans la journée. Le procureur est déjà venu et reparti. Cette disparition me contrarie, je ne connaissais pas spécialement ce Minot mais l'avais croisé ici ou là sur l'île et lui avais rendu visite une fois chez lui pour lui acheter du poisson. C'était une grande gueule, pas copain avec les flics, c'est sûr, mais pas un mauvais type. C'était un solitaire. Il n'avait pas d'amis sur l'île. Mais il avait des ennemis, ça c'est certain. Il y avait beaucoup de méchanceté à son égard. On lui reprochait son passé.

— Quoi donc dans son passé ? questionna Lissie, qui sentait que le brigadier la faisait languir.

— Je ne sais pas exactement. Minot avait la réputation d'aimer les femmes. Alors, c'est peut-être une histoire dans ce registre mais, franchement, je n'en sais rien. J'essaie de me rassurer en me disant qu'il a fait un malaise et qu'il n'a pas pu appeler les secours. Comme je vous l'ai dit, il était diabétique. J'espère que l'autopsie confirmera cette hypothèse. Je n'ai pas très envie d'une deuxième mort suspecte ici. On va ouvrir un commissariat si les affaires se multiplient ! Bon, allez, je divague, commissaire. Si vous apprenez quelque chose, dites-le-moi. J'ai l'impression que vous avez conquis la population. Ah, j'oubliais ! On n'a pas encore identifié le cadavre des Vieilles. Les premières recherches n'ont rien donné. Son ADN n'est pas connu. Aucune disparition suspecte signalée à ce jour. Elle n'avait pas de toxiques dans le sang. C'est curieux tout ça. Dans mon précédent poste, on a retrouvé un cadavre en forêt, à cet endroit depuis probablement plus d'une année. Personne n'avait signalé sa disparition. On vit une drôle d'époque, commissaire. Rien d'autre pour le moment. Mais le procureur me tiendra informé dès qu'il aura du nouveau. Je ne manquerai pas de vous en dire plus. Je n'ai pas de secrets pour vous et tant pis pour le sacro-saint secret de l'instruction…

— Merci de votre confiance brigadier.

Chapitre seizième

Au cours duquel pointe le but

Vendredi 9 juillet 2004

En sortant de la gendarmerie, Lissie avait appelé Irène pour lui dire, qu'à regret, elle devait annuler leur promenade, car elle avait encore à faire. Le chef de Gendarmerie l'avait déposée à la villa, où elle avait repris son vélo. Elle avait un plan en tête, qu'elle avait décidé de mettre à exécution sur le champ. Elle s'était arrêtée dans un café du port et avait trouvé l'adresse de Minot-Morgins dans l'annuaire, chemin du Grand Pas à Cadouère. Elle s'était rendue dans sa rue et n'avait eu aucun mal à obtenir des renseignements sur Minot. De son vrai nom Denis Morgins, Minot n'était pas né sur l'île mais à Saint-Jean-de-Monts, juste en face, sur le continent. Il avait épousé une islaise, Isabelle Drosard, fille d'un patron de pêche très aisé. Denis Morgins avait repris l'affaire du beau-père mais le mariage avait mal tourné et Isabelle Drosard s'était suicidée environ cinq ans après leur union restée sans enfant. On prétendait qu'il courait les femmes, car il était souvent absent de la maison, et que la sienne n'avait pas supporté ses frasques. Mais c'étaient peut-être de simples rumeurs malveillantes. En tout cas, après la mort de sa femme, il avait revendu son bateau, et avait disparu de la circulation. On ne l'avait plus que rarement vu à l'île d'Yeu, sauf pendant l'été. On ne savait pas vraiment ce qu'il faisait car les gens de l'île ne le fréquentaient plus pour marquer leur réprobation. Il avait fini par disparaître des préoccupations de chacun. Il était revenu sur l'île, il y avait dix ans environ. Les renseignements de Lissie à ce sujet étaient assez contradictoires. On ne savait pas pourquoi il avait décidé de se réinstaller ici. La seule chose que Lissie avait apprise c'est qu'il était propriétaire de sa maison à Cadouère, près de la Pointe du But, et qu'il y vivait seul. Il recevait très peu de personnes et encore moins des femmes. La personne avec qui il avait partagé sa vie sur le continent était morte avant son retour sur l'île. Minot n'avait pas beaucoup d'amis mais il ne semblait pas vraiment en chercher. La rancune à son égard était tenace et on lui en voulait beaucoup de n'être pas resté loin de l'île. Il était toléré, sans plus. Concernant sa mort brutale, chacun avait une opinion mais, dans l'ensemble, on n'imaginait pas que quelqu'un ait pu lui en vouloir au point de le tuer. Ses voisins n'avaient rien remarqué d'anormal. Lissie leur avait demandé s'ils avaient aperçu des gens ou des véhicules inconnus, qui auraient pu attirer leur attention. En dehors de la voiture de la Gendarmerie qui passait très tard tous les soirs depuis le début de l'été, ils n'avaient rien vu. À côté de la maison de Minot, vivaient deux frères qui s'empressèrent de lui parler, aussitôt qu'elle leur avait montré sa carte de Police. Les deux frères Chorau furent les seuls à être certains que Minot avait été tué pour des motifs financiers. Car à côté de la maison de Minot, il y avait un grand terrain qui avait appartenu autrefois à une famille islaise qui l'avait revendu à un promoteur immobilier de Nantes. Celui-ci voulait en faire un complexe hôtelier de luxe mais avait absolument besoin de racheter une partie du terrain de Minot pour que son projet soit viable. Il avait donc pris langue avec Minot, lui avait, semble-t-il, fait une proposition plus que décente, mais Minot n'avait rien voulu entendre et avait éconduit le promoteur en le priant de disparaître de sa vue à jamais. Récemment, disaient les deux frères, le promoteur était revenu voir Minot avec une nouvelle offre encore plus alléchante financièrement, mais il avait déguerpi presque aussi vite qu'il était entré, Minot le menaçant de lui faire la peau s'il avait le malheur de remettre les pieds chez lui. Les deux frères étaient donc convaincus que ce promoteur immobilier avait sans doute fait ce qu'il fallait pour mettre Minot hors-jeu et s'approprier son terrain. Minot était sans enfant et ses frères et sœurs n'habitaient pas sur l'île. Minot mort, le terrain pourrait être facilement vendu. Les frères Chorau l'avaient ensuite encouragée à continuer la route qui mène vers la Pointe du But pour se rendre chez Pornichet, qui habitait chemin des Broches et avait dénommé sa maison « À chaque jour suffit sa peine ». Pornichet connaissait bien Minot, ils avaient fait une partie de leur service militaire ensemble.

Après sa conversation avec les deux frères Chorau, Lissie fit le tour de la petite maison de Minot. Une maison typique de l'île, sans étage, murs blancs et volets bleus, presque perdue au milieu du très vaste terrain. On avait mis les scellés. À l'arrière, il y avait un jardin bien entretenu. Le tout était entouré d'une haie de charmilles qui confirmait que Minot disposait d'une grande surface autour de sa maison susceptible d'intéresser un promoteur. Un chat se prélassait sur une table en métal qui devait être chauffée par le soleil. L'animal leva la tête lorsqu'il entendit Lissie, la regarda fixement mais ne bougea pas. Jugeant que l'intruse n'était pas porteuse de danger, il reprit sa sieste en toute quiétude après avoir donné un coup de langue sur son poitrail. Lissie s'approcha d'une porte-fenêtre qui donnait sur le jardin et risqua un œil. Il n'y avait pas de rideau. Elle posa son visage contre le carreau de la porte et observa la salle à manger meublée d'une table, quatre chaises et un divan. L'ensemble était assez sobre et très bien tenu. Lissie peinait à bien voir l'intérieur car le soleil se reflétait dans la vitre. Une large bibliothèque barrait une partie du mur en face d'elle. Il y avait beaucoup de livres et quatre grandes photos. Elle les regarda longuement. Les deux disposées le plus haut n'étaient pas faciles à distinguer mais les deux situées en dessous étaient mieux éclairées. Il y avait une photo de Minot jeune en tenue militaire et une autre sur laquelle quatre jeunes gens souriaient, trois hommes et une femme, qui portaient tous de larges lunettes de soleil masquant une bonne partie de leurs visages. Lissie reconnut Minot, en le comparant avec la photo où il était seul. Elle n'eut évidemment aucune idée de l'identité des trois autres.

Elle continua le tour de la maison et découvrit un petit appentis sous lequel Minot rangeait ses affaires de pêche. Elle s'aventura plus avant et fouilla dans les étagères où régnait un ordre parfait. Il y avait des filets, des casiers, des lignes, des dizaines de boîtes contenant des objets qu'elle ne pouvait identifier. Dans un coin juste sous le toit était accrochée la dernière des photos que Lissie venait de voir dans la maison. La photo était jaunie et très défraîchie, abîmée par les embruns. Lissie eut envie de la prendre avec elle mais elle se ravisa et se dit que son appareil photo ferait l'affaire pour fixer l'image. Elle essaierait de savoir qui étaient ces trois personnes en compagnie de Minot. Leroux disait souvent : « Fouillez le passé, il n'est jamais dépassé ». Pensant qu'elle avait fait le tour des lieux et qu'elle n'en apprendrait pas plus, elle enfourcha son vélo et pédala en direction du chemin des Broches, qu'elle trouva facilement. Mais il n'y avait personne chez Pornichet. La maison était isolée au milieu de la lande, son occupant était manifestement absent. On entendait les cris perçants des goélands. La mer se trouvait à quelques centaines de mètres en contre-bas. D'où elle était, Lissie ne pouvait l'apercevoir. Elle commençait de mieux cerner Minot mais n'avait rien découvert de suffisamment solide qui pourrait la mettre sur la piste d'un homicide. Pas d'indices. Pas de mobile apparent qui tenait debout, la thèse des frères Chorau lui apparaissant crédible. Mais même si l'histoire immobilière était vraie, l'île d'Yeu ne lui semblait pas encore être la Corse ou Marseille, on ne dézinguait pas au moindre différend, on ne se parlait plus et on ruminait pendant des générations. Elle décida d'aller jusqu'à la Pointe du But qui avait l'air toute proche sur le plan de Thomas. Il y avait beaucoup de vent et le sentier était assez cahoteux. Lissie devait rester concentrée pour tenir sur son vélo, mais elle s'étonna encore de ses progrès. Elle se trouva bientôt sur un chemin plus large à un carrefour où une grosse pierre posée telle un menhir portait des indications de directions. La Pointe du But était signalée tout droit. Le site était grandiose. Lissie descendit de son vélo et le rangea à côté d'une multitude d'autres. Les goélands se jouaient du vent puissant et planaient sans aucun effort au-dessus de l'eau. Un peu au large, un petit îlot rocheux était battu par une mer aux reflets verts et blancs. Lissie s'approcha de la pointe en marchant sur les rochers. Quelques mètres en contrebas, les vagues frappaient la falaise dans un fracas d'enfer. Impressionnant. Tout près de là, mais comme étrangère au tourment de l'océan, une famille essayait de faire démarrer un cerf-volant qui ne voulait rien savoir et s'écrasait désespérément sur les rochers après avoir tournoyé quelques instants dans les airs. Le petit garçon, très contrarié par ces insuccès répétés, voulait absolument que son père réussisse à faire voler l'engin. Lissie esquissa un sourire et, après avoir pris quelques photos de ce lieu encore sauvage, remonta sur son vélo et se dirigea vers Port-Joinville. En pédalant, elle résuma sa journée et se dit que rien a priori ne laissait supposer qu'on avait voulu du mal à Minot. Finalement, cette thèse de l'accident chez un diabétique tenait la route. Elle décida d'interroger François sur Minot. Irène avait laissé entendre qu'il le connaissait. Après tout, cela faisait longtemps qu'il venait à l'île d'Yeu, peut-être aurait-il des informations à lui donner.

Il faisait très chaud dès qu'on était à l'abri du vent. Lissie pédalait le long de la côte. Curieusement, les plages entre Port-Joinville et la Pointe du But étaient moins fréquentées que les autres. Pourtant, de son vélo, Lissie aperçut quelques petites criques qui ne manquaient pas de charme. Elle se promit d'y revenir dès qu'elle aurait bouclé cette histoire, sans vraiment savoir si elle devait croire à cette incantation. Elle arriva Place de la Norvège et aperçut, à la terrasse de l'Équateur, François et Irène qui lui firent signe de les rejoindre. Puisqu'elle voulait parler avec François, c'était sans doute le moment.

Après s'être installée et avoir passé commande, elle leur raconta ce qu'elle avait appris de Minot à Cadouère et demanda à François ce qu'il savait de cet homme. François semblait bien le connaître, Irène avait raison.

— C'était un copain de mon père, dit François. Ils se sont connus pendant leur service militaire. Ils étaient dans le même régiment et ils avaient beaucoup de souvenirs communs. Je crois que mon père a logé plusieurs fois chez lui au début, quand il venait sur l'île. Moi j'étais tout petit, je ne me rappelle pas bien, mais ma sœur qui vit aux États-Unis s'en souvient mieux que moi je pense. Puis, il est parti de l'île et je n'en ai plus jamais entendu parler. Je ne savais même pas qu'il était revenu. C'est quand j'ai entendu Thomas m'annoncer sa mort que j'ai fait le rapprochement. Mon père, dans un bon jour, pourrait t'en dire plus. Je vais envoyer un courriel à ma sœur pour l'informer. On connaît la cause du décès ?

— Pas exactement encore. On sait seulement qu'il est mort dans son bateau. Il a probablement fait un malaise qui a entraîné sa mort. Le chef de la Gendarmerie m'a dit qu'il était diabétique, répondit Lissie.

— Par probablement tu veux dire quoi ? renchérit François.

— Oh, je veux seulement dire que les premières constatations et l'ensemble des circonstances laissent penser que c'est une mort accidentelle. En tous les cas, cela y ressemble, ajouta Lissie très consciente de son effet.

Irène n'avait encore rien dit et semblait songeuse :

— Il ne manquerait plus que ce soit un meurtre ! Cela ferait deux meurtres en trois jours sur cette île tranquille. Les flics, vous voyez des morts suspectes partout. Déjà un cadavre avant-hier soir, je trouve que c'est assez pour ici. Pas d'accord les amis ?

— Si, si, moi, je suis parfaitement d'accord, ajouta Lissie. D'autant que je suis là en vacances et pas pour résoudre des énigmes policières. Cela dit, on ne connaît toujours pas l'identité de la première victime. Si on savait qui c'était, les choses avanceraient plus vite. Ce cadavre arrivé de nulle part et que j'ai découvert aux Vieilles n'a sans doute rien à voir avec les gens d'ici. Le chef de la Gendarmerie m'a encore confirmé aujourd'hui qu'aucune disparition n'avait été signalée sur l'île. Il attend des informations nationales sur des personnes adultes disparues ou recherchées. Mais mon chef Leroux ajouterait en pareille circonstance : « Meunier, rappelez-vous qu'on peut tout voir en ce bas monde, et bien au-delà de ce que vous pouvez imaginer, les humains sont capables de tout, d'absolument tout ».

— Tu as quand même l'air de t'intéresser à Minot, reprit François.

— Forcément, tu comprends, je l'ai vu hier soir. On a bavardé un bon moment ensemble. Alors, ce matin, quand on m'a appris qu'il était mort, je me suis sentie concernée.

— Exact ! C'est lui que tu as vu hier soir ! Et qu'est-ce qu'il voulait te dire ? demanda François.

— Il voulait me parler du cadavre des Vieilles.

— Pourquoi, il savait quelque chose ? poursuivit François, intrigué.

— Oui et non. C'était un homme qui détestait les flics mais il me trouvait sympathique, alors il a voulu me confier quelque chose de relativement insignifiant, mais il pensait que c'était important de me le dire.

Bien que Minot soit mort, Lissie ne voulait pas trahir la promesse qu'elle lui avait faite la veille. Elle resta donc évasive face aux questions de François. De toute façon, elle ne savait pas vraiment quoi faire de ce bout qu'il lui avait donné. Elle reprit la parole :

— Ah, d'ailleurs, François, regarde la photo que j'ai prise tout à l'heure. Elle pendait dehors, à l'arrière de la maison de Minot. À tout hasard, tu reconnaîtrais les gens qui sont dessus ?

— Montre-la-moi toujours.

Lissie prit son sac et en sortit son appareil photo. Elle fit quelques manipulations et le tendit à François.

— Regarde Irène. C'est mon père et Lucia avec Minot. Incroyable ! Cette photo a au moins quarante ans, peut-être même plus de quarante ans !

— Dis donc, Lucia, elle était drôlement jolie ! Elle ressemblait à Sophia Loren, ajouta Irène.

— Tu as raison Irène. Elle ressemblait vraiment à l'actrice.

— Et qui est la quatrième personne avec cette grande barbe ? demanda Lissie.

— Je ne sais pas du tout qui cela peut être, répondit François. Cette tête ne me dit vraiment rien. Tu devrais demander à mon père.

— C'est toi qui mènes l'enquête ? interrogea Irène.

— Non, ce sont les gendarmes qui en sont responsables. Ils sont aidés par un service spécialisé de la Gendarmerie qui traite des affaires criminelles. Des gens sérieux.

Lissie eut envie de rentrer à la villa. Elle prit congé de François et Irène et partit rapidement. Elle était finalement assez contente des informations données par François. Elle se dit que la chance serait peut-être au rendez-vous. Un aphorisme de Leroux lui revint en mémoire : « La chance c'est comme l'essence dans une voiture, il en faut toujours un peu pour avancer. »

Il n'y avait personne à la villa. Elle monta dans sa chambre et prit une longue douche. Elle s'allongea ensuite sur son lit et essaya de mettre de l'ordre dans ses idées. Elle était trop énervée pour se reposer. La maison était très calme. Elle profita de ce moment pour descendre se préparer un thé. Ce rituel l'aidait à reprendre ses esprits et, surtout, à réfléchir. Elle remplit sa tasse et avança jusqu'au petit ponton où elle avait aperçu les bateaux amarrés le jour de son arrivée. C'était la fin d'après-midi, le soleil déclinait lentement, l'air était chaud. De minuscules vagues troublaient imperceptiblement la surface de l'eau. La marée était haute. On n'entendait aucun bruit. Lissie s'assit à l'abri du vent et s'adossa à un rocher. Elle était face à la mer. Les trois embarcations étaient quasi immobiles. Lissie sentit le sommeil l'envahir mais se dit que ce n'était pas le moment de s'endormir sur des lauriers encore à conquérir. Elle se releva et retourna à la villa. Elle venait d'entrer quand son téléphone sonna.

— Lissie Meunier, je peux vous être utile ?

— Ah commissaire, je suis content de vous entendre. Avez-vous une minute ? Je pense que vous m'avez reconnu, je suis le brigadier-chef. Je suis désolé de vous déranger. Est-ce que je peux passer vous voir ? J'aimerais vous demander quelque chose.

— Bien sûr, aucun problème. Je suis seule ici. Je vous attends.

À peine Lissie avait-elle raccroché que le téléphone sonna une nouvelle fois. C'était Thomas.

— Formidable, tu es là !

— Comme tu vois, les flics m'ont relâchée. Je leur ai présenté un alibi sans faille. Les bras du Docteur Besson, il n'y a pas mieux pour éviter les Assises. Tu es au cabinet ?

— Non, entre deux consultations à domicile. Où en est la mort de Minot ?

— On attend les résultats de l'autopsie. On s'achemine probablement vers un malaise, car le brigadier m'a dit qu'il était diabétique.

— Diabétique ? Peut-être. Je ne l'ai pas vu souvent mais il m'aimait bien, je ne sais pas pourquoi d'ailleurs. Je ne lui ai jamais rendu de service particulier, ni guéri d'une maladie grave. Et vous pensez qu'il a fait une hypo ? demanda Thomas.

— Oui, je crois que c'est l'hypothèse du brigadier. Mais c'est quoi, au fond, une hypo ? voulut savoir Lissie.

— L'hypoglycémie est un accident classique des diabétiques. Le sucre descend à un taux trop bas pour maintenir la personne consciente et elle fait un malaise. D'habitude, il y a des signes annonciateurs que les diabétiques connaissent bien. D'ailleurs, ils ont toujours du sucre sur eux pour prévenir ce genre d'événement.

— Mais le diabète c'est quand on a trop de sucre, non ?

— Oui, justement. Pour éviter de faire trop monter leur taux de sucre dans le sang, les diabétiques font attention à leur alimentation, prennent des médicaments ou s'injectent de l'insuline. S'ils ne mangent pas assez, s'ils prennent trop d'insuline ou font un effort trop violent, ils peuvent manquer de sucre et faire une hypoglycémie parfois mortelle.

— Merci pour ces explications, Thomas. On n'en est qu'aux suppositions, mais le brigadier-chef vient de m'appeler pour m'annoncer sa visite. J'en saurai peut-être plus dans quelques heures.

— Et est-ce que je pourrai être mis dans la confidence ?

— Qu'est-ce que j'aurai en échange ?

— La certitude que je n'irai pas contester votre alibi, commissaire, se moqua Thomas.

— Non mais je rêve, écoutez-moi cet embryon d'Hippocrate menacer un flic sur son propre terrain !

Lissie fit semblant d'être vexée.

— Excuse-moi Lissie, c'était juste une blague, plaida-t-il.

— Alors Docteur, on se dégonfle aux premiers signes de résistance ? Si tu avais quelque chose à te reprocher, il ne faudrait pas longtemps pour que tu passes à table. Tout ça pour te dire que mes hypothèses sont encore bien légères. Mon chef Leroux, qui sert des proverbes comme des chapelets à Rome, me répète toujours que la plupart des crimes tiennent entre, je le cite, « le cul et les écus ». De l'argent, ce Minot ne semblait pas en avoir beaucoup mais il disposait de quelques biens fonciers susceptibles d'intéresser un promoteur immobilier. Quant à ses amours, c'est la bouteille à l'encre, un tombeur de femmes qui ne tombait plus grand-chose depuis longtemps. A priori, rien de bien croustillant à se mettre sous la dent. Mais Leroux dit aussi que le passé recèle parfois des vengeances mûries avant d'être agies. Tu vois, on nage en plein brouillard.

— Si on changeait de sujet Lissie ? Que vas-tu faire ce soir ? Le brigadier-chef a-t-il prévu de t'emmener dîner ou pourrais-je avoir ce privilège ?

— J'accepte l'invitation avec enthousiasme. À quelle heure seras-tu libre ?

— J'ai encore deux visites à faire, une en ville et une à Ker Chauvineau, chemin de la Détourne. Je fais au plus vite. J'ai hâte de te retrouver. Quoi qu'il en soit, je serai là dans une heure à une heure trente environ. Je te rappellerai quand je quitterai Ker Chauvineau. Demain, je jetterai un œil au dossier de Minot à propos de son diabète.

— Excellent. Je me réjouis, Thomas. À tout l'heure.

Lissie se fit un autre thé en attendant le brigadier-chef. Elle choisit un superbe Orange Pekoe qu'elle trouvait chez un marchand indien. Un régal !

Le brigadier-chef était venu montrer à Lissie le premier rapport d'autopsie de Denis Morgins. D'après le légiste, la mort remontait à quatre ou cinq heures du matin. Il n'y avait aucune trace suspecte sur le corps, aucun hématome, aucune plaie, aucune fracture, pas de trace de balle. On avait fait des prélèvements à la recherche de toxiques mais il faudrait attendre quelques jours avant de connaître les résultats. Le taux de sucre était effondré ; le rapport précisait « indétectable ». Le légiste concluait : « Au vu des éléments médicaux en ma possession, l'hypothèse d'un accident diabétique est hautement probable. » Minot avait fait une hypoglycémie devenue mortelle par la noyade qui avait suivi. Les poumons étaient inondés. C'était sans doute la cause de la mort. La séquence hypoglycémie suivie d'une perte de connaissance et enfin l'aspiration d'eau dans les poumons lui avait été fatale. Le chef de gendarmerie n'était pas peu fier d'avoir imaginé la bonne hypothèse. Dans son contentement, il s'était même laissé aller à quelques confidences sur le mort, qu'il connaissait un peu mieux qu'il l'avait laissé entendre quelques heures plus tôt.

Tout à son « succès », il avait raconté à Lissie des choses qu'elle avait apprises l'après-midi, après sa visite à la gendarmerie et notamment les multiples conquêtes de Minot quand il était plus jeune ainsi que cette affaire immobilière. Les entendre une seconde fois lui confirmait la véracité de ce qu'elle avait découvert. Mais elle n'en dit rien au gendarme et le félicita pour ses déductions maintenant avérées. Il interrogea à nouveau Lissie sur la rencontre qu'elle avait eue la veille avec Minot. Lissie répéta ce qu'elle lui avait déjà dit. Elle ne fit pas état de sa visite à Cadouère dans l'après-midi, mais le brigadier-chef savait déjà qu'elle y était allée et qu'elle avait essayé d'en savoir plus sur Minot.

— Dites-moi commissaire, qu'est-ce qu'ils vous ont dit les voisins de Minot ?

— Rien que vous ne sachiez déjà brigadier. Que c'était un homme discret, qu'il était revenu sur l'île après avoir habité sur le continent pendant de nombreuses années. Qu'il avait l'habitude d'aller seul à la pêche tous les matins. Qu'il distribuait très généreusement ce qu'il pêchait et en vendait une partie et qu'il ne sortait pas beaucoup en dehors des courses qu'il faisait à vélo tous les jours à Saint-Sauveur, où il achetait son journal, avant de le lire au café.

— Belle pioche, Commissaire. Oui, c'est vrai, Minot allait tous les jours boire son Muscadet

« À l'Abri des Coups de Mer » vers midi, invariablement. Il ne buvait qu'un verre. Jamais deux.

— « À l'abri des coups de mer » ? s'étonna Lissie.

— Oui, c'est le nom du dernier bistrot de Saint-Sauveur. Autrefois, il y en avait d'autres, mais il ne reste que celui-ci. En dehors de la saison, c'est un café avec ses habitués ; il y a beaucoup d'anciens marins en retraite qui viennent y bavarder. En saison, l'ambiance est totalement différente : il n'y a quasiment que des touristes, alors, les clients habituels ont tendance à déserter le lieu. Vous devriez aller jeter un coup d'œil.

— C'est une bonne idée, brigadier, répondit Lissie. Je vais aller voir à quoi ressemble cet endroit. Et vous, qu'est-ce que vous pensez de cette affaire Minot ?

Le gendarme prit la petite cuiller devant lui et la tourna machinalement dans le thé que Lissie lui avait servi. Il regardait fixement sa tasse et semblait hypnotisé par le mouvement qu'il imprimait à la cuiller.

— Pas grand-chose, commissaire. C'est bien triste mais, en même temps, Minot est sans doute mort sans s'en rendre compte. Si j'ai bien compris, avec son hypoglycémie, il a perdu connaissance avant d'avaler l'eau de son bateau et de s'y noyer. Si c'est le cas, il n'a rien dû sentir. Alors, c'est plutôt une belle mort. On pourrait aussi dire que ce n'était pas son jour. Pas de chance ou belle mort. Il y a deux façons de voir les choses, commissaire.

— Vous avez raison brigadier, faisons le vœu qu'il a eu une belle mort puisque ce n'était pas son jour. Encore un peu de thé ?

— Merci, merci, Commissaire, c'est gentil à vous, mais je ne bois pas souvent de thé. Ça ira pour aujourd'hui.

— Une dernière chose brigadier, regardez ça, cet après-midi, quand je suis allée chez Minot, cette photo pendait derrière chez lui sous son appentis. Minot est dessus ainsi que les parents de l'ami chez qui je loge en ce moment, les Trazonni. Mais il y a une quatrième personne que je n'ai pas identifiée. C'est peut-être quelqu'un de l'île ?

Lissie tendit son appareil photo au brigadier qui examina soigneusement l'image.

— Je reconnais bien Minot mais pas les autres personnes. Elles ne me disent vraiment rien, ce ne sont pas des visages de l'île que je connais, mais je ne connais pas tout le monde. Vous en avez parlé aux voisins de Minot ?

— Oui, bien sûr. Mais aucun n'a pu m'aider. D'ailleurs rien ne prouve que cette personne ait mis un jour les pieds sur l'île.

— Envoyez-moi cette photo par courriel, commissaire, et j'essaierai de trouver qui est ce quatrième visage, puisque vous me dites que vous avez identifié les deux autres. Désolé commissaire, sur ce coup-là, je ne suis pas d'un grand secours. Mais en cherchant, j'aurai peut-être un peu de chance. Qui sait ?

Lissie reprit son appareil et poursuivit :

— Je trouve que cet endroit est plein de mystères. Deux morts bizarres en moins de trois jours, c'est un peu beaucoup pour un refuge en haute mer. Et vous le savez mieux que moi, un flic est toujours un flic, même en vacances. Comme les médecins. Je ne peux m'empêcher d'avoir l'œil ouvert, même si je n'ai pas l'intention de vous doubler, brigadier. C'est à vos services que revient la charge de savoir ce qui s'est passé pour le cadavre des Vieilles et pour la mort de Minot. Mais si je peux vous aider, je ne manquerai pas de le faire.

Sur ce dernier point, Lissie savait qu'elle avait menti au brigadier. Toute la conversation qu'elle avait avec lui en ce moment n'avait qu'un seul but : dans son inavouable envie d'en savoir plus, elle avait essayé de soustraire au brigadier des informations dignes d'intérêt. Une chose aussi la taraudait : savoir si ces deux morts avaient un lien entre eux, même si elle n'avait a priori aucune raison de penser qu'un quelconque rapprochement pouvait exister entre la jeune femme échouée sur une plage et le pêcheur retrouvé sans vie sur son bateau. Leroux lui disait toujours : « Tenez-vous-en aux faits, Meunier, rien qu'aux faits, et vous verrez des choses que personne n'avait vues avant vous. » Lissie croyait toujours Leroux. Parce qu'il avait souvent raison mais aussi parce que c'était son intérêt immédiat.

— Allez, commissaire, j'ai encore à faire. J'ai deux cadavres sur les bras et ce n'est que le début de la semaine. À ce rythme, je vais bientôt aligner une équipe de foot ! Merci pour le thé. Je vais m'en préparer plus souvent. Je bois trop de café.

— Au revoir brigadier, merci de votre visite. Je vous souhaite bonne chance pour votre enquête. Cela ne s'annonce pas facile. Mais, sait-on jamais. Un peu de chance et puis vous serez sur la piste. Si je peux vous être utile…

— Je ne manquerai pas de faire appel à vous. Vous n'êtes ici que depuis moins de trois jours, mais il me semble que vous en connaissez déjà plus que beaucoup sur les histoires de cette île. Si vous entendez quelque chose, commissaire, vous savez où me trouver.

— Comptez sur moi brigadier, mon premier indice sera pour vous.

Lissie raccompagna le gendarme à la porte et le salua. Elle se dit que flic était un métier où mentir devait être une seconde nature. Elle n'avait pas non plus d'illusions sur le gendarme.

Il lui avait dit ce qu'il avait bien voulu. Et il en savait sûrement plus qu'il le laissait entendre.

Lissie s'installa pour attendre Thomas. D'après l'heure, il devait être sur le point d'arriver. Mais Lissie connaissait l'oiseau : Thomas exerçait son métier avec dévouement et n'était pas toujours ponctuel.

La soirée avec Thomas fut douce. Ils prirent leurs vélos et roulèrent jusqu'à la Pointe du Chatelet, sur la Côte Sauvage. Une grande croix barrait l'horizon, face à l'océan. Lissie s'immobilisa et fut traversée par un long frisson. Cette croix majestueuse, la vue de l'océan à l'infini, le soleil incendié déclinant lentement vers la surface de l'eau, donnaient à l'ensemble une impression d'absolu et d'éternité. Ils dînèrent d'un délicieux pique-nique que Thomas avait préparé. L'air était particulièrement chaud. Ils admirèrent sans s'en lasser l'horizon rougeoyant, porteur d'espoir de beau temps, assis sur l'herbe, collés l'un à l'autre, en silence. Lissie se sentait bien avec Thomas. Mais elle n'arrivait pas à effacer de son esprit tous les évènements qui s'étaient déroulés depuis son arrivée. Plus elle essayait de les chasser, plus ils revenaient en force. Comme lorsque son collègue de Nantes, l'inspecteur Cochet, lui disait, quand il la voyait stressée ou contrariée : « Allez

Patronne, je vous interdis de penser à un ours blanc ». Cela marchait à tous les coups et c'était devenu un jeu entre eux. La nuit venue, Thomas l'emmena un peu à l'écart entre les rochers, sur quelques mètres d'herbe rase. Ils firent l'amour, là, simplement et tranquillement. La mer qui venait frapper la falaise juste sous eux couvrit, complice, les bruits de leurs ébats. Lissie aimait la façon qu'avait Thomas de la caresser. Ils restèrent longtemps allongés l'un contre l'autre. À l'apparition d'une petite brise, Thomas déclara avec une assurance de vieux loup de mer « Le vent va se lever, on devrait rentrer ». Ils marchèrent en silence jusqu'à leurs vélos. Lissie reprit ses pensées policières. Elle aurait vraiment aimé en connaître un peu plus sur Minot, mais elle ne savait comment s'y prendre discrètement. Elle ne voulait pas avoir l'air de faire de l'ombre au brigadier. Elle ignorait encore que la chance allait lui sourire. « La chance ne sourit qu'aux bons flics » répétait sans cesse Leroux. De retour à la villa, ils firent encore l'amour. Thomas se révélait un amant insatiable. Lissie s'endormit alors que les premières lueurs du jour se dessinaient.

Chapitre dix-septième

Au cours duquel les taux se resserrent

Samedi 10 juillet 2004

De discrets coups frappés à la porte de sa chambre sortirent Lissie de son sommeil.

— Lissie, c'est Irène, tu veux faire le tour de l'île aujourd'hui ? Il fait très beau.

— Quelle heure est-il, Irène ?

— Presque dix heures. Tu as un sommeil de plomb.

— On s'est endormis très tard cette nuit et j'ai l'impression que je viens de me coucher. Je me lève tout de suite. Pas de mort sur le port ce matin ?

— Pas que je sache. Je t'attends en bas. François est allé nous chercher ce qu'il faut pour un bon petit déjeuner. Je te fais chauffer de l'eau pour ton thé ?

— Ce serait formidable. J'arrive.

Lissie se fouetta pour sortir de son lit, se laver et s'habiller. En bas, Irène et François s'étaient installés sur la terrasse. François lisait un journal et Irène était occupée à vernir ses ongles de pieds. Une bonne odeur de pain frais et de croissants embaumait l'atmosphère. François tendit le journal à Lissie.

— Tiens, lis ça, c'est l'article sur Minot.

— Merci François, je vais d'abord prendre un peu de thé. Je ne suis pas en état de lire, même pas l'alphabet. Qu'est-ce qu'ils disent ?

— Rien que tu ne saches déjà je crois. Les obsèques ont lieu demain à Notre-Dame du Port, répondit François.

— Tu vas y aller ? demanda Irène à François.

— Non, pas du tout, qu'est-ce que tu veux que j'aille y faire ? Je disais ça comme ça.

Lissie prit le journal et lut l'article. Comme l'avait prévenue François, elle n'y apprit rien de nouveau. Sur l'avis de décès, la mort était annoncée par Jean-Pierre et Dominique Morgins, ses frères, et Odile sa sœur. Il n'y avait pas d'autres noms. Les obsèques avaient lieu le lendemain à seize heures à Port-Joinville mais le corps serait transporté en Vendée, à La Faute-sur-Mer. Lissie trouva ce nom vraiment de circonstances. Le pauvre Minot avait dû faire une grave erreur pour en être là. Une erreur dans le passé, imagina Lissie. Peut-être la Faute-sur-Mer était-elle une ville dans laquelle toutes les personnes coupables se donnaient rendez-vous ? La suite de l'article précisait encore qu'un substitut du procureur était venu la veille et Lissie se félicita que le brigadier n'ait pas fait appel à elle. En revanche, elle était étonnée du silence de Leroux. Elle se demandait bien pourquoi il ne l'avait pas appelée.

Irène était déjà prête. Son vélo à la main, elle attendait Lissie.

— Tu connais le chemin ? demanda Lissie.

— Non, pas vraiment, mais François m'a donné un plan détaillé. Et puis, c'est une île, on ne risque pas de se perdre, répondit Irène.

— On commence par où ? demanda Lissie.

— Je vous conseille de suivre la Côte Sablonneuse, vous aurez le soleil avec vous, intervint François. Arrêtez-vous à la fin de la plage des Conches, juste avant la Pointe des Corbeaux. Vous pourrez vous baigner, l'eau y est assez bonne. Vous terminerez votre tour par la Côte Sauvage. Si vous en avez envie, baignez-vous aussi à la Plage des Sabias. Il y a un marchand de glaces. Ne vous arrêtez pas aux Vieilles. D'abord, ça rappellerait des mauvais souvenirs à Lissie et puis il va y avoir un monde dingue.

— Entendu, chef. Merci des conseils. On essaiera d'être à la hauteur de l'enjeu, se moqua Lissie.

— Prenez à boire, ça va cogner, ne put s'empêcher d'ajouter François. Si vous voulez, passez me voir sur le port au retour, je serai sur le bateau dans l'après-midi. Irène, tu peux m'appeler sur mon portable.

— OK, c'est une bonne idée. On viendra boire le café à bord.

Irène et Lissie sortirent de la propriété et rejoignirent la route qui bordait la plage de Ker Châlon. Elles prirent la direction de la Baie de la Pipe. Il était déjà onze heures. Le ciel était parfaitement bleu. Aucun nuage. Une discrète brise soufflait un air chaud. Irène mit pied à terre devant une propriété entourée d'une haute palissade. Lissie pouvait apercevoir un bâtiment blanc, assez grand, qui faisait face à la mer.

— C'est l'école de voile de la Pipe. Thomas t'en as déjà parlé ? demanda Irène.

— Non, pourquoi ? Il aurait dû me dire quelque chose ?

— C'est là que Thomas et François ont appris à naviguer. Autrefois, c'étaient des prêtres qui tenaient l'école, mais plus maintenant. C'est la même association que le centre de vacances que tu as vu en sortant du bateau. Tu te rappelles ?

— Oui, oui, Thomas m'en a un peu parlé quand je suis arrivée. Pourquoi tu t'arrêtes ?

— François m'a demandé de porter quelque chose à un moniteur de voile. Des trucs de marins.

Irène sortit un petit paquet de son sac à dos et prit un sentier qui longeait la propriété en direction de la mer.

— Tu me suis ou tu m'attends ? demanda-t-elle à Lissie.

— Je viens avec toi.

Elles arrivèrent sur la plage, où régnait une animation insoupçonnée de l'extérieur. De nombreux catamarans étaient alignés côte à côte, tous orientés dans le même sens, le nez au vent. Les voiles multicolores se plissaient ou se tendaient au gré de la brise qui balayait la plage. Sur le plan d'eau, il y avait encore plus d'embarcations de toutes dimensions. Des moniteurs installés dans des bateaux à moteur allaient de l'une à l'autre et criaient aux occupants des choses incompréhensibles du rivage mais qui devaient être importantes car Lissie observa que les bateaux bien souvent immobiles reprenaient de la vitesse après avoir mis en application les conseils reçus. Irène interrogea plusieurs personnes avant de trouver le moniteur qu'elle cherchait. Lissie l'aperçut de loin. Il était très grand et Irène devait pencher la tête en arrière pour lui parler. Lissie vit Irène lui remettre le paquet puis revenir vers elle.

— Plutôt beau mec, non ? demanda Irène.

Lissie fut surprise par la remarque d'Irène et se sentit rougir. En vérité, de l'endroit où elle était, elle ne l'avait pas bien vu, en dehors de sa taille, qui lui était apparue nettement au-dessus de la norme. Elle évita la réponse :

— Tu le connais ?

— Non, c'est la première fois que je le vois. Alors, tu ne le trouves pas beau ?

— Je t'avoue que je n'ai rien vu d'où j'étais.

— Dommage, moi je le trouve plutôt craquant ce garçon.

— Qu'est-ce que tu lui as donné ?

— Je crois que c'est quelque chose que François a ramené d'Espagne. Je ne sais pas ce qu'il y avait dans le paquet. Il ne me dit pas tout.

— Tu connais François depuis longtemps ?

— Presque six mois. Mais j'ai l'impression de l'avoir toujours connu. Je crois que c'est le bon. Avant lui, j'ai eu plusieurs histoires avec des garçons, mais cela ne collait jamais. François, il me rassure. Il est assez carré dans ses idées et ça me plaît. Dommage qu'il se soit fâché avec son père.

— C'est une dispute sérieuse ?

— Des histoires politiques. Son père est un militant enragé et il faut toujours qu'il le provoque. Mais François a décidé de ne plus se laisser impressionner et, forcément, ça fait des étincelles. Moi, j'essaie de ne pas m'en mêler.

Il y a déjà assez de problèmes comme ça. Bon allez, on y va ?

Après la Pipe, elles longèrent la plage des Sapins puis celle du Marais Salé. La route était belle et sans difficulté

À proximité de la Pointe des Corbeaux, Irène mit pied à terre et regarda la carte que François lui avait donnée. Un amas de vélos signalait la plage des Conches. Irène s'avança au pied de la dune et aperçut une tourelle juste au large de la Pointe.

— Je crois qu'on est arrivées où François nous a dit de nous arrêter. On fait une pause ? demanda Irène.

— C'est une bonne idée. J'ai envie de me baigner, répondit Lissie.

— Allons-y, enchaîna Irène.

Elles s'installèrent à bonne distance des autres estivants. Il n'y avait pas trop de monde à cette heure-là et la chaleur avait sans doute découragé quelques volontaires. Lissie vit qu'Irène était déjà bien bronzée. Sans doute les heures de voyage en bateau. Elles allèrent ensemble se baigner. La mer était assez froide et le contraste avec la température extérieure était d'autant plus saisissant. Après le vélo, ce bain était bienvenu. Irène nageait très bien. Lissie la suivit au large. Elles s'éloignèrent jusqu'à une bouée de bateau puis revinrent tranquillement s'allonger sur leurs serviettes. Lissie sortit la nourriture de son sac et installa le pique-nique. Comme Irène s'était endormie, elle commença son repas en regardant la mer qui montait. Thomas lui avait expliqué que les coefficients des marées étaient bas en ce moment et que la différence entre pleine mer et basse mer était assez faible. Mi-août, il y aurait de gros coefficients et ce serait la période rêvée pour la pêche à pied et ses trouvailles miraculeuses de palourdes, moules et araignées entre des rochers habituellement couverts par la mer. Irène se réveilla, s'étira. Elle avait faim.

— Dis-moi, Irène, Thomas m'a dit que Lucia n'est en fait pas la mère biologique de François. C'est vrai ?

— Oui, c'est vrai. Je crois que sa mère est décédée quelques semaines après la naissance de François. C'est un sujet tabou. François n'en parle jamais. Le jour où je lui ai posé une question sur sa mère, il m'a répondu très brièvement qu'elle était morte et qu'il préférait éviter le sujet. Je ne sais rien d'autre. C'était une très belle femme. Je te la montrerai, il y a une photo d'elle dans notre chambre. Mais François semble l'avoir éliminée de sa mémoire. Cela dit, il est aussi très secret sur sa sœur aînée, qui vit aux États-Unis et qui vient d'accoucher. On avait envisagé d'y aller pour voir le bébé mais, quand il a su que son père y serait, François a changé d'avis et le projet a été enterré. Sa sœur est mariée avec un américain qu'elle a rencontré pendant ses études et qui travaille dans le cinéma, comme scénariste de film policier, ou quelque chose dans le genre. François l'aime bien. Il m'a raconté que, lorsqu'il est allé rendre visite à sa sœur l'année passée, son beau-frère lui a fait visiter des studios et l'a invité à participer à une séance de travail autour d'un scénario. François a été fasciné et évoque toujours cette expérience avec enthousiasme. J'espère que ce beau-frère permettra à François de maintenir des liens avec sa sœur. Ce serait dommage qu'ils rompent totalement, d'autant qu'avec la distance… Le père de François s'est remarié avec Lucia qui se trouve sur la photo que tu nous as montrée tout à l'heure. Quand François parle d'elle, il dit que c'est sa mère. Il n'a connu qu'elle.

— La famille, ce n'est pas toujours facile. Moi je suis fille unique et je regrette bien de n'avoir ni frère ni sœur pour partager les impressions familiales. Je crois tout de même qu'il y a plus d'avantages que d'inconvénients à ne pas être enfant unique. J'ai des souvenirs terribles de mon enfance. Des déjeuners au restaurant où je m'ennuyais mortellement par exemple. Si j'ai un jour des enfants, j'en achète deux tout de suite.

— Moi aussi, dit Irène, même trois je crois.

Lissie aimait la fraîcheur et la spontanéité d'Irène. Elle la sentait très amoureuse de François. Sans raison manifeste, elle était plus réservée sur François. Elle n'avait pas encore trouvé la manière de l'atteindre, d'être en contact avec lui. Elle le trouvait un peu distant. Elle ne savait pas si c'était de la timidité de sa part ou s'il était prudent parce qu'elle était flic. Bon, de toute façon, il n'y avait pas matière à longue réflexion, c'était sûrement un homme qui gagnait à être connu.

— Allez Lissie, moi j'ai trop chaud. On repart ?

Irène était déjà debout et rangeait ses affaires. Lissie serait bien restée à paresser mais Irène était visiblement d'humeur baladeuse. Elles reprirent le petit chemin qui conduisait à leurs vélos. Elles suivirent la route qui passait devant la Pointe des Corbeaux. De jolis petits cabanons de pêcheurs bordaient la plage. Il y avait aussi un groupe de maisons, installées tout près de la Pointe. Vraiment étonnant qu'on ait laissé construire des habitations si proches du littoral, pensa Lissie. Une voiture immatriculée en Suisse, à Genève, les doubla et s'arrêta devant l'entrée d'une jolie propriété. Une famille de cinq personnes en descendit. Trois enfants et les parents. L'homme s'approcha d'elles, visiblement désireux de parler.

— Bonjour Mesdames, vous n'avez pas vu un chat noir par ici ? leur demanda-t-il sans préambule.

— Nous n'avons pas fait attention, répondit Lissie, mais a priori aucun chat n'est venu mettre sa tête sous nos roues.

Elles avaient mis pied à terre et pouvaient admirer la maison et son parc dans lequel une petite pièce d'eau était traversée par deux ponts joliment fleuris. L'homme reprit :

— Il a disparu depuis hier, c'est le chat de ma fille Philomène. Elle pleure sans arrêt mais on a fouillé partout, on ne le retrouve pas.

Lissie jeta un coup d'œil à la petite fille de cinq ans environ assise sur un banc à côté de sa mère qui tentait de la consoler.

— Je ne veux pas vous retenir plus longtemps, dit l'homme. Si jamais vous voyez ce chat, vous saurez que c'est le nôtre et vous pourrez nous le ramener.

— Nous n'y manquerons pas, dit Lissie en même temps qu'elle enfourchait son vélo et faisait signe à Irène qu'il était temps de repartir.

À peine avaient-elles parcouru une centaine de mètres que le paysage changea soudainement. Finies les plages de sable blanc, la côte était faite de rochers gris qui avançaient dans la mer. Des dizaines de goélands étaient agglutinés sur des pointes rocheuses où les vagues venaient se fracasser. Leurs cris couvraient le bruit de l'océan. Lissie put admirer leur science du vol. Sans un seul coup d'aile, ils montaient et descendaient au-dessus de l'océan en jouant avec les vents. Le portable de Lissie sonna. C'était son chef Leroux.

— Allo, Meunier ?

— Oui, je vous écoute.

— Navré de vous harceler pendant vos vacances mais je viens de parler avec votre ami le brigadier-chef de l'île. Il vous cherche désespérément. Il faudrait que vous l'appeliez.

— Je vais le faire. Je suis à vélo, je n'ai pas dû entendre mon téléphone sonner.

— Tout va bien, Meunier ? demanda Leroux d'un ton qui masquait mal l'ironie.

— On ne peut mieux, Commissaire. Deux cadavres en trois jours. Tous les records sont battus. Je m'étonnais même de ne pas vous avoir entendu après le deuxième mort. Des problèmes commissaire ?

— Rassurez-vous Meunier, je garde un œil sur vous. Mais j'ai su tardivement que vous aviez parlé avec la victime quelques heures avant sa mort. Il ne fait pas bon être dans vos parages en ce moment. N'oubliez pas d'appeler ce gendarme, il a l'air d'y tenir.

Lissie raccrocha et vit sur son écran que plusieurs appels y étaient affichés. Il y en avait un de Thomas et deux d'un numéro non répertorié. Ce devaient être ceux du brigadier-chef. Thomas lui avait aussi laissé un texto pour le moins énigmatique : « Ai une révélation à te faire concernant le dossier médical de Minot. À ce soir, je réserve une table sur le Port. Tiens-toi prête pour vingt heures trente environ. ».

Lissie s'adressa à Irène :

— Désolée, je dois appeler la gendarmerie, un soupirant qui se languit.

— Vas-y, je contemple la foule des Vieilles, c'est un spectacle dont je ne me lasse pas.

Lissie se mit un peu à l'écart et rappela le premier des deux numéros qu'elle ne connaissait pas.

— Allô, gendarmerie de l'île d'Yeu, je vous écoute.

— Bonjour Monsieur, j'aimerais parler au brigadier–chef, de la part du commissaire Meunier.

— Ne quittez pas, je vous le passe.

— Ah commissaire, je suis très heureux de vous entendre.

— Que se passe-t-il, brigadier ? demanda Lissie.

— On tient les coupables du meurtre de Minot, commissaire.

— Bravo, brigadier ! s'exclama Lissie faussement enjouée. Et qui sont-ils ? Vous semblez parler de plusieurs ?

— Ce sont deux dealers de cannabis de l'île. Je m'en suis douté depuis le début. Ils viennent d'avouer. À bien y réfléchir, ces deux-là avaient de solides motifs de tuer Minot. Si vous venez me voir à la gendarmerie, je vous raconterai.

— Ce n'est donc pas une mort accidentelle ? Vous avez abandonné le malaise diabétique ?

— Je n'y avais jamais vraiment cru, commissaire, mais vous comprenez, je ne peux tout de même pas tout vous dire. Vous pensez passer bientôt ?

— Je suis à vélo avec une amie, brigadier. Je vous rappelle quand je suis de retour. Ça vous va comme ça ?

— Oui, comme vous voulez. J'appelle le procureur. Pour le moment, ils sont en garde à vue. Ils partiront demain par le bateau. Ils seront déférés devant le juge. Que pensez-vous de tout ça, commissaire ? La Gendarmerie ne se débrouille pas trop mal, non ?

— Je n'ai jamais douté de vos qualités brigadier. Je vous rappelle un peu plus tard. Encore toutes mes félicitations.

Lissie avait du mal à l'admettre mais elle était un peu vexée que le brigadier s'en soit sorti aussi bien et surtout aussi vite avec l'affaire « Minot » et qu'en plus, il ait tenté de la rouler dans la farine avec l'histoire du diabète puisqu'à l'entendre, cette idée, il n'y croyait pas lui-même. À menteur,

menteur et demi, pensa-t-elle. Le brigadier faisait comme elle, il lâchait ce qu'il voulait et cachait ce qui l'arrangeait. Il était sans doute plus rusé qu'il en avait l'air. Elle ne voulait pas se montrer trop pressée mais, si elle avait pu, elle aurait filé à la gendarmerie pour connaître les coupables et leurs versions des faits. Et puis, le brigadier-chef n'avait pas parlé du cadavre de la jeune femme des Vieilles. Bon, peut-être qu'en cuisinant un peu les deux dealers, le gendarme les ferait avouer le meurtre des Vieilles. Tout ça, c'était de la pure spéculation. Lissie le savait bien. Et les spéculations ne font pas beaucoup avancer les enquêtes de police. Leroux le répétait tout le temps : « Des preuves, des preuves » assénait-il en permanence « et pas des aveux, rien que des preuves ».

Irène sortit Lissie de ses pensées.

— Rien de grave, j'espère, Lissie ?

— Non c'était juste le chef de la gendarmerie qui m'annonçait qu'il avait mis la main sur les meurtriers de Minot.

— Eh bien dis donc, c'est un rapide ce gendarme.

— On dirait que oui. Allez, on y va Irène. J'aimerais rentrer, je suis cuite, le soleil, le vélo et la baignade c'est beaucoup pour une fille de la ville.

Irène comprit que Lissie n'était pas prête à la confidence, même si elle aurait bien aimé en savoir un peu plus. Les deux jeunes femmes reprirent leur route en silence jusqu'à la villa. Irène coupa par le village de la Meule pour gagner du temps. Lissie ne regardait plus le paysage. Elle filait sur son vélo, absorbée par ses pensées. Elle irait rapidement voir le brigadier-chef. Arrivées à hauteur de la villa, Irène dit à Lissie qu'elle allait rejoindre François sur le bateau. Lissie déclina l'invitation et rentra pour prendre une douche avant d'aller voir le brigadier. Elle proposa à Irène de la retrouver ensuite sur le Port. Elle l'appellerait sur son portable pour savoir où ils étaient.

Chapitre dix-huitième

Au cours duquel le proverbe jamais deux sans trois est encore avéré

Samedi 10 juillet 2004

Le brigadier-chef avait raconté à Lissie comment il avait interpellé les deux dealers de cannabis. Lissie avait vite compris qu'il n'avait pas la moindre preuve mais seulement des soupçons étayés par des témoignages des voisins de Minot. Les deux dealers niaient en bloc toute participation au meurtre mais, comme il y avait des incohérences et des trous dans leurs emplois du temps et comme leurs déclarations respectives se contredisaient en plusieurs points, le brigadier-chef pensait que cela suffirait pour les déférer devant le Parquet. Lissie fut peu convaincue par la démonstration du gendarme qui s'était un peu vite emballé en lui disant qu'il avait obtenu des aveux ; ce n'était pas du tout le cas. Ces deux dealers faisaient des coupables idéaux mais le mobile était mince : des voisins avaient raconté que Minot avait menacé de les dénoncer après les avoir vus transborder des caisses sur une petite embarcation alors qu'il pêchait au large de la Côte Sauvage, comme tous les matins. Ce règlement de comptes supposé ne l'inspirait pas. Elle quitta le gendarme en lui souhaitant bonne chance mais, au fond, elle ne trouvait rien de bien tangible à cette hypothèse qui avait surtout le mérite de permettre au brigadier-chef de garder la face. Elle décida de passer par Port-Joinville car elle savait que François et Irène étaient sur le bateau. Comme elle n'avait pas encore eu le temps de le visiter, elle reprit son vélo adossé au mur de la gendarmerie et fila sur le port. François lui fit faire un tour détaillé du voilier : le pont, le carré, la cuisine et les cabines. Lissie, qui n'avait jamais navigué de sa vie, fut impressionnée par tous les petits détails qui permettaient de vivre confortablement à bord. Elle resta sur le pont un moment et attendit Irène qui était partie faire quelques achats sur le port et qui, à son arrivée, montra à François un collier qu'elle venait de s'offrir. Il se montra très enthousiaste et la félicita pour cet achat qu'il trouvait très beau et qui lui irait parfaitement.

Lissie raconta à Irène et François sa visite à la gendarmerie et les suspicions du brigadier-chef qui avaient abouti à l'arrestation des deux suspects. Elle confia aussi qu'elle restait très réservée sur la culpabilité de ces dealers. Le gendarme n'avait aucune preuve, seulement des présomptions, cela restait mince. François sembla soulagé par ces arrestations et trouvait au contraire que le motif de la drogue était suffisant pour faire du mal à un importun qui les avait dérangés dans leur « travail ».

— Sans doute, ajouta-t-il, ne voulaient-ils pas le tuer, seulement l'intimider, et leur rencontre aura mal tourné.

Irène et Lissie firent quelques courses en ville et rentrèrent ensemble à la villa.

François, revenu en voiture, avait précédé les deux femmes. Lissie s'assit en face de lui. Il semblait absorbé dans des pensées assez sombres. Irène les rejoignit :

— Qu'est-ce qui t'arrive François ? questionna-t-elle aussitôt.

— Je viens de me fâcher avec Thomas.

— Avec Thomas ? Il est là ?

— Il vient de retourner travailler au cabinet.

— Mais à propos de quoi tu t'es fâché avec lui ?

— À propos d'une vieille histoire entre nous.

— Et je peux en savoir plus ?

— Oh, tu le sais bien, je n'ai pas besoin de te faire de dessin. Je préfère changer de sujet. Tu veux boire une bière ?

— Oui, bien volontiers.

François se montra tout à coup plus gai. Il sortit des bières du frigo. Le téléphone de Lissie vibra. C'était un texto de Thomas. Il lui confirmait le rendez-vous du soir pour vingt heures trente et lui demandait de rappeler à François qu'il était le bienvenu avec Irène, malgré leur dispute.

Lissie décida de sortir. Il faisait très chaud. Elle s'allongea sur un transat. Tandis qu'elle réfléchissait, elle sentit son esprit s'engourdir. Elle s'endormit tranquillement au soleil.

La lumière avait sérieusement décliné lorsqu'elle se réveilla. Lissie se sentait bien, détendue, et n'avait pas envie de bouger. Elle serait bien restée là à paresser jusqu'à la nuit mais elle avait rendez-vous pour dîner avec Thomas, Irène et François, et cela lui donna l'énergie de se bouger. Elle alla jusqu'au ponton et resta immobile face au soleil couchant puis elle rentra prendre une douche, car l'eau salée avait rendu sa peau collante. Elle descendit ensuite au salon avec un livre. Il y avait sur une petite table des ouvrages de navigation et d'architecture. Son regard fut attiré par une feuille blanche posée sur l'un d'eux. C'était un mail de François adressée à une Christine4735. Il parlait à sa sœur. Le contenu du mail laissa Lissie dans une grande perplexité. Le texte était très court : « Chère sœur, notre projet avance. Si tout se passe comme prévu, nous aurons accompli une grande chose pour notre pays. Je t'embrasse. Ton frère préféré ». Elle chercha à joindre Thomas mais il n'était plus au cabinet. Elle l'appela sur son portable mais elle ne put entendre que sa voix sur sa messagerie. Elle retourna s'asseoir au salon et relut le mail. Elle n'y comprenait rien. Thomas pourrait sans doute lui donner des explications. Il était presque vingt-et-une heures. Elle aurait bien aimé savoir où il en était. D'habitude, lorsqu'il était en retard, il donnait un coup de fil ou laissait un message. Elle se fit un thé et essaya de se plonger dans un livre mais elle n'arrivait pas à se concentrer. Un mauvais pressentiment l'envahissait. Elle se trouvait un peu sotte de réagir ainsi. Son téléphone sonna. C'était François.

— Bonsoir Lissie, tu es avec Thomas ?

— Non, je l'attends, il devait passer me prendre vers vingt-heures trente. Je me demande où il est.

— Nous aussi, on devait se voir sur le Port vers vingt heures quarante-cinq et il n'est toujours pas là.

— Il a peut-être eu une urgence chez un patient. Moi non plus, je n'arrive pas à le joindre sur son portable.

— S'il appelle, dis-lui qu'on est partis dîner, on quitte le Clipper.

— Je le lui dirai. Et vous, si vous le croisez sur le port, rappelez-lui que je l'attends à la villa comme prévu.

— Pas de problème. Je pense qu'il ne va pas tarder.

Le coup de téléphone de François avait rendu Lissie encore plus inquiète. Elle se décida à aller au cabinet médical. Peut-être y trouverait-elle Thomas. Elle enfourcha son vélo et se rendit compte qu'elle ne savait pas où était le cabinet. Elle fit demi-tour et prit un annuaire de téléphone. Elle chercha le nom de la rue sur le plan et remonta sur son vélo. Elle se sentait soulagée de faire quelque chose plutôt que de se morfondre. Il était un peu plus de vingt-et-une heures. La nuit n'était pas tombée. Les routes étaient encombrées. Elle trouva le cabinet sans problèmes. Une faible lueur perçait d'une fenêtre. Lissie se dit que Thomas avait été accaparé par le travail et de le savoir là la rassura. Elle poussa la porte d'entrée et se trouva dans le hall d'accueil. À sa droite, la salle d'attente et, devant elle, la porte du bureau de consultation légèrement entrouverte. Elle n'entendait pas de bruit. La lumière venait de là. Elle frappa et appela timidement. Personne ne répondit. Elle poussa la porte et son sang se glaça. Thomas gisait au milieu de la pièce. Une auréole rouge sombre faisait le tour de sa tête et de son thorax. Il semblait dormir paisiblement.

Chapitre dix-neuvième

Au cours duquel on sent que les choses ne vont pas aussi bien que certains l'avaient souhaité

Samedi 10 juillet 2004

Victor se réveilla et vit plusieurs paires d'yeux braquées sur lui. Il tenta de rassembler ses idées et de comprendre ce qu'il faisait là, allongé sur le sol, dans un endroit qu'il ne reconnaissait pas. Son esprit était confus et ses membres engourdis. L'Empereur lui tapotait la joue et lui disait de ne pas se faire de bile, qu'il avait juste fait un petit malaise. On lui donna à boire. L'eau fraîche lui fit du bien. Il avait la bouche sèche. Il se souvint de l'arrêt à la station-essence et du douanier qui était venu lui demander d'ouvrir la camionnette. En tournant la tête, il ne vit que les visages de L'Empereur et du Pire. L'Empereur lui proposa de s'asseoir, ce qu'il accepta. Il avait l'impression que sa mémoire lui revenait peu à peu et que ses idées devenaient plus précises. L'Empereur lui glissa à l'oreille :

— Tout va bien, dès que tu es OK, on repart.

— Comme tu veux L'Empereur, moi je ne suis pas en état de décider. Je me sens déjà mieux, on peut y aller, je crois.

Victor se concentra, rassembla ses forces et donna un coup de rein pour se mettre debout. Tout tournait autour de lui. Heureusement que L'Empereur était là, sinon il se serait affalé. Il fit quelques pas, soutenu par L'Empereur d'un côté et par Le Pire de l'autre. Progressivement, il se sentit plus sûr. Il put regagner le fourgon et s'installer à l'avant. Il était inquiet de ce qui avait pu se passer pendant son malaise, même si L'Empereur avait tenté de le rassurer. L'Empereur et Le Pire montèrent à leur tour et L'Empereur démarra. Personne ne parlait. On retrouva l'autoroute en direction de Nancy.

— Où va-t-on ? demanda Victor à L'Empereur en se raclant péniblement la gorge.

— On continue notre mission. On l'a échappé belle. Heureusement que le douanier s'est contenté de mon explication, sinon on était dans de beaux draps.

— Qu'est-ce qui s'est passé après mon malaise ? insista Le Der.

L'Empereur prit la parole juste avant Le Pire, qui se sentit frustré une fois de plus de ne jamais avoir son mot à dire. Il en avait l'habitude avec L'Empereur, mais il y avait des fois où il aurait quand même aimé qu'il lui fasse un peu de place. Le Pire se tassa sur son siège et écouta l'histoire que L'Empereur raconta à Victor. Il nota que L'Empereur ne ratait jamais une occasion de se mettre en avant. Le Der posa quelques questions et sembla satisfait des explications de leur chef.

Le Der eut soudainement les paupières très lourdes. Il n'aimait pas vivre de tels tremblements de terre émotionnels. Il mit sa tête en arrière et s'endormit profondément.

Lorsque Le Pire vit que Le Der dormait, il s'adressa à voix basse à L'Empereur :

— Quels sont tes plans L'Empereur ?

— Je pense qu'on va se faire discrets quelque temps. J'ai une adresse pas loin d'ici, à environ une heure de route. On va s'y arrêter. Je ne sais pas qui c'est ; c'est le grand chef qui m'a donné les coordonnées de ce vicomte à contacter en cas d'urgence. Il faut d'ailleurs que je le tienne au courant des derniers évènements. On s'arrêtera à la prochaine cabine, lorsqu'on sera sorti de l'autoroute. Je préfère ne pas utiliser mon portable. J'aime pas téléphoner au grand chef, tu sais jamais comment il va réagir.

L'Empereur sortit de l'autoroute et ils roulèrent un bon moment en silence. Le Der dormait, Le Pire écoutait de la musique avec un casque et L'Empereur, pour une fois, n'avait pas mis Radio Nostalgie, il avait besoin de réfléchir. Le Pire ne savait pas vraiment où ils étaient et encore moins où ils allaient. Depuis qu'ils avaient quitté l'autoroute, il n'y avait plus beaucoup de circulation. L'Empereur s'arrêtait souvent pour regarder la carte. Il fit une halte pour téléphoner au grand chef et revint très contrarié. Le chef était de méchante humeur. Il avait proposé de rapporter le colis où on l'avait pris. L'Empereur avoua au Pire qu'ils s'étaient disputés et que le grand chef avait mis court à la conversation. C'était la première fois, concéda-t-il, que la situation était à ce point dégradée entre eux. Cela ne lui disait rien de bon pour la suite.

Ils suivirent des panneaux indiquant « Les Trois Châteaux ». La route était particulièrement sinueuse et étroite. Le Der dormait à poings fermés, nullement gêné par les virages et la conduite brusque de L'Empereur. Ils pénétrèrent dans une propriété dont la grille principale était ouverte. Un chien hurlant vint les accueillir. C'était un molosse à l'air peu engageant. Il aboya si fort que Le Der se réveilla. Il avait dormi quasiment tout le voyage.

Ils attendirent sagement à l'intérieur du fourgon, peu rassurés par la mâchoire musclée du cerbère. Après quelques minutes, un homme s'avança vers eux d'un pas nonchalant. Il devait avoir plus de soixante-dix ans. Le cheveu gris dégarni et des allures de gentleman farmer avec une veste en velours côtelé et des bottes en cuir. Peut-être monte-t-il à cheval pensa Le Pire. L'homme s'adressa à l'Empereur :

— Que puis-je faire pour vous Messieurs ? Êtes-vous perdus ?

— On vient de la part d'un ami commun du nom de Philippe.

La formule de l'Empereur eut un effet magique sur l'homme, qui leur fit un grand sourire et leur proposa de descendre de leur véhicule, après avoir fait taire son chien.

Ils suivirent l'homme en silence. Victor ne se sentait pas très bien. Au fond de lui, il regrettait de s'être embarqué dans cette affaire. Il réalisait qu'il n'était pas fait pour ça. Il s'avoua qu'il n'était pas taillé pour de telles opérations, à l'inverse de L'Empereur et du Pire. L'idée lui plaisait en théorie mais, en réalité, il aurait préféré être chez lui, tranquillement installé dans sa chambre mais il était trop tard pour s'apitoyer sur son sort. Il était bel et bien partie prenante et ne pouvait plus reculer. Il fut arraché à ses pensées par L'Empereur qui lui tapait sur l'épaule sans ménagement :

— Dis donc le Der, t'es encore avec nous ? Tu vas aller avec le Pire mettre le fourgon en lieu sûr. Il ne faut pas qu'on se fasse repérer. Il paraît qu'ils ont découvert ce qu'on transporte. Allez ! Au boulot ! Ensuite, Le Pire et moi, on ira se reposer. Toi, fais ce que tu veux. J'imagine que tu n'as pas vraiment sommeil vu ce que tu viens d'écraser. Mais reste discret.

Victor rejoignit le Pire. Les injonctions de son chef lui avaient fait du bien. Au fond, ce qu'il n'aimait pas, c'était l'incertitude, l'absence de but. L'Empereur le rassurait.

Ils dînèrent tous ensemble et rejoignirent ensuite leurs chambres. Chacun avait la sienne. Elles étaient toutes somptueuses. Victor ne peut fermer l'œil parce que son esprit était en ébullition. Il n'arrivait pas à se calmer. Il s'imaginait aller en prison. Ce que lui avait dit L'Empereur le terrorisait. Comment avait-il pu être aussi stupide ? Il eut envie de se faire la belle mais n'en eut pas le courage. Demain serait un autre jour, finit-il par se dire.

C'est l'Empereur qui le bouscula dans ses pensées :

— Debout, on se tire d'ici. Dépêche-toi ! On s'en va dans cinq minutes. Y des flics dans tout le quartier ! Je t'expliquerai plus tard.

Chapitre vingtième
Au cours duquel la lumière se fait peu à peu

Samedi 10 juillet 2004

Le brigadier-chef Binet avait pris les choses en main avec un calme remarquable. Cette troisième affaire en moins d'une semaine avait quelque chose de surréaliste mais le chef des gendarmes semblait se bonifier à chaque nouvelle histoire. Il était d'une sérénité bluffante. Après moult tentatives, il finit par joindre enfin le procureur qui serait là dès qu'il aurait trouvé un pilote d'hélicoptère. Les autres gendarmes avaient dressé des barrières pour empêcher les badauds d'avancer.

Lorsque Lissie l'avait découvert, Thomas était inconscient et respirait faiblement. C'était elle qui avait averti les gendarmes. Par miracle, le brigadier-chef était à proximité du cabinet lorsqu'il avait été prévenu et il était arrivé très rapidement pour organiser la prise en charge médicale de Thomas. Un premier examen ne faisait aucun doute sur la manière dont on avait tenté de le tuer : une balle avait traversé son thorax de part en part. Réanimé sur place, il n'avait pas repris conscience lorsque l'équipe de secours avait décidé de le transporter en hélicoptère à l'hôpital de Nantes. Mais il était vivant.

Le maire franchit le périmètre de sécurité et vint aux nouvelles. Il était livide. Il aperçut Lissie et s'enquit des dernières informations. Elle était sous le choc mais, en bon flic, et parce qu'elle ne pouvait pas se permettre de se laisser aller, puisque personne ne connaissait sa relation avec Thomas, elle avait fait les choses de façon automatique. Elle était allée demander à quelques voisins s'ils avaient vu des personnes entrer dans le cabinet. Puis elle avait pris dans une boîte en carton des gants d'examen qu'elle avait enfilés avant d'inspecter les lieux. Sur le bureau, son regard avait été attiré par un dossier médical au nom de Denis Morgins, dans lequel elle n'avait trouvé que des comptes-rendus radiologiques. Elle avait également relevé le nom des derniers clients inscrits dans l'agenda de Thomas. En fouillant, elle avait trouvé leurs dossiers et leurs adresses. Elle avait recopié rapidement quelques renseignements, pris plusieurs photos puis elle avait essayé de comprendre comment les choses s'étaient déroulées. Si Thomas gisait au milieu de la pièce, c'est soit qu'il avait essayé de se défendre, soit qu'il connaissait le meurtrier et l'avait accueilli sans se douter de ses intentions. C'est d'ailleurs cette dernière hypothèse que retint Lissie, car la position de Thomas, dont la tête était près de la porte qui menait à la salle d'attente, pouvait laisser penser que le meurtrier n'avait pas tiré au moment où il entrait. Cette éventualité ne la réjouit pas. Qu'un patient délirant décide de tuer son médecin n'était pas nouveau. Les journaux ne manquaient pas de faire des unes retentissantes quand des praticiens étaient assassinés par des malades en pleine crise psychotique. Mais le mobile était peut-être tout autre…

Lissie essayait de ne pas se laisser submerger par l'émotion. Il y avait pourtant de quoi. Cette succession de crimes ou de morts pour le moins suspectes sur l'île la laissait songeuse. Invraisemblables coïncidences ou meurtres commis par un tueur en série pour des motifs reliés les uns aux autres ? Qu'y avait-il de commun entre une jeune femme que personne ne semblait rechercher, un pêcheur mal aimé à la retraite et un médecin remplaçant sans histoire ?

François et Irène arrivèrent à proximité du cabinet mais le gendarme qui gardait le périmètre de sécurité ne voulut pas les laisser accéder à la scène de crime. Lissie les rejoint à l'extérieur. Ils étaient au courant, par la rumeur qui avait couru aussitôt, de la tentative de meurtre et du transfert de Thomas. Irène avait les yeux rougis et embués de larmes. François était très pâle. Irène se jeta dans les bras de Lissie et se mit à sangloter bruyamment. Elle était effondrée. Lissie lui caressa les cheveux et lui murmura des paroles apaisantes. Elle aurait bien pleuré elle aussi mais elle se contint en respirant profondément. Elle ne voulait en aucun cas perdre son sang-froid. Ils restèrent ensemble de longues minutes.

Le brigadier-chef informa Lissie que le procureur venait d'atterrir et qu'il serait là incessamment. Lissie s'écarta doucement d'Irène et s'isola pour se ressaisir avant l'arrivée du magistrat. Elle trouva un miroir et ce qu'elle y vit lui fit presque peur. Son maquillage s'était répandu sur son visage, ses yeux étaient cachés par ses paupières bouffies et ses cheveux étaient en paquets informes. Elle essaya tant bien que mal de se rendre présentable en effaçant les traces de rimmel qui avait coulé et en redonnant du volume à ses cheveux. Ce bref instant de concentration lui permit de retrouver un brin de sérénité. Et elle eut une idée. La première depuis longtemps qui lui sembla digne d'intérêt. Elle en fut soulagée, presque excitée. Mais cela mériterait auparavant un certain nombre de vérifications qui prendraient sans doute un peu de temps. Probablement même un peu plus.

Lissie entendit du brouhaha derrière la porte. Le procureur parlait avec le maire et le brigadier-chef. Elle s'avança vers eux. Le procureur voulut l'entendre immédiatement, puisqu'elle était le premier témoin du crime. Elle lui raconta en détail les souvenirs qui restaient gravés dans son esprit. Elle n'omit pas de signaler au procureur la célérité avec laquelle le brigadier-chef était arrivé sur les lieux et combien il avait fait preuve de maîtrise et de discernement. Il lui posa quelques questions sur la position du corps et sur l'heure précise à laquelle elle avait découvert le Dr Besson. Lissie mentionna qu'elle avait vu le dossier de Minot sur le bureau du médecin mais qu'il ne contenait pas grand-chose. Elle lui donna les coordonnées du dernier patient. Le brigadier-chef le connaissait et exclut immédiatement la possibilité qu'il soit l'agresseur. Mais le procureur lui intima de convoquer cette personne dans les meilleurs délais et de ne rien négliger pendant l'interrogatoire. Au demeurant, personne ne serait innocenté sur sa simple réputation.

Le procureur prit les choses en main. Il demanda au brigadier-chef si les équipes scientifiques de la gendarmerie étaient en route pour faire les relevés d'usage et des photos de la scène du crime. Le gendarme répondit par l'affirmative. Il ne savait pas exactement quand cette équipe serait sur place. Il l'espérait dans l'heure à venir. Le procureur exigea que les gendarmes surveillent et gardent le cabinet avec interdiction formelle à toute personne d'y pénétrer. Le ton était sec et le brigadier comprit que le magistrat était très préoccupé et ne goûterait aucune tentative de discussion quant à la pertinence de ses ordres. Le brigadier-chef s'éclipsa rapidement et Lissie se retrouva seule avec le procureur, qui allait et venait en agitant un trousseau de clés. Lissie n'osa pas l'interrompre. Un silence gêné s'installa, seulement brisé par le cliquetis des clés. Sans précaution particulière, le procureur s'adressa à elle :

— Commissaire Meunier, pensez-vous que ces trois affaires ont un lien entre elles ? C'est quand même ahurissant. Deux morts suspectes et un blessé par balle à l'île d'Yeu en quatre jours. J'ai du mal de croire au hasard. Ou alors, si c'est le hasard, il est vraiment curieux et je dis curieux parce que je ne sais pas quoi dire d'autre.

— Difficile question, Monsieur. Je suis sous le choc et peine à organiser mes pensées. Denis Morgins était un patient du Dr Besson. Malheureusement, son dossier contient bien peu de choses. Le Dr Besson voulait justement me toucher un mot de ce dossier mais il n'en a pas eu le temps. J'ai tendance à penser que ces trois affaires pourraient avoir un lien entre elles. Lequel ? En dehors du fait que Minot ait été un patient du Dr Besson, je l'ignore à ce jour. Mais il doit y avoir un fil, il faut le tirer et on aura la solution. La piste des trafiquants de drogues me paraît peu sérieuse et peu crédible, n'en déplaise au brigadier-chef.

Lissie et le procureur échangèrent ainsi un long moment. Le procureur donna quelques informations à Lissie sur les deux premiers morts. On ne connaissait toujours pas l'identité de la jeune femme retrouvée aux Vieilles. Son autopsie avait confirmé que sa terrible blessure ne venait pas d'une arme à feu mais probablement d'un large objet métallique qui avait littéralement broyé l'intérieur du thorax. Comme une sorte de machine qui lui serait passée dessus. Le rapport confirmait que la personne était décédée avant l'immersion dans l'eau, bien que l'analyse des poumons fût partielle car ils étaient très endommagés. Le légiste pensait que la jeune femme ne s'était pas noyée en raison de la fracture du crâne et des lésions cérébrales sous-jacentes, suffisantes pour provoquer le décès. Il ne pouvait garantir à 100 % que le coup qu'elle avait reçu sur la tête avait été mortel, mais il pensait c'était fort probable. La mort remontait à plusieurs jours, au moins deux, semblait-il. Les recherches ADN n'avaient rien montré de probant. La jeune femme n'était pas connue du Registre. Personne à ce jour n'avait réclamé son corps. On n'avait pas retrouvé son téléphone portable et, tant qu'on ne connaissait pas son identité, il était illusoire de chercher avec qui elle était en relation. Quant à Minot, l'enquête se poursuivait et les voisins semblaient s'être donné le mot pour accumuler les témoignages contradictoires sur l'heure à laquelle on l'avait vu ici ou là. Minot avait une solide équipe d'ennemis. Il avait fait la conquête de nombreuses femmes mariées et certains maris auraient pu avoir quelque raison de lui en vouloir mais, de là à le tuer, c'était une autre histoire. Tous les hommes trompés avaient des alibis en béton. L'autopsie de Minot était terminée. Lissie avait été informée des résultats provisoires par le brigadier-chef, mais elle laissa le procureur lui décrire son contenu une nouvelle fois. Elle n'apprit rien de neuf. Pas de traces de coup, ni de strangulation, pas d'impact d'arme à feu. Pas d'infarctus du myocarde. Une glycémie nulle ou quasi. Une mort par noyade après un malaise chez une personne diabétique restait l'hypothèse la plus vraisemblable malgré les soupçons qui pesaient sur les deux dealers, qui d'ailleurs n'avaient rien dit et probablement rien à dire sur la manière dont ils auraient pu se débarrasser de Minot. Au fond, conclut le procureur, on pouvait avoir une vision optimiste et se dire que la tentative de meurtre sur Thomas était le premier fait criminel avéré sur l'île ; l'autre mort, celle de Minot, était certainement accidentelle et celle de la jeune femme des Vieilles n'avait sans doute rien à voir avec l'île d'Yeu. Lissie avait une vision plus sombre des choses mais elle n'en dit rien au procureur. Restait cette angoissante question : Qui avait tiré sur Thomas ?

Chapitre vingt-et-unième

Au cours du duquel les nouvelles vont vite

Samedi 10 juillet 2004

Lissie rentra lentement à la villa après avoir fait sa déposition à la gendarmerie. Le brigadier-chef s'était montré très aimable et très compréhensif. Il lui avait confié qu'il était lui-même très bouleversé par ce qui se passait sur l'île depuis moins d'une semaine. Il lui avait offert de dîner en sa compagnie mais elle avait décliné sa proposition.

Elle marcha à côté de son vélo en fendant la foule nombreuse qui se rendait à Port-Joinville. Il était un peu plus de vingt-trois heures trente, les dîners familiaux étaient terminés, les enfants déjà couchés. Les grappes de jeunes gens bruyants avaient perdu leur air de fête pour Lissie. Des larmes coulaient sur ses joues. Elle n'essaya pas de les essuyer. Personne ne la connaissait ici et la lumière avait suffisamment décliné pour qu'on ne voie pas son visage. Lissie avait toujours fait face. Son enfance avec des parents peu affectueux, une mère malade, lui avaient appris à se débrouiller, même dans les situations les plus pénibles et les moins engageantes. Elle ne se laissait pas facilement aller à l'apitoiement. Pourtant, ce soir, quelque chose en elle vacillait. Comme si la force qui avait été sa « signature » tout au long de sa vie l'abandonnait. Elle n'arrivait pas à réfléchir, tant elle était affectée par cette tentative de meurtre. C'était la première fois qu'elle laissait les choses s'engager avec un homme et elle se sentait un peu maudite.

Une voix inconnue l'appela discrètement :

— Commissaire Meunier, pardonnez-moi de vous déranger.

Une femme que Lissie n'avait jamais vue s'adressait à elle en la nommant. Lissie continua son chemin ; elle n'avait vraiment pas envie de parler. La même voix la héla à nouveau :

— Commissaire Meunier, je suis désolée de vous déranger. Accordez-moi juste une minute, je vous en prie.

Lissie se retourna et fit face à cette femme. D'un air las, elle lui répondit :

— Madame, ce n'est vraiment pas le moment. Je ne vous connais pas. Et, franchement, je n'ai pas la moindre envie de vous parler. Je rentre me reposer. Soyez gentille de me laisser tranquille.

La femme ne cilla pas et sentit que, la conversation étant engagée, elle avait peut-être un coup à jouer.

— Commissaire, je sais que votre journée a été rude. Je suis journaliste, je m'appelle Alice Lørsonn. Voici mes coordonnées, j'aimerais beaucoup vous rencontrer. Auriez-vous un moment demain ?

Lissie battit en retraite et accepta la proposition d'un oui quasi murmuré. Elle n'avait pas la force de batailler avec cette journaliste qui paraissait déterminée. Elle prit la petite carte qu'elle glissa dans une poche, salua rapidement Alice Lørsonn et reprit sa route vers la villa. Heureusement, il ne lui restait que quelques minutes pour l'atteindre.

Seules les lumières extérieures étaient allumées. L'intérieur de la villa était totalement sombre. Irène et François ne devaient pas être là ; il était peu probable qu'ils soient déjà couchés. Lissie posa son vélo et voulut entrer, mais la porte était fermée. Elle n'avait pas de clé. Elle essaya en vain de pousser la porte, en espérant qu'elle soit seulement coincée, sans résultat. Elle découvrit une sonnette masquée par de la vigne vierge qui courait le long de la façade.

Elle appuya plusieurs fois mais aucun son ne se fit entendre. Rien. Un silence quasi sépulcral l'entourait, parfois interrompu par quelques froissements dans les branches. Lissie fit le tour de la maison en espérant que la porte qui donnait accès à la plage serait ouverte. Celle-ci aussi était fermée. Lissie fit une deuxième fois le tour mais elle dut se rendre à l'évidence, elle n'avait aucun moyen de pénétrer dans la maison. Épuisée, elle s'assit contre le mur et se remit à pleurer. Cette journée se terminait en cauchemar. De longues minutes passèrent, puis elle sentit son portable vibrer. Le numéro affiché lui était inconnu.

— Madame Meunier ?

— Oui, c'est moi.

— Docteur Voiron, service de réanimation du CHU de Nantes à l'appareil, je vous appelle pour vous transmettre des informations à propos votre ami, M. Besson. Est-ce que je peux vous parler ?

Lissie sentit son cœur sortir de sa poitrine. Elle respira profondément et, dans un murmure, souffla :

— Oui bien sûr, comment va-t-il ?

— Il va beaucoup mieux, répondit sur le champ le médecin, il s'en sortira. Ce sera long, car ses poumons sont très endommagés, mais on a passé le cap. Je voulais vous rassurer. Le chirurgien a pu refermer la plaie et drainer le sang.

Lissie se sentit beaucoup plus légère. Le médecin lui donna d'autres explications qu'elle ne retint pas car elle avait compris que Thomas était sauf et le reste lui sembla sans importance. Elle le remercia tandis qu'il lui promit de la tenir au courant de l'évolution.

Ces bonnes nouvelles lui redonnèrent un peu d'énergie. Elle eut l'idée d'appeler Irène. Comment n'y avait-elle pas pensé plus tôt ? Elle tenta de la joindre mais la première sonnerie déclencha le répondeur. Lissie coupa immédiatement l'appel et sélectionna le numéro de François. Elle n'eut pas plus de chance. Répondeur également. Comment se faisait-il qu'ils ne soient pas joignables et qu'ils n'aient pas cherché à l'appeler ? Elles ne les avaient plus vus depuis que le procureur était arrivé et ils n'avaient donné aucun signe de vie. Étrange.

Des bruits de pas sortirent Lissie de ses réflexions. À l'oreille, elle sut tout de suite qu'il y avait plusieurs personnes. Ceux qui arrivaient ne cherchaient pas à se cacher et parlaient à voix haute. Lissie fit machinalement un pas en arrière et se dissimula derrière un des gigantesques massifs d'hortensias qui ornaient tout le tour de la villa. Ils étaient quasiment à sa hauteur. En s'inclinant légèrement, elle ne pouvait être vue. Il y avait quatre hommes qui discutaient vivement. Lissie ne comprenait pas leurs propos. Une des voix avait un fort accent italien.

Ils s'arrêtèrent devant l'entrée. D'où elle était, Lissie pouvait les voir aisément. Le plus vieux d'entre eux s'approcha de la porte, sortit une clé et le groupe pénétra dans la maison. Ces personnes connaissaient les lieux. Elle attendit un moment dehors et hésita sur ce qu'elle devait faire. Rentrer innocemment et saluer ces messieurs le plus naturellement possible ou alors s'introduire discrètement et filer dans sa chambre incognito. Elle n'eut pas besoin de prendre une décision, car un homme qui avait entrouvert une fenêtre juste au-dessus d'elle pour fumer l'interpella assez bruyamment :

— Eh Madame, qu'est-ce que vous faites là ?

Lissie fut surprise et ne put répondre aussitôt. L'homme reprit :

— Vous vous cachez ou vous êtes perdue ?

À sa voix, elle pensa qu'il avait pas mal bu.

— Non, je ne me cache pas, je vous ai vu arriver ; j'étais là mais j'avais oublié mes clés.

Lissie se dit qu'elle n'avait rien à gagner à mentir et puis, pourquoi mentir ? Elle pouvait séjourner dans cette maison en toute légitimité. Elle n'avait rien à se reprocher.

— Alors entrez, reprit le fumeur, ne restez pas là, on pourrait penser que vous êtes une voleuse.

Cette remarque détendit Lissie qui se redressa et se glissa dans la maison, où elle fut rapidement apostrophée par le groupe d'hommes attablés autour d'une bouteille qui devait contenir une eau-de-vie de fruits, à en croire l'odeur puissante qui s'en dégageait et qui chargeait l'haleine des buveurs. Le plus âgé, que Lissie avait vu ouvrir la porte, s'adressa à elle :

— Bonjour Madame, qui êtes-vous et que faites-vous ici à une heure pareille ?

— Pardonnez-moi, je suis une amie de Thomas, qui est lui-même un ami de François, le fils du propriétaire de cette maison. Je suis arrivée il y a trois jours. Je viens de Nantes.

— Ah c'est vous la commissaire en vacances sur l'île ? J'ai entendu parler de vous. C'est vous qui avez découvert Thomas dans son cabinet. On sait qui lui a tiré dessus ? Vous avez des nouvelles ?

— …

— Je suis le père de François, enchanté, dit l'homme en se levant.

Lissie s'avança vers lui et lui tendit la main. Le père de François la lui écrasa sans ménagement et elle se retint de crier. Sûr de son effet, l'homme enchaîna :

— Je m'appelle Cataldo, mais on m'appelle Aldo. Je suis le propriétaire de cette maison.

Il avait un accent italien très marqué qui rendait peu aisée la compréhension de ses propos. Pendant qu'il parlait, les trois autres se taisaient et ne bougeaient pas. On sentait qu'Aldo avait l'ascendant sur eux. Lissie se rappela que Thomas lui avait dit que le père de François avait fait de bonnes affaires dans les travaux publics ; elle se demanda si ces hommes comptaient parmi ses employés. Elle lui répondit :

— Vous avez de la chance, cet endroit est fabuleux. Un vrai paradis. Et votre fils est très sympathique. Il m'a d'emblée considérée comme une amie de la famille. Je me suis sentie très privilégiée dès mon arrivée. Dommage que tous ces évènements tragiques s'enchaînent depuis que je suis là. J'espère que je n'ai pas le mauvais œil, ajouta Lissie en esquissant un sourire.

— Si vous voulez qu'on reste en bons termes, chère Madame, merci de ne pas parler de mon fils. C'est un sujet qui me fâche. J'ai renvoyé mon fils et sa copine dans leur bateau. Nous ne cohabitons plus.

Lissie comprit pourquoi François et Irène n'étaient pas là. Elle pensa alors que, pour éviter les foudres paternelles, ils avaient dû fermer leurs portables. Cela la rassura d'imaginer ce scénario. Aldo lui offrit de l'eau-de-vie mais

Lissie refusa, ce qui fit glousser les trois autres. Elle leur souhaita bonne nuit et s'éclipsa dans sa chambre.

Les hommes parlaient fort et, bien que la villa fût grande, elle pouvait percevoir des bribes de leurs conversations. Deux voix se distinguaient : celle du père de François et une autre, qui avait un accent italien comme lui. Elle essaya un moment de comprendre de quoi ils s'entretenaient mais elle n'y parvint pas. Ils discutèrent jusqu'à une heure du matin environ. Puis Lissie les entendit quitter les lieux. Le silence se fit et elle s'endormit.

Du bruit dans la maison la réveilla en sursaut. Elle regarda sa montre : quatre heures trente. Elle se leva discrètement et alla écouter à sa porte. Quelqu'un allait et venait au rez-de-chaussée et semblait faire la vaisselle. La télévision marchait. Elle ouvrit la porte de sa chambre et s'avança jusqu'en haut des escaliers. Elle attendit un moment. La télévision s'arrêta et les pas se rapprochèrent. Lissie recula car quelqu'un montait dans sa direction. Elle laissa sa porte entrouverte et aperçut une silhouette discrètement éclairée. C'était une femme qui pénétra dans la chambre à côté de la sienne. Dans une autre chambre, un homme ronflait très fort.

Lissie retourna s'allonger sans parvenir à trouver le sommeil. Ce ronflement ne l'aurait pas empêchée de s'endormir, mais elle était tenue éveillée par toutes sortes de ruminations dont elle n'arrivait pas à se débarrasser. Elle se demandait surtout quel était l'intérêt de rester là, puisque Thomas était hospitalisé à Nantes et n'allait certainement pas revenir bientôt. Elle connaissait trop peu François et Irène pour penser partager les prochains jours avec eux et, même si Irène s'était montrée très amicale avec elle, cela n'en faisait pas encore une amie. Sans compter que, avec l'arrivée du père de François, elle allait se sentir étrangère dans cette villa. Elle se dit qu'elle irait voir le brigadier-chef aux premières lueurs et lui demanderait l'autorisation de quitter l'île. Elle n'avait plus rien à y faire et, si elle avait très envie de savoir qui avait tenté de tuer Thomas, elle ne s'imaginait pas rester sur place dans l'attente hypothétique qu'on découvre son meurtrier. De plus, elle avait envie d'aller lui rendre visite à Nantes. Enfin, c'est ce qu'elle pensait à ce moment-là. Mais des évènements divers allaient changer son humeur et son envie d'aller au bout de ces histoires.

Chapitre vingt-deuxième

Au cours duquel on met des chaussures bleues en Suède

Dimanche 11 juillet 2004

Lissie fut réveillée par des voix qui venaient de l'extérieur. Elle avait laissé sa fenêtre ouverte. Elle reconnut facilement le timbre d'Aldo. Il donnait des ordres à un homme qui ne comprenait manifestement pas très bien ce qu'il voulait. Aldo criait assez fort. Lissie se leva et alla fermer la fenêtre. Les cris s'estompèrent aussitôt, ce qui la soulagea. Elle n'avait pas envie de parler et se demanda comment faire pour prendre son petit-déjeuner en évitant de croiser quelqu'un.

On frappa discrètement à sa porte. Elle ne répondit pas. On frappa encore tout aussi discrètement mais un peu plus longuement. Lissie alla ouvrir et reconnut la silhouette qu'elle avait aperçue durant la nuit.

— Je suis Lucia, la femme d'Aldo. Il m'a dit qu'il vous avait rencontrée hier soir. J'étais déjà couchée. Le voyage m'avait exténuée. J'étais morte hier soir. Il est rentré très tard, après être ressorti avec ses gars, ce qui m'a réveillée. J'espère que vous ne l'avez pas entendu. Il ne sait absolument pas faire discrètement. À chaque fois qu'il me réveille en pleine nuit, je ne peux pas me rendormir. Je dois me lever et m'activer en attendant que le sommeil revienne. Lui, il se couche et dort instantanément. Cela fait trente-quatre ans que cela dure.

Lissie ne lui dit pas que c'était elle qui l'avait réveillée et qu'elle n'avait pas entendu son mari rentrer.

— Non, je n'ai rien entendu. J'étais si fatiguée que je me suis endormie immédiatement.

— J'ai appris pour Thomas, c'est affreux. Je suis bouleversée. J'aime beaucoup ce garçon. Mon mari, lui, n'aime aucun des amis de son fils. Ils ne se parlent plus ou quasiment plus depuis trop longtemps. François en est très triste, même s'il ne le montre pas, mais son père ne veut rien savoir. Pardon, je n'étais pas venue me plaindre. Je voulais vous inviter à prendre le petit déjeuner avec moi. Mon mari est déjà occupé à mettre en route des travaux à l'arrière de la maison. Il veut installer une piscine chauffée, pour qu'on vienne également ici en dehors de l'été. Cela n'enchante pas la Méditerranéenne que je suis mais, quand il a une idée, ce n'est pas la peine d'essayer de le convaincre d'en changer. J'en ai pris mon parti.

— Je vous remercie, j'allais justement descendre prendre mon petit-déjeuner, cela tombe parfaitement, mentit Lissie.

— Alors, à tout de suite. J'ai installé la table dehors au soleil. Prenez un chapeau !

— Je serai là dans quelques minutes, renchérit Lissie, très contrariée de devoir quitter sa chambre.

À nouveau seule, elle se dirigea vers la salle de bains et découvrit, sur la tablette au-dessus du lavabo, la carte de la journaliste croisée la veille sur le chemin du retour, qui n'indiquait qu'un nom, un prénom et un numéro de portable, sans aucune autre inscription. Lissie n'avait pas envie de rencontrer Alice Lørsonn. Elle n'avait aucune envie de voir qui que ce soit. Elle se demanda comment faire pour raccourcir au mieux le petit-déjeuner avec la femme d'Aldo. Mais une idée lui traversa l'esprit et elle décida de faire contre mauvaise fortune bon cœur.

Elle se prépara rapidement et rejoignit Lucia, qui se révéla tout à fait charmante. Lissie apprit tout d'elle, d'Aldo, de leurs enfances et de leur vie commune. Ils étaient nés dans la même région des Abruzzes, qu'Aldo avait quitté deux ans avant elle pour venir en France. Elle avait rejoint une cousine déjà installée en France contre l'avis de sa famille. Elles parlèrent sans voir le temps passer. On sonna au portail. Lucia se leva pour aller ouvrir. Elle revint accompagnée de la journaliste Alice Lørsonn. Il ne manquait plus qu'elle, pensa Lissie, en jurant intérieurement. Elle la présenta brièvement à Lucia. La journaliste s'excusa de son audace mais expliqua qu'elle voulait absolument parler avec Lissie. Aurait-elle quelques minutes à lui accorder ? Ce ne serait pas long, promit-elle.

Lissie prit congé de Lucia et la remercia de ce très bon moment. Ce qu'elle avait appris lui semblait du plus haut intérêt. Mais elle n'en dit rien.

Lissie demanda à Alice Lørsonn ce qu'elle voulait exactement. La réponse fut claire :

— Désolée de vous importuner. Je tenais absolument à vous rencontrer. Je souhaite vous poser des questions sur votre métier de commissaire. Je suis très intéressée par les femmes qui occupent des postes à responsabilité dans la Police, car il n'y en a pas beaucoup, vous me l'accorderez. Où pourrions-nous bavarder tranquillement ?

Lissie ne savait que lui répondre. Disserter sur sa position de femme dans la Police ne l'enchantait aucunement. Elle cherchait comment échapper à cette corvée mais la journaliste enchaîna :

— Commissaire Meunier, j'ai l'impression que je tombe mal. Dites-le-moi si c'est le cas. Je suis sur l'île pour encore quatre jours, je peux facilement revenir si c'est préférable pour vous.

— Oui, vous tombez mal. On ne peut plus mal. L'ami qui m'avait invitée à passer une semaine de rêve ici s'est fait tirer dessus hier soir et il est entre la vie et la mort. En plus, on compte deux cadavres suspects depuis que j'ai mis le pied sur cette île. Comme semaine de rêve, c'est réussi, vous en conviendrez. Alors, oui vous tombez mal. Vous n'y êtes pour rien, mais vous tombez vraiment très mal.

Lissie avait dit tout cela sans reprendre son souffle. Elle en fut étonnée. Habituellement, elle était plus mesurée, plus retenue. Elle avait de la rage au fond d'elle. Une rage féroce qui venait de se déverser sur cette journaliste qui la regardait sans se départir de son sourire. Un beau sourire franc et plein de compassion. Lissie y fut sensible et une partie de sa colère s'estompa. Elle n'avait pas pris le temps de la regarder, tout à ses émotions. C'était une grande femme blonde, à la silhouette élancée et légère.

Une frange barrait une partie de son front. Le dessin de ses yeux, d'un bleu intense, captait l'attention. L'ensemble donnait au visage un air très doux et serein. Lissie se laissa attendrir par cette vision apaisante. Elle eut l'impression que la journaliste lisait dans ses pensées. Pendant tout ce temps, Alice Lørsonn n'avait pas cessé de sourire, mais n'avait pas prononcé la moindre parole. Lissie s'adressa à nouveau à elle :

— Pardonnez-moi cet accès de mauvaise humeur. Je suis assez perturbée, vous l'aurez compris. Vous êtes là et je n'ai pas grand-chose de prévu ce matin, alors, je vous propose de marcher le long de la plage de Ker Châlon, c'est à deux pas d'ici. Nous pourrons y échanger tranquillement. En plus, la marée est basse ; nous aurons suffisamment de place pour ne pas devoir escalader les corps, les serviettes de bain et les châteaux de sable. Attendez-moi, je m'équipe et j'arrive.

— C'est très aimable, commissaire, je suis vraiment touchée que vous m'accordiez un peu de votre temps pendant ces moments pénibles. Je ferai de mon mieux pour que vous n'ayez pas à le regretter.

Lissie s'éclipsa dans sa chambre, changea de chaussures et prit son sac, dans lequel elle fourra son portable.

Il était onze heures et il faisait déjà très chaud. La succession de journées ensoleillées avait fortement réchauffé l'atmosphère.

Elles atteignirent la plage de Ker Châlon en quelques minutes. Une légère brise, bienvenue, les accueillit. Elles partirent en direction de la baie de la Pipe. De nombreux catamarans naviguaient devant elles. Alice Lørsonn demanda à Lissie si elle pouvait commencer l'interview et lui donna un petit enregistreur. Lissie ne savait pas à quoi s'attendre.

— Commissaire Meunier, avant de vous demander ce qui vous a poussée à faire une carrière d'officier dans la Police, j'aimerais vous dire quelques mots me concernant. Vous n'y voyez pas d'inconvénients ?

— Au contraire, je suis curieuse de savoir qui vous êtes, car votre carte n'en dit rien et je n'ai pas eu le temps d'appeler notre fichier central, plaisanta-t-elle.

— Je crois que vous n'y auriez rien trouvé. Enfin j'espère. Je suis journaliste indépendante. Je travaille en free-lance. J'écris des articles pour différents journaux, sous différents noms d'ailleurs, pour des magazines, des quotidiens, des hebdomadaires. Enfin, ce que je trouve. Récemment, un magazine féminin m'a demandé un papier sur les métiers inhabituels pour les femmes. Vous voyez ce que je veux dire. Pas les infirmières, les coiffeuses, les institutrices, ni les médecins ou les journalistes, qui sont aujourd'hui des professions à forte représentation féminine. On me demande de rencontrer des femmes qui travaillent dans des milieux habituellement masculins, comme pilote d'avion, officier de police, chauffeur de poids lourd ou encore maçon. Voilà pourquoi je m'intéresse à vous. Vous n'avez pas de chance, parce que je suis moi aussi en vacances à l'ile d'Yeu et j'ai appris par hasard votre présence ici. J'avais entendu parler de vous lorsque vous aviez démantelé un réseau de trafiquants à Trentemoult l'année dernière. Les articles de journaux étaient très élogieux à votre égard. J'avais déjà eu envie de vous rencontrer à l'époque. Et voilà que vous êtes sur ma route. Je sais que vous devez me trouver sans gêne et que la manière dont j'ai sonné à la villa ce matin était pour le moins cavalière mais, dans mon métier comme dans le vôtre, il faut savoir pousser des portes pour découvrir ce qui se cache derrière.

Lissie trouva cette femme d'emblée sympathique et son ressentiment s'évanouit aussitôt.

— Ma mauvaise humeur est passée. Maintenant que j'ai accepté de vous parler, je ne vais pas vous le faire payer. Comment voulez-vous commencer ?

— Ma première question pourra vous surprendre. Quels sont, d'après vous, les ressorts de l'autorité ? Comment se fait-on respecter en tant que femme quand on est officier de police ?

Lissie répondit à toutes les questions d'Alice Lørsonn. Avec application et nuances. La conversation roula bien sûr sur la place des femmes dans la Police et plus particulièrement dans la hiérarchie policière. Lissie eut beaucoup de plaisir à échanger avec cette femme à l'intelligence vive et aux réparties souvent drôles. Alice Lørsonn n'avait pas d'idées préconçues et interrogeait très librement Lissie sans orienter ses propos. Insensiblement, leur conversation aborda des thèmes plus généraux relatifs à la place des femmes dans l'organisation sociale. Et Alice Lørsonn étonna Lissie. Avant d'être free-lance, elle avait été journaliste dans un quotidien national et avait totalement embrassé cette carrière, qu'elle avait adorée. Pendant 10 ans, sans compter ses heures, elle avait travaillé avec une réelle passion pour ce journal. Une véritable jouissance pour elle que d'écrire, interviewer, s'informer ou encore dénoncer. Et puis, elle s'était mariée et avait donné naissance à deux enfants. Avec la même passion et le même enthousiasme, elle s'était entièrement consacrée à eux. Elle avait quitté, sans regrets disait-elle, ce beau métier pour celui de maman à temps plein.

Elle n'avait repris que très modestement son ancien job depuis moins d'une année, lorsqu'elle avait jugé que ses enfants avaient moins besoin d'attention. La journaliste estimait qu'il y avait aujourd'hui une sorte de double pression sur les femmes. Être à la fois des mères parfaites et des femmes hyper performantes au travail. Elle disait que les femmes n'avaient plus vraiment le choix de leur incarnation dans la vie, celui d'un « ou ou » et non forcément d'un « et et ». Elles devaient nécessairement répondre à ce double défi maternel et professionnel. Alice Lørsonn revendiquait le droit à ne pas faire d'enfant sans être blâmée ou considérée comme n'étant pas une femme à part entière et, à l'inverse, elle voulait également qu'il soit possible de renoncer à une carrière professionnelle pour se consacrer au rôle de mère sans que cela soit interprété comme du conservatisme social. Elle pensait que cette obligation de réussir partout participait à la difficulté des femmes à être unies, en harmonie avec elles-mêmes. Les femmes devaient selon elle avoir plusieurs identités, à l'inverse des hommes, qui étaient moins soumis à cette pression et qui, de ce fait, s'en sortaient mieux.

Lissie écoutait ce discours avec intérêt. Elle qui avait lutté contre un père qui pensait que les femmes étaient moins intelligentes que les hommes et devaient se contenter de métiers subalternes, était séduite par les propos de la journaliste, qui se montrait convaincante. Lissie n'avait pas eu le loisir de se poser ces questions. Travailler était une nécessité pour elle et la maternité n'avait pas été à l'ordre du jour. Le serait-elle un jour ? Elle ne le savait pas.

Les deux femmes parlèrent encore longtemps en marchant. La marée remontait doucement. Il y avait beaucoup de monde dans l'eau. De nombreuses familles pique-niquaient sous de larges parasols ou de vastes auvents qui ressemblaient à de grandes voiles. Elles avaient eu le temps d'aller jusqu'à la plage des Sapins, avant de faire demi-tour. Elles s'étaient arrêtées un moment à la Baie de la Pipe, où les bateaux de l'école de voile naviguaient dans une sorte de ballet qui aurait été chorégraphié par un ordonnateur invisible. De retour à Ker Châlon, Lissie mit fin à leur conversation, en remerciant Alice Lørsonn de ce bon moment passé ensemble, inespéré après ces derniers jours bien curieux. Elles se séparèrent après qu'Alice Lørsonn lui eut promis de lui envoyer son article lorsqu'il serait publié et Lissie retourna à la villa. Il était presque quatorze heures.

Lucia était allongée devant la maison, sa tête protégée par un large chapeau qui lui donnait des airs de star de cinéma. Elle lisait un livre volumineux qui semblait l'absorber complètement. Elle n'entendit pas Lissie s'approcher d'elle et sursauta :

— Pardonnez-moi Lissie, je ne vous avais pas entendue.

— J'aurais dû me signaler plus tôt, vous sembliez si parfaitement plongée dans votre histoire.

— Ce n'est pas une histoire, Lissie, c'est un excellent livre sur la situation du Capital aujourd'hui.

— Je suis très impressionnée, ce n'est pas un livre de vacances.

— C'est une question de point de vue, Lissie. En vacances, il faut lire ce qu'on aime et qu'on n'a pas forcément le temps de lire le reste de l'année. Vous n'êtes pas d'accord ?

— Si, vous avez raison, les vacances c'est fait pour se délecter de ce qu'on aime. Il faut croire que j'adore mon métier, parce que je n'ai pas vraiment fait autre chose depuis que je suis ici.

— C'est vrai. Avez-vous des nouvelles de Thomas ?

— Non, le médecin avait promis de me rappeler, mais il ne l'a pas fait. Oh, mais je n'en sais rien, mon portable est resté dans mon sac !

Lissie attrapa son portable, qui était en mode silencieux, et vit que le médecin avait essayé de l'appeler trois fois. Il avait laissé un message rassurant sur l'état de Thomas. Elle en fit part à Lucia. Celle-ci poursuivit :

— François et Irène sont convoqués à la Gendarmerie demain matin. Leurs emplois du temps en rapport avec ce qui est arrivé à Thomas hier soir doivent être vérifiés. Le brigadier était désolé de devoir en passer par là mais il n'avait pas le choix. Il leur a dit que ce ne serait pas long. Il a laissé entendre qu'un suspect avait été appréhendé au moment où il allait prendre le bateau ce matin.

Lissie fut surprise de voir que Lucia ne semblait pas perturbée par l'annonce de cette interpellation. Ce qui se confirma lorsqu'elle enchaîna sans transition :

— Comment était-ce avec cette journaliste ? demanda-t-elle.

Lissie répondit brièvement et prit congé de Lucia. Elle avait besoin de se reposer et de réfléchir aux différentes pistes qui lui avaient traversé l'esprit. En mettant ensemble les pièces du puzzle qu'elle avait constitué depuis la veille, elle espérait commencer à y voir plus clair.

Pour cela, elle devrait aller rendre visite au brigadier-chef le lendemain et lui poser quelques questions. Même s'il ne serait pas obligé de lui répondre. Secret de l'instruction.

Chapitre vingt-troisième

Au cours duquel le meurtrier est mauvais joueur

Lundi 12 juillet 2004

François et Irène sortaient de la gendarmerie au moment où Lissie y pénétrait. Elle s'arrêta pour prendre de leurs nouvelles. François avait l'air maussade, mal rasé, le cheveu en bataille, comme s'il sortait de son lit. Irène quant à elle était tirée à quatre épingles. Elle parla la première :

— Le gendarme qui m'a reçue m'a cuisinée sans relâche pour me demander toujours la même chose : à quelle heure je suis arrivée sur le bateau, à quelle heure est-ce que j'en suis repartie ? Et François ? Est-ce qu'il était avec moi ? Est-ce qu'il a quitté le bateau ? Est-ce qu'il est resté tout le temps avec moi ? Je lui répondais et, hop, il remettait ça, comme si je n'avais rien dit ou comme s'il était à court d'inspiration.

Incroyable. Un véritable jean-foutre, même pas capable de me regarder en face, toujours le nez dans ses papiers.

Plus Irène parlait, plus son visage s'empourprait et de fines gouttelettes de sueur perlaient autour de sa lèvre supérieure. François la regardait, impassible. Irène reprit :

— Tout ça pour finalement me dire qu'ils ont arrêté ce matin un homme qui tentait de prendre le premier bateau pour retourner sur le continent.

François intervint :

— C'est vraiment des incapables ces gendarmes. Moi aussi, le chef m'a interrogé pendant je ne sais pas combien de temps et finalement répété exactement ce qu'il a dit à Irène. On est libres mais on ne peut pas quitter l'île, ce qui ne m'arrange pas vraiment car j'avais prévu de partir demain. Bon, moi je retourne au bateau.

Lissie les salua et leur proposa de passer les voir plus tard.

Le brigadier-chef l'attendait. À peine avait-elle pénétré dans les locaux de la gendarmerie qu'il se mit à lui raconter que, comme la tentative de meurtre du Docteur Besson avait eu lieu, la veille, après le départ du dernier bateau pour le continent, il s'était rendu à l'aube à la gare maritime pour contrôler les identités des voyageurs. Et il avait interpellé un homme qui avait été vu aux alentours du cabinet au moment même où on tirait sur Thomas. Il expliqua que le mobile pourrait être financier, car on n'avait pas retrouvé le portefeuille du docteur et l'homme en question avait un casier chargé de plusieurs vols avec violence. Il avait sur lui de l'argent liquide et une ordonnance du jour même, rédigée par Thomas.

— Aucune arme n'a été retrouvée sur les lieux, ni sur le suspect, domicilié aux Sables d'Olonne, mais je l'ai tout de même mis en garde à vue, avec le casier qu'il a, on ne sait jamais.

Lissie lui demanda si elle serait autorisée à lire le procès-verbal de sa déposition. Le brigadier lui dit qu'elle pourrait en prendre connaissance lorsque l'homme l'aurait signé. De façon inattendue, il se mit alors à s'épancher. Il raconta à Lissie que, ayant quitté Bordeaux, sa ville natale, moins d'un an plus tôt pour le calme de l'île d'Yeu, il avait l'impression d'être au cœur d'un quartier sensible, comme disaient ses supérieurs pour n'offenser personne. Il admit que son suspect n'était certainement pas le coupable, qu'il en avait peut-être le pédigrée, mais qu'il n'y avait aucune preuve, seulement quelques indices épars qui ne résisteraient pas longtemps à un examen un peu minutieux. Le suspect avait vu Thomas avant quinze heures et la tentative de meurtre, d'après les premiers renseignements, avait eu lieu vers dix-neuf heures trente voire vingt heures. Bien sûr, il aurait pu aller une première fois sur place pour repérer les lieux puis y retourner en soirée pour perpétrer son crime, mais le brigadier-chef n'était pas du tout convaincu par cette hypothèse. Ce dont il était sûr, c'est que l'assassin avait un mobile, qu'il devait connaître le médecin et qu'il s'était probablement vengé. Mais de quoi ? Il n'en avait aucune idée. Dans ces cas-là, c'est bien connu, tout le monde soupçonne tout le monde. Il l'avait appris depuis qu'il était sur cette île. Il y avait ici quelques haines recuites dont les origines étaient souvent incertaines mais avec des ressentiments parfaitement intacts. Pourtant le Docteur Besson n'était pas de cette île et on ne lui connaissait pas d'ennemis. Pourquoi en aurait-il eu d'ailleurs ? Avait-il eu une histoire avec une fille de l'île ? L'aurait-il mise enceinte ? C'était possible. Mais infiniment peu probable d'après lui. Lissie n'intervenait pas. En même temps qu'il parlait, elle avançait dans ses propres réflexions. Elle se dit que, si elle trouvait celui ou celle qui avait tiré sur Thomas, elle comprendrait peut-être ce qui était arrivé aux deux autres morts. Et, s'il y avait un lien entre ces trois victimes, sa seule chance de le mettre au jour serait de découvrir qui en voulait à Thomas au point d'essayer de l'assassiner. Thomas avait-il eu vent d'un secret de l'île dans lequel Minot était impliqué ? Elle songea au dossier médical quasi vide de Minot. Vidé plutôt que vide, se dit-elle. Lui revint alors à nouveau le texto de Thomas à propos de ce dossier. Peut-être avait-il lui-même pris quelques pièces après avoir découvert quelque chose d'intéressant ? Elle décida d'appeler le médecin du CHU de Nantes pour avoir des nouvelles de Thomas et savoir s'il pourrait parler bientôt. Elle laissa encore un moment le brigadier se soulager de ses états d'âme puis prit congé. Il était ravi d'avoir pu partager ses questionnements avec elle. Il la pria de garder tout cela pour elle. Elle savait, lui dit-il, qu'il n'avait officiellement pas le droit de raconter ces éléments mais il lui faisait confiance. Lissie le rassura quant au devenir de ce qu'elle avait entendu. Elle n'en dirait mot à qui que ce soit. Ce qui était parfaitement vrai. Elle n'eut donc aucune peine à le regarder dans les yeux pour lui promettre de se taire. Finalement, venue poser des questions au brigadier-chef, Lissie ne lui avait rien demandé et s'était contentée de l'écouter. Si les paroles du gendarme semblaient anodines, elles avaient malgré tout aidé Lissie à mettre un peu d'ordre dans ses pensées. En creux se dessinait progressivement le profil du tueur. Mais cette construction était fragile. À ce stade, Lissie le savait, il fallait parfois un peu de chance. Leroux le répétait souvent : « Force la chance, elle viendra ». Lissie ne savait comment la forcer.

Elle enfourcha son vélo et prit le chemin de la villa. Elle avait la possibilité de passer par le centre de Port-Joinville ou par-delà, comme le lui avait dit le gendarme, et d'éviter la foule qui ne manquerait pas, à cette heure du jour, de se presser dans les magasins, sur les trottoirs et aux terrasses des bars. Voir du monde ne lui ferait pas de mal pensa-t-elle. Elle se dirigea vers le centre-ville et le seul feu tricolore de l'île. Du monde, il y en avait. Et toujours beaucoup de vélos. Lissie commençait à aimer cette ambiance et appréciait de plus en plus de se déplacer à vélo. Elle en était elle-même incrédule. Elle se demandait sérieusement si, revenue à Nantes, elle ne s'achèterait pas une vraie bicyclette. Il y avait beaucoup de pistes cyclables en ville et c'était comme ici assez plat. Son téléphone vibra. Elle s'arrêta et répondit. C'était le médecin de la réanimation du CHU de Nantes.

— Bonjour Madame Meunier, ici le docteur Voiron du CHU de Nantes. Je peux vous parler quelques minutes ?

Lissie sentit son cœur cogner fort dans sa poitrine et sa bouche se dessécher. Elle murmura avec peine :

— Oui, bien sûr, j'ai tout mon temps. Allez-y. Comment va-t-il ?

— Dans l'ensemble plutôt mieux, je vous rassure. Son cœur est stable. Il est bien calmé par les drogues qu'on lui injecte pour le maintenir endormi. Les chirurgiens sont contents de l'évolution de la plaie. Comme la balle a traversé deux lobes du poumon droit, on est obligé de le maintenir sous respiration mécanique pour limiter les efforts sur les lobes endommagés et bien assurer la couverture en oxygène. On a donc décidé de le maintenir endormi le temps de la cicatrisation. C'est pour cela que je vous appelle. Au cas où vous auriez envie de venir le voir, sachez qu'il dormira.

— Je vous remercie de m'avertir. Je pensais justement vous appeler pour vous demander s'il était réveillé et s'il pouvait parler. Quoi qu'il en soit, je serai à Nantes bientôt. Normalement, je reprends le bateau dans les prochains jours. Mais peut-être partirais-je plus tôt. Combien de temps pensez-vous le laisser ainsi endormi ?

— Oh, cela dépendra de l'évolution mais pas plus de deux semaines. Trois semaines au maximum. Il est jeune et il récupère très vite. On aura peut-être de bonnes surprises. Par principe, je préfère donner des délais assez longs, cela évite d'être déçu quand on a besoin de plus de temps.

— Pensez-vous qu'il se souviendra de ce qui s'est passé ? Pourra-t-il dire qui lui a tiré dessus ?

— Rien n'est moins sûr. Dans ce genre de circonstances, il y a souvent une amnésie assez large autour de l'évènement.

— Que voulez-vous dire ? questionna Lissie qui voyait s'envoler ses espoirs de faire parler Thomas.

— Ce que je veux dire, c'est que les heures qui précèdent et celles qui suivent un traumatisme sont fréquemment oubliées ou effacées de la mémoire des victimes. Mais on ne sait jamais.

Lissie encaissa cette mauvaise nouvelle sans rien dire. Elle revint sur la durée de deux semaines, qui lui semblaient une éternité.

— Deux semaines dites-vous. Je pensais que c'était une question de jours.

— La cicatrisation pulmonaire est toujours très longue. Il revient de loin. Heureusement, la balle n'a pas touché de gros vaisseaux, sinon je n'aurais pas donné cher de sa peau. Sa vie n'est plus menacée aujourd'hui.

— Voyons le positif, enchaîna Lissie, comme pour conjurer le sort. Je vous remercie de vous être donné la peine de m'appeler. Merci beaucoup.

— C'est bien normal. Je ne sais pas si je suis autorisé à vous poser cette question mais je prends le risque. On sait qui a essayé de le tuer ?

— Non, je ne crois pas. Ce n'est pas moi qui suis en charge de l'enquête, alors je ne sais peut-être pas tout. Mais, aux dernières nouvelles, la Gendarmerie n'avait pas d'indice sérieux sur la personne qui aurait pu faire ça.

— C'est quand même curieux qu'on ait essayé de l'abattre. Je connais bien l'île d'Yeu. J'y allais en vacances avec mes parents. J'ai de très bons souvenirs. Cela doit faire plus de vingt-cinq ans que je n'y ai pas mis les pieds. Je devrais y retourner. Mais je vais attendre que le tueur soit sous les verrous. Ce pourrait être un serial killer de médecins.

— J'espère que non. Enfin, sur l'île d'Yeu, il n'aurait pas beaucoup de victimes potentielles. Encore une fois, merci beaucoup, Docteur Voiron.

Lissie raccrocha. Thomas ne pourrait donc pas parler avant au mieux deux semaines, probablement trois. Et qu'aurait-il à dire ? Avait-il vu son assassin ? Pas sûr. Sa position dans le bureau ne permettait pas de trancher cette question. Lissie pensait que oui. Elle avait l'impression que Thomas avait essayé de se protéger en voyant son meurtrier pointer l'arme sur lui. Mais elle ne savait pas si son corps avait été déplacé par la suite. Se rappellerait-il quelque chose à son réveil ? Probablement pas, d'après le médecin réanimateur. Il fallait donc qu'elle ne compte que sur elle pour démêler cette tentative de meurtre.

Elle remonta sur son vélo et se glissa dans le flux des véhicules qui se dirigeaient vers le port. Il était presque midi et tout était totalement congestionné. Lissie roula lentement devant les terrasses des cafés et aperçut Irène et François assis en plein soleil. Elle s'approcha et s'invita à leur table. François semblait un peu de meilleure humeur.

— Tu es de retour ? demanda-t-il. Le brigadier ne t'a pas mise en garde à vue ? C'est pourtant toi qui devrais être suspectée. Tu as trouvé deux victimes et a été la dernière à avoir vu la troisième. Tu fais un bon suspect. Tu ne trouves pas ?

Lissie fut étonnée du ton employé par François. À moitié sérieux, à moitié amusé.

— En fait, c'est moi la meurtrière mais le brigadier-chef m'a à la bonne et m'a donné droit encore à deux crimes. Méfiez-vous les amis, tenez-vous sur vos gardes, enchaîna Lissie.

Puis elle chercha des yeux le serveur qui arriva rapidement et commanda un verre de Chardonnay.

Ils restèrent silencieux quelques minutes. Irène, sans doute mal à l'aise, reprit la parole:

— Lissie, n'écoute pas François, il est très contrarié par son passage à la Gendarmerie. Il a eu le sentiment qu'on nous accusait d'avoir essayé de tuer Thomas. Mais, en fait, je crois que ce brigadier-chef est perdu et que, pour lui, tout le monde est suspect.

— Je crois effectivement que toutes ces affaires en trois jours l'ont passablement chamboulé.

— Qu'est-ce que tu penses de tout cela ? demanda Irène.

— Pas grand-chose. Cela me fait froid dans le dos que quelqu'un se soit attaqué à Thomas. Le brigadier croit avoir trouvé le coupable mais c'est comme pour Minot, cela ne tient pas vraiment. Des indices faibles et pas la moindre preuve. Moi je ne mène pas l'enquête. Je ne sais pas si c'est mieux ou moins bien. Je me demande si je vais rester sur l'île. Thomas est hospitalisé, il va rester dans un coma provoqué encore au moins deux semaines. Le médecin est optimiste mais il le garde endormi pour favoriser la cicatrisation des poumons. Et, à part vous, je ne connais personne ici.

— Et nous, on va partir, enchaîna Irène. François reprend la mer et moi je vais chez mes parents dans le Lubéron, à Lourmarin. On attend le feu vert du brigadier-chef et on lève l'ancre, c'est le cas de le dire. François doit encore amener notre bateau à destination. On aurait pu rester quelques jours de plus mais, comme toi, on ne voit plus l'intérêt.

— Et le brigadier-chef, il a besoin de quoi pour vous donner son feu vert ?

— De vérifier tout ce qu'on lui a dit mais surtout d'avoir l'aval du procureur. Il a promis que, d'ici demain matin, il pourrait nous laisser partir.

— Au plus tard demain, vous êtes loin d'ici, renchérit Lissie, qui voyait ses dernières raisons de rester sur l'île fondre comme neige au soleil. Moi aussi, je crois que je rentrerai demain si vous partez. En plus, François, ton père m'a dit que tu étais persona non grata à la villa quand lui y était et cette situation me met mal à l'aise.

— C'est exactement cela, intervint François pour la première fois dans cette conversation dont il semblait se désintéresser. Les relations avec mon père sont toujours aussi mauvaises. Il me prend pour un traître à sa cause parce que je n'adhère pas à ses idées politiques complètement foireuses. Il a l'impression d'avoir raté sa vie puisque je ne suis pas du même bord que lui. Les temps ont changé. Ce serait bien qu'il le comprenne.

— C'est seulement une question politique ? s'étonna Lissie. Il n'y a vraiment rien d'autre qui puisse le mettre dans cet état ?

— Non, c'est justement ça qui est dingue. On s'entendait bien sinon. Mais, dans ce domaine, il ne veut rien savoir. Moi j'en ai marre, alors je refuse de discuter, ce qui le met encore plus en colère, parce qu'il dit que je me dégonfle et que je n'ai même pas le courage de mes opinions.

— C'est vraiment curieux de se fâcher pour des convictions politiques. Dans ma famille, on n'en parlait jamais. C'était totalement tabou. Je n'ai jamais su pour qui votait mon père. Jamais. Et chez toi Irène, on parle politique ?

— Oh oui, beaucoup, mais on est tous d'accord. Cela fait plusieurs générations que c'est comme ça.

Lissie s'aperçut qu'aucun des deux n'avait dévoilé ses opinions. Elle décida de ne pas aller plus loin. Elle préférait ne pas savoir de quels bords ils étaient. Elle supposa qu'ils étaient d'accord entre eux. Ce qui se confirma lorsqu'Irène reprit la parole :

— D'ailleurs, tu ne le sais pas, mais on s'est rencontrés à un meeting politique.

— À un meeting politique ?

— Oui, l'année dernière. Ça a été le coup de foudre. Comme quoi, la politique, ça a du bon. N'est-ce pas François ?

— Oui, ma chérie, avec toi ça a du bon. Avec mon père, j'en doute.

— Gardons les bonnes choses, continua Irène. Uniquement les bonnes. Il y a suffisamment de moments pénibles pour chérir les beaux souvenirs.

— Tu as raison, approuva Lissie. Tu as parfaitement raison.

François reprit la parole :

— Qu'est-ce que tu fais Irène ? Moi, je vais faire deux ou trois courses pour le déjeuner puis rentrer au bateau. Tu veux manger avec nous Lissie ?

— Oh volontiers. Je n'ai jamais déjeuné sur un voilier. J'accepte avec enthousiasme.

— Alors allons-y, intervint François en joignant le geste à la parole. Irène, tu vas payer ?

— Non, c'est pour moi, dit Lissie. Je paie et je vais chercher un dessert. Qu'est-ce que vous voulez ?

— Une tarte islaise dit aussitôt François.

— Approuvé, confirma Irène.

Lissie paya et marcha jusqu'à la boulangerie qui faisait l'angle. Il y avait une queue jusque dehors. Elle attendit son tour patiemment et prit comme demandé une tarte islaise.

Lissie, François et Irène déjeunèrent exclusivement de produits locaux achetés par François : tomates, fromages de chèvre et surtout un sublime bar dont François avait levé les filets et rehaussé le goût d'huile d'olive parfumée à la vanille. Un vrai délice. Le tout arrosé par un joli Sancerre très souple, avec un subtil bouquet d'agrumes où le pamplemousse dominait légèrement. Le vin aida sans doute François à parler et à raconter ses relations tumultueuses avec son père. Il prit malgré tout soin tout au long de la conversation de ne jamais dévoiler leurs couleurs politiques respectives. Lissie s'en amusa et respecta cette pudeur. François parla plus amplement de sa passion pour la voile et de son désir de continuer à convoyer des bateaux tant qu'il le pourrait, parce qu'il faudrait bien qu'il se décide un jour à s'installer professionnellement, mais il n'était pas pressé et vivait comme Thomas de remplacements médicaux qu'il ajustait en fonction de ses voyages. Même si cette activité était assez irrégulière, il adorait être au large, loin de tout, dans une sorte de communion bienfaisante avec la nature. Irène et François racontèrent en détail leur voyage jusqu'ici, y compris le départ des trois occupants à Saint-Jean-de-Luz après plusieurs journées épiques et une tempête que François décrivit comme une des plus terribles qu'il ait eu à affronter. Il félicita Irène pour son courage pendant que ça tapait fort, car il n'était pas sûr que, sans elle, il aurait pu sauver le bateau. Lissie écoutait attentivement ce récit qu'elle trouvait fascinant. Elle n'avait aucune culture de la mer, qui lui apparaissait comme un univers lointain, irréel. Mais elle avait adoré entendre François puis Irène partager leur passion et leur enthousiasme pour la mer et la voile.

Ils s'étaient réfugiés dans le carré, car la chaleur était irrespirable sur le pont. On entendit des pas et quelqu'un frappa sur le bois de la première marche, comme on toque à une porte.

— Qui est-ce ? demanda François.

— Je viens de la part de Philippe, dit une voix du haut des escaliers.

— Ne bougez pas, j'arrive, dit François en bondissant du canapé.

Il enfila un tee-shirt et grimpa les marches avec une rapidité qui impressionna Lissie.

— Je ne sais pas qui c'est, dit Irène.

Lissie en profita pour dire qu'elle souhaitait rentrer à la villa. Elle proposa à Irène de faire la vaisselle, mais celle-ci refusa, arguant qu'elle la ferait en attendant que François revienne, ce qu'elle n'espérait pas tout de suite.

Il faisait une chaleur accablante lorsque Lissie sortit du Cologny. Elle prit son vélo en prenant soin de ne pas s'asseoir sur la selle brûlante. Elle se dirigea vers la villa puis se ravisa et partit en direction de la pharmacie.

Chapitre vingt-quatrième

Qui marque un indiscutable tournant dans l'histoire

Dimanche 11 juillet 2004

De grosses gouttes de sueur coulaient sur le visage de L'Empereur. Depuis qu'il était venu secouer Le Der pour le réveiller, il n'avait pas arrêté de hurler sur ses deux acolytes. C'était la première fois que Le Der le voyait perdre ses nerfs. Si le chef s'énervait ainsi, c'est que cela devait aller mal. Très mal, pensa Le Der.

En moins de cinq minutes, ils avaient rassemblé leurs affaires et étaient montés dans la camionnette. L'Empereur avait pris le volant. Il criait des ordres à Rachid qui s'exécutait au mieux mais n'arrivait pas à apaiser le courroux de son chef. L'Empereur transpirait et son odeur donnait la nausée à Victor qui prit un mouchoir et le posa sur son nez en guise de masque.

L'Empereur crut que Victor avait envie de pleurer et le gratifia d'une remarque désobligeante comme il savait si bien le faire. Le Der rangea son mouchoir et se mit à respirer par la bouche pour se prémunir de l'odeur fétide qui émanait de L'Empereur qui conduisait à tombeau ouvert. Il fit quelques dépassements que Le Der jugea extrêmement risqués mais il n'osa rien dire. Il se contenta de fermer les yeux pour ne pas hurler. Le Der regrettait à chaque seconde d'être là. Il ne savait pas comment cela allait se terminer, mais il était de plus en plus sûr que cela finirait mal. Il pensa à sa mère. Si elle savait où il était, elle serait morte de peur et certainement hors d'elle. Elle n'avait aucune idée de son engagement politique et prenait son fils pour un enfant docile et peu au fait de la vie.

Après une demi-heure de route, L'Empereur se calma et roula moins vite. L'atmosphère se détendit lentement dans la cabine. L'Empereur alluma la radio et se mit à chanter à tue-tête. Le Der pensa que ce devait être un moyen pour lui d'évacuer le stress. Il avait arrêté de crier sur le Pire, qui se taisait.

— On a eu chaud, attaqua L'Empereur. Je ne sais pas comment on a fait pour échapper aux flics. J'ai l'impression qu'il y avait des barrages partout. Heureusement, le vieux dans le château m'avait indiqué comment sortir de chez lui discrètement, sinon, on était faits comme des rats. Et ce n'est pas le moment.

— Sûr que ce n'est pas le moment, ajouta le Pire.

— Qu'est-ce qu'on va faire ? risqua Le Der. Moi, j'aimerais rentrer chez moi.

Cette dernière remarque fit sortir L'Empereur de ses gonds. Il se mit à injurier Victor qui ne put retenir ses larmes. Cette fois, il pleurait pour de vrai. Cela ne fit qu'augmenter la fureur de L'Empereur. Le Der était tétanisé, ses larmes coulaient abondamment sur ses joues et il s'en voulait de ne pouvoir les retenir. Il avala plusieurs sanglots et finit par se calmer quand L'Empereur arrêta de se déchaîner contre lui. Le Pire remarqua que Le Der n'avait pas osé sortir son mouchoir et que deux traînées jaunes coulaient de ses narines. Il réprima un haut le cœur et se retourna pour chercher des mouchoirs en papier dans son sac de voyage. Il aperçut alors par la vitre arrière une voiture de police qui semblait se rapprocher d'eux.

— Oh dis donc, L'Empereur, on est suivis. C'est une bagnole de flics. Merde alors, on va se faire coffrer comme des bleus. L'Empereur, qu'est-ce qu'on fait ?

Avant la fin de la question, L'Empereur avait écrasé son pied sur l'accélérateur et arrêté la musique.

— Tais-toi Le Pire. Regarde la carte et dis-moi où est la prochaine bifurcation.

— Je ne sais pas exactement où on est, se risqua Le Pire, je n'ai pas fait attention.

L'Empereur se remit à hurler qu'il en avait assez de vivre avec une bande de Pieds Nickelés et que, la prochaine fois, il ferait ses affaires seul ; au moins, si cela ne marchait pas, il saurait pourquoi. À ce moment, Le Pire annonça qu'il s'était repéré et que, dans moins d'un kilomètre, il y aurait une route sur la droite qui menait à un village situé à environ huit kilomètres.

— Je la prendrai si je suis sûr que les flics ne nous voient pas, grommela L'Empereur.

Il jeta un coup d'œil à son rétroviseur et constata que la distance avec le véhicule qui le suivait avait bien augmenté. Il n'était pas sûr que ce soit une voiture de police. Il demanda à Le Pire de vérifier lui aussi et de lui dire ce qu'il en pensait. L'Empereur allait toujours très vite et Le Pire avait du mal à regarder en détail, tant ils étaient secoués par l'allure démente à laquelle ils roulaient. Ils arrivèrent à la bifurcation et prirent à droite, comme Le Pire l'avait suggéré. Ils se retrouvèrent aussitôt sur une route beaucoup plus étroite qui était parfaitement rectiligne. L'Empereur roula à peine cent mètres et s'engouffra dans un chemin qui s'engageait dans un sous-bois. Il arrêta la camionnette et en descendit aussitôt.

— Restez-là et ne bougez surtout pas, intima-t-il aux deux autres.

Le Der le vit s'allonger et ramper. D'où il était, le Pire ne pouvait pas voir la route qu'ils venaient de quitter. Et il n'osait pas trop bouger, de peur de représailles de l'Empereur. Celui-ci revint quelques secondes plus tard. Il semblait soulagé.

— Ils ont continué tout droit. C'était bien des flics. Ils étaient quatre. Ils ont ralenti en passant devant la bifurcation mais, heureusement, ils ne nous ont pas vus. On va attendre ici jusqu'à la nuit. On écoutera la radio pour savoir s'ils nous recherchent. Allez, vous pouvez vous dégourdir un peu les jambes, mais restez dans le sous-bois. Le Pire, on a encore quelque chose à manger ?

— Oui, répondit Le Pire, il reste plein de choses et à boire aussi. Le vieux nous a donné un grand sac. Il était plutôt sympa, l'aristo. Dommage qu'on ait dû décamper sans le remercier.

Ils sortirent tous les trois. Le Pire et L'Empereur avaient l'air affamés. Le Der ne pouvait rien avaler. Il aurait payé cher pour ne plus être là. Une petite graine se mit à germer dans son esprit : pourquoi ne pas fausser compagnie à ses camarades de lutte à la faveur de l'obscurité ? Il réprima cette idée mais, plus il essayait de la chasser, plus elle revenait en force. Il se dit qu'il attendrait la nuit pour se faire une idée sur les possibilités de s'éclipser. L'Empereur l'interrompit dans son projet de fuite :

— Eh Le Der, faut quand même qu'on te dise ce qu'on fait. Ça t'intéresse ?

— Bien sûr, reprit le Der avec une totale fausse assurance, bien sûr que ça m'intéresse.

L'Empereur se mit à lui raconter tout ce qui s'était passé depuis qu'ils l'avaient laissé seul pendant un jour et demi. Il ne se priva pas d'entrer dans les détails. Le Der fut d'abord excité d'apprendre enfin la vérité. Il avait l'impression qu'on le prenait pour un vrai membre du commando et non comme un citoyen de deuxième classe.

— Voilà, conclut L'Empereur, tu sais tout maintenant. Et tu ne diras rien, car tu serais accusé de complicité. Tu garderas cette histoire pour toi. D'accord Le Der ?

— D'accord, essaya d'articuler Le Der, livide et tremblant sur ses jambes. C'est promis je ne dirai rien.

— Moi, je pense que c'est mieux que tu sois au courant. Après tout, tu es là depuis le début. Allez, on remonte dans la camionnette et on attend la nuit.

Les trois garçons s'installèrent. L'Empereur et Le Pire s'endormirent assez rapidement. Le Der fit semblant de dormir. Ce qu'il avait entendu lui donnait terriblement envie de fuir ce cauchemar. Il se voyait déjà condamné à de la prison pour quelque chose qu'il n'avait pas vraiment fait. Ce qui lui apparaissait, il y a encore vingt-quatre heures, comme de l'héroïsme, lui semblait maintenant de la folie furieuse. Il attendit que la nuit soit bien noire. Les deux autres dormaient profondément. Il prit discrètement son sac et sortit avec d'infinies précautions. Il sauta en bas du véhicule, poussa la porte sans la refermer complètement et courut dans le sous-bois. Il s'arrêta et écouta attentivement pour vérifier que son départ n'ait pas réveillé les autres. Aucun bruit, en dehors du hululement sinistre d'un hibou. Le Der se dit qu'il allait attendre quelques minutes puis continuer la route qu'ils venaient d'emprunter. Il verrait plus tard ce qu'il ferait. Il appellerait certainement sa mère le lendemain matin. Pour le moment, le plus important était de ne pas se faire rattraper par L'Empereur. Il s'assit au pied d'un arbre. Il n'avait pas froid. Il était chanceux, c'était l'été.

L'Empereur se réveilla et réveilla Le Pire. Comme il faisait encore nuit, il ne vit pas tout de suite que Le Der n'était plus là. C'est le Pire qui s'en aperçut. D'abord, ils crurent qu'il s'était absenté pour se soulager ou faire un tour mais, après l'avoir appelé plusieurs fois et avoir fait sonner son téléphone portable, ils comprirent qu'il avait déserté leur expédition.

— Tant pis pour lui, trancha L'Empereur. Tant pis pour lui. On n'a pas besoin de mauviettes. Allez, le Pire, on décolle d'ici au plus vite.

L'Empereur était contrarié par le départ de Le Der. Il lui en avait trop dit, c'est sûr. Ses révélations avaient dû l'effrayer. Tant pis, se dit-il à nouveau. Il démarra le véhicule et regagna la longue ligne droite qu'il avait quittée la veille. Il roula à vive allure pendant plusieurs kilomètres et, mis en confiance par la topographie monotone, il ne prêta pas attention aux deux panneaux successifs qui annonçaient un virage serré sur la droite. Lorsqu'il voulut freiner, il était déjà très engagé dans la courbe. Son coup de frein brutal déporta violemment son véhicule, qui fit un premier tonneau avant de heurter la barrière de sécurité. Celle-ci plia sous le poids de la camionnette qui fit un deuxième tonneau juste après avoir enjambé la barrière et dévala la falaise dans un fracas épouvantable. Le Pire fut éjecté au moment du deuxième tonneau ; sa tête heurta violemment un arbre. L'Empereur, les mains crispées sur le volant, vécut la scène au ralenti jusqu'à ce qu'un grand trou noir prenne toute la place.

Chapitre vingt-cinquième

Au cours duquel les fils se nouent

Lundi 12 juillet 2004

En sortant de la pharmacie, Lissie avait un moral de vainqueur. Le pharmacien avait accepté de lui donner les renseignements qu'elle désirait et sa réponse allait exactement dans le sens qu'elle espérait. Elle tenait enfin le brin du fil auquel elle pensait depuis vingt-quatre heures. Ce brin qui, sans doute, lui permettrait de démêler toute l'histoire. Elle se remémora immédiatement une phrase de Leroux : « Meunier, ne vendez jamais la peau de l'assassin, elle peut toujours glisser entre vos mains. » Elle avait encore au moins deux choses à vérifier. Elle sentit monter en elle ce frisson de plaisir qui la gagnait chaque fois qu'elle pensait tenir une piste sérieuse. Elle se conforta du mieux qu'elle put en imaginant que son intuition était la bonne.

Lissie déposa son vélo le long du mur de la villa. Lucia prenait un bain de soleil. Elle était déjà très bronzée. Lissie se dit qu'elle avait sans doute du temps à y consacrer.

— Bonjour Lissie, tout va bien ? lui lança Lucia.

— Très bien Lucia, je vous remercie. J'ai déjeuné avec François et Irène. Je vais aller prendre une douche, je suis en sueur. Je ne suis pas une grande sportive et pédaler sous ce soleil, c'est vraiment un défi pour moi. Mais ce séjour m'aura donné le goût du vélo, alors je suis plutôt contente.

— Aldo se demandait si vous accepteriez de dîner avec nous ce soir. Nous aimerions manger des patagos. Vous connaissez ?

— Non, pas du tout. Qu'est-ce que c'est ?

— Ce sont des coquillages. Excellents lorsqu'ils sont préparés avec une sauce à l'ail. J'en raffole. Aldo nous invite. Vous acceptez bien sûr, à moins que vous n'ayez d'autres engagements ?

— Non, aucun. C'est très aimable à vous, d'autant que je pense quitter l'île demain. Je n'ai plus rien à y faire, Irène et François s'en vont et j'ai hâte d'aller voir Thomas, même s'il ne pourra pas me parler. Mais il ne faut pas vous sentir obligés, si vous voulez être seule avec votre mari, je ne voudrais pas m'imposer.

— Non, bien sûr que non. Cela nous ferait plaisir.

— Entendu, je vous remercie. Pour quelle heure devrais-je être prête ?

— Vers vingt heures trente. Trouvez-vous par ici. On prendra notre voiture, Aldo n'est pas un adepte du vélo.

— À tout à l'heure. Je me réjouis.

Lissie quitta Lucia. Sa conversation avec Alice Lørsonn lui avait donné envie de revoir les livres qui se trouvaient dans l'armoire de sa chambre. Elle reprit Marx, Proudhon, Trotski et les feuilleta consciencieusement. La plupart étaient neufs et ne comportaient aucune annotation, ni mention d'appartenance. Pourtant, elle trouva sans trop de difficultés ce qu'elle cherchait. Comment n'y avait-elle pas pensé plus tôt ? Cette découverte anodine la fit sourire. Elle referma soigneusement les ouvrages et les remit à leurs places respectives. Elle eut la surprise à ce moment-là de découvrir une rangée d'ouvrages alignés et cachés derrière ceux qu'elle venait de feuilleter. C'était tous des livres anciens à la reliure si caractéristique du début du vingtième siècle. Et cette découverte la laissa perplexe. Une série d'ouvrages écrits par des auteurs sulfureux, Brasillach, Drummont, Céline, Rebatet, Drieu la Rochelle, Bloy, Jouhandeau, Morand et d'autres dont elle n'avait jamais entendu parler. Il y avait autant d'ouvrages marxistes que d'ouvrages nationalistes xénophobes et antisémites. Ce voisinage la troubla. Il fallait intégrer cette double découverte dans un ensemble cohérent. Elle essaierait d'en savoir un peu plus ce soir pendant le dîner. Elle ferma la porte de l'armoire et alla prendre dans son sac le bout que Minot lui avait donné. Elle le regarda longuement et se dit que ce petit morceau de cordage pouvait appartenir à des milliers de bateau. Enfin, pas tout à fait. Si Minot l'avait trouvé sur le cadavre des Vieilles, c'est qu'il provenait vraisemblablement d'un bateau qui avait mouillé dans les environs, à condition que le cadavre n'ait pas dérivé sur des milles et des milles avant qu'elle ne le découvre. Pour faire cesser ce flot de pensées, elle appela le brigadier-chef. Il n'était pas à la Gendarmerie. Le gendarme de service l'informa qu'il était parti précipitamment sur le port après avoir reçu un téléphone du procureur. Il n'en savait pas plus. Lissie décida d'aller à sa recherche. En quittant la villa, elle aperçut Lucia qui n'avait pas bougé. Elle enfourcha son vélo et pédala aussi vite que possible jusqu'au port. Elle n'y trouva malheureusement pas le brigadier-chef et elle n'avait pas son numéro de portable. Elle s'installa à la terrasse du Clipper et attendit. Les cloches de Notre-Dame du Port se mirent à sonner. Lissie regarda sa montre.

Il était seize heures. Elle demanda au serveur s'il savait pourquoi les cloches sonnaient en ce milieu d'après-midi.

— C'est un enterrement Madame. Le pêcheur qu'on a retrouvé mort dans son bateau l'autre matin. Enfin, pas vraiment un enterrement, vu que son corps est encore à Nantes. Une sorte de cérémonie à sa mémoire.

— Vous voulez dire Minot ?

— Vous le connaissiez ?

— Non, pas vraiment, j'avais entendu parler de lui. Et vous, vous le connaissiez ?

— Oui, c'était le frère de ma mère, mon oncle quoi !

— Et vous n'êtes pas à l'enterrement ? Enfin, à la cérémonie.

— Ah sûrement pas. Un salaud pareil.

— Il avait des ennemis Minot ? J'ai entendu dire que c'était un chic type.

— Ça dépend pour qui. Dans la famille, on ne le fréquentait plus depuis longtemps.

— Des histoires de famille, comme dans toutes les familles ?

— Moi je ne connais que celles de la mienne mais Minot, c'était le champion du monde de sa catégorie. Il s'est fâché avec toute sa famille.

— Et je peux savoir pourquoi ?

— C'est une longue histoire Madame, très longue histoire. Ça vous intéresse ?

— Oui, et je n'ai pas grand-chose à faire. Mais vous, vous devez être occupé.

— Oh, je risque d'avoir du temps ! Ils vont tous aller à la cérémonie et les autres sont à la plage ou à la sieste.

Le serveur se mit à lui raconter comment Minot avait mis sa famille en délicatesse parce qu'il avait eu de nombreuses femmes à qui il avait fait des enfants qu'il n'avait jamais voulu reconnaître. C'était avant les tests de paternité. C'est pourquoi il était reparti sur le continent, pour se faire oublier.

— Moi je crois qu'il y a quelqu'un qui ne lui a pas pardonné. Et celui-là, il sera à son enterrement, pour être sûr qu'il est bien mort.

— On ne sait pas si la mort est accidentelle ou si c'est un crime, intervint Lissie.

— Moi je vous parie que quelqu'un l'a tué.

— Vous avez peut-être raison.

Lissie aperçut alors le brigadier-chef dans sa voiture, tout près de la terrasse où elle était assise. Elle lui fit signe mais il ne la vit pas et quitta le port en direction de la Pointe du But. Elle paya son café, remercia le serveur et suivit de loin le brigadier-chef. Il s'arrêta après quelques centaines de mètres. Lissie prit son vélo et roula jusqu'à la voiture du gendarme, rue des Fusiliers Marins. Elle jeta un œil à la boîte aux lettres, qui portait le nom de JF. et A. Clavequin, et l'attendit. Le brigadier réapparut moins de dix minutes plus tard, manifestement stressé et préoccupé. Elle l'interpella :

— Brigadier, j'aimerais vous parler, c'est possible ?

— Oh, commissaire, quelle surprise. Que faites-vous sur le port par cette chaleur ?

— Je vous cherchais, brigadier. Ça vous étonne ?

— Plus rien ne m'étonne, commissaire, plus rien.

— Je voulais aller vous voir à la gendarmerie, mais vous n'y étiez pas. Un de vos gendarmes m'a dit que vous étiez sur le port, alors je suis venue et je vous ai attendu.

— Et que me voulez-vous, commissaire ? Cela doit être important pour que vous me pourchassiez jusqu'ici. Est-ce que je me trompe ?

— Oui et non… En fait oui. C'est-à-dire que je suis un peu gênée de m'adresser à vous alors que je ne suis pas en charge des affaires de l'île. Mais voilà, quand on est flic, on est flic. Même en dehors des heures de bureau.

— Je connais bien ça commissaire, je connais bien ça, répéta le gendarme, comme s'il avait besoin de s'en convaincre ou comme s'il voulait que Lissie se rende compte que, lui non plus, sur cette île, ne comptait pas ses heures.

Il proposa à Lissie de l'emmener à la gendarmerie. Ils mirent son vélo à l'arrière du fourgon et, arrivés sur place, s'installèrent dans le bureau du chef de Gendarmerie.

— Voilà, je voulais vous demander quelque chose. Dites-moi si vous jugez que c'est possible. J'aimerais que vous interrogiez Lucia Trazonni sur son emploi du temps la nuit où Minot a été tué.

— Lucia Trazonni ?

— Oui, elle-même.

— Elle était déjà sur l'île la nuit où il a été tué ?

— Non, mais j'aimerais bien que vous lui demandiez ce qu'elle faisait.

— Vous la soupçonnez du meurtre de Minot ?

— Non mais je pense qu'elle sait quelque chose.

— Pourquoi saurait-elle quelque chose ?

— Parce qu'elle connaissait Minot mieux qu'on pourrait l'imaginer.

— Je veux bien l'interroger si vous croyez qu'elle peut nous apprendre quelque chose.

— Merci brigadier. Tenez-moi au courant.

— Je n'y manquerai pas.

Ils reparlèrent de Minot qu'on « enterrait ». Lissie prit connaissance du complément d'autopsie, notamment des résultats des prélèvements sanguins qui n'étaient pas encore connus. L'alcoolémie était nulle. Aucun toxique n'avait été trouvé. Pas de trace d'empoisonnement non plus. Le taux de sucre dans le sang était indétectable. L'insulinémie était très élevée. Le compte-rendu suggérait qu'en l'absence de cause toxique pouvant expliquer l'origine du malaise et qu'en présence d'une hyperinsulinémie, la thèse de l'hypoglycémie accidentelle restait la plus vraisemblable, d'autant que la personne décédée était connue pour souffrir d'un diabète.

Lissie en profita pour demander au brigadier ce qui l'avait amené à se précipiter sur le Port.

— Ah Commissaire, c'est sidérant ! Le procureur m'a informé qu'une camionnette, avec à bord deux personnes, s'était écrasée en bas d'un ravin et que…

— Où ça ? sur l'île ? ne put s'empêcher de s'exclamer Lissie.

— Non, non, Commissaire, quelque part à l'est de Paris, à environ deux cents kilomètres. Sur une petite route menant à un village dont je n'ai pas retenu le nom…

Lissie bouillait d'impatience de connaître la suite. Elle interrompit à nouveau le brigadier-chef.

— Et un des occupants était un habitant de l'île ?

— Non, non, commissaire, laissez-moi terminer. Vous êtes impatiente. Non, je ne connais pas les occupants, qui du reste n'étaient pas encore identifiés lorsque le procureur m'a appelé. Non, c'est ce qu'ils ont trouvé dans la camionnette qui concerne l'île. Et là, c'est vraiment incroyable. Parce que, si ce que m'a dit le procureur est vrai, on n'a pas fini d'entendre parler de l'île, je vous assure. On est allé sur place avec le maire, mais on n'a rien vu d'anormal. Alors, on doit y retourner avec un employé municipal pour vérifier ce qu'il en est. Ils vont arriver ici d'une minute à l'autre pour m'emmener au cimetière, encore que je pourrais bien y aller à pied. Je passerai vous voir après. Promis commissaire.

Lissie avait écouté sans sourciller cette longue tirade du brigadier-chef. Il lui fit comprendre qu'il devait prendre congé, la salua très aimablement et la raccompagna jusqu'à son vélo, qu'elle enfourcha. Cent mètres plus loin, elle mit pied à terre, prit son téléphone et appela Leroux. Il décrocha immédiatement. Comme elle s'en doutait, il était au courant de l'accident de la camionnette et révéla à Lissie la nature du scandale à venir. Lissie se demanda pourquoi le brigadier-chef ne lui avait pas tout dit d'emblée. Voilà donc une quatrième affaire qui venait gonfler le palmarès de la semaine, pensa Lissie. Cette île est vraiment imprévisible. Au moins, ce n'était pas un meurtre, même si Leroux pensait comme le brigadier-chef que cela ferait beaucoup plus de bruit que les cadavres de l'île.

Lissie reprit sa route vers la villa. Il était environ dix-sept heures trente. La journée avait été riche en nouvelles et rebondissements, mais elle décida de quitter l'île malgré tout et de prendre le bateau le lendemain matin. Elle se sentait assez seule ici. Elle n'avait pas vraiment de rôle à jouer dans les enquêtes et elle trouvait assez pénible de devoir quémander au brigadier des informations ou des démarches. Elle aurait aimé être partie prenante. Et puis, il y avait Thomas, et elle avait envie d'aller le voir, de se sentir plus proche de lui. Alors, oui, elle partirait le lendemain matin s'il y avait encore de la place sur le bateau. Elle se réjouissait de passer sa dernière soirée avec Lucia et Aldo et d'écouter ce qu'ils avaient à dire sur Minot et pourquoi pas sur d'autres sujets.

Lorsqu'elle arriva à la villa, Lucia et Aldo étaient installés sur la terrasse, à l'ombre. Ils l'accueillirent chaleureusement et lui proposèrent un verre de vin blanc.

— C'est un joli Viognier d'Ardèche. Cela vous tente ? Il est bien frais.

— Oui, volontiers, répondit sans attendre Lissie qui adorait ce cépage.

— Ce n'est pas un Condrieu, mais il est excellent. Très joli nez, très jolie bouche, compléta Aldo. Vous êtes amatrice de vin ?

— Amatrice, je ne sais pas, esquiva-t-elle, mais j'aime le vin et beaucoup le Viognier méridional. J'aime son bouquet et ses arômes. Je devrais en boire plus souvent.

— Vous avez raison. Moi aussi j'aime beaucoup ce vin. Et moi aussi je trouve que je n'en bois pas assez souvent.

La conversation roula tranquillement jusqu'à ce que la sonnette de l'entrée retentisse.

— C'est pour moi, dit Lissie, le brigadier-chef avait dit qu'il passerait me voir. Je reviens dans quelques minutes.

Lissie trouva effectivement le brigadier-chef qui l'attendait dans sa voiture. Il la pria de s'asseoir à côté de lui et sans préambule lui annonça ce que Lissie savait déjà :

— Commissaire, on a volé le cercueil de Pétain !

— Du Maréchal Pétain ?

— Du Maréchal Pétain en personne.

— Qui a pu faire une chose pareille, brigadier ?

— A priori deux jeunes gens dont on vérifie les identités. On a retrouvé le cercueil dans une camionnette au fond d'un ravin et les deux occupants, morts sur le coup. Le cercueil semble intact. Ils l'avaient tellement bien camouflé qu'il a résisté au choc de l'accident. Heureusement que le véhicule n'a pas brûlé.

— Ça c'est une nouvelle, Brigadier, une nouvelle qui va faire du bruit dans le Landernau.

— À qui le dites-vous, commissaire. Black-out total sur cette information. On est retournés au cimetière avec le maire et l'employé municipal, Monsieur Clavequin, un islais qui répond au surnom de Badada. Ils ont tous des surnoms sur cette île, même si la tradition se perd un peu. On est allés vérifier l'état de la tombe et il nous a indiqué comment les gars avaient opéré. Ils ont réussi à desceller la pierre tombale. Je ne sais pas comment, parce qu'elle est vraiment lourde. Ils ont tout remis en place et, si vous passez devant sans prêter attention, vous ne devinerez rien. C'est Badada qui nous a montré les petits points d'impact qui prouvent qu'on a bougé la pierre.

— Et on ne sait pas qui a fait le coup, brigadier ?

— Pas encore. Mais les services de l'identité y travaillent car ils avaient des faux-papiers sur eux. On devrait vite être renseignés. Sur l'île, personne n'a signalé quoi que ce soit de particulier. J'ai fait demander la liste des passagers qui ont pris le bateau ces derniers jours. Le véhicule accidenté a sans doute traversé récemment.

— Et où voulaient-ils emmener ce cercueil ?

— Probablement à Douaumont. Le Maréchal Pétain avait émis ce vœu dans son testament mais De Gaulle s'y était opposé. Il avait déjà gracié le Maréchal et avait sauvé sa tête. De Gaulle pensait certainement que c'était assez pour un traître à la Nation.

— On a donc affaire à des nostalgiques de Pétain qui voulaient honorer sa mémoire en le transportant à Douaumont. Ils pensaient vraisemblablement qu'une fois sur place, les autorités s'inclineraient et les laisseraient l'y inhumer, ainsi que Pétain le souhaitait.

— Très certainement commissaire. Bon, pardonnez-moi, je file.

— Bonne soirée brigadier, merci de votre confiance et n'ayez crainte, je serai une tombe.

— Ce trait d'humour fit sourire le brigadier-chef qui remonta dans sa voiture et partit sur le champ.

Lissie rejoignit Lucia et Aldo. Ils avaient réservé une table au restaurant de la Meule. La meilleure, avait précisé Aldo.

Le Port de La Meule était une baie naturelle abritée où les pêcheurs de l'île amarraient leurs bateaux. De petites cabanes portant des noms de familles islaises longeaient le bord droit du port, comme pour rappeler que ce lieu avait ses propriétaires. Aldo et Lucia emmenèrent Lissie jusqu'à la Chapelle qui dominait le port et offrait en même temps une vue exceptionnelle sur l'océan. Aldo lui raconta que Lucia et lui venaient toujours se recueillir ici à la fin de leurs vacances, la veille du retour en Franche-Comté. Ils allumaient une bougie, pensaient aux gens qu'ils aimaient et demandaient à Dieu, à ses saints ou à la Vierge Marie, qu'importe, d'être protégés pendant le long voyage du retour. Ils restèrent en silence tous les trois. Aldo avait pris la main de Lucia. Ils quittèrent ce lieu magique et marchèrent en silence jusqu'au restaurant qui était bondé. Leur table avait une vue imprenable sur ce petit port naturel où venaient autrefois s'abriter les navires qui voulaient se protéger des tempêtes. Les Islais le rappelaient toujours, leur île est en haute mer. Nul pont ne viendrait ternir cette image de refuge. Lissie découvrit les patagos, dans une crème à l'ail et aux herbes. Elle se régala de ces coquillages et en avala bien au-delà de sa faim. Aldo et Lucia s'en réjouirent. On parla bien sûr des affaires et Aldo fut le plus acharné à essayer de savoir ce que Lissie pouvait lui apprendre.

Lissie eut rapidement l'impression qu'elle avait été invitée pour cette seule raison. Elle se fit donc un devoir de leur donner les informations les plus croustillantes mais les plus insignifiantes. Et elle en profita pour faire parler Aldo de sa relation avec Minot, qu'Aldo appelait Denis, ce qu'il fit volontiers, trop content d'être celui qui sait. Aldo confirma qu'ils s'étaient connus au service militaire, à l'école des Sous-Officiers, où ils avaient tous les deux choisi de faire carrière. De nombreux mois ensemble à s'entraîner à la chose militaire, à transpirer dans de redoutables marches commandos ou à réviser dans les mêmes manuels les avaient rapprochés. Malgré des opinions politiques divergentes, ils étaient devenus de vrais amis, forts d'une camaraderie forgée dans ces heures passées côte à côte à rêver aux mêmes choses et à vouloir embrasser le même destin. Tous deux avaient demandé à entrer dans les Services de Renseignements mais Aldo n'y avait pas été admis en raison de son engagement politique. Il en fut amer mais ses convictions, héritées de trois générations avant la sienne, primaient tout. Jamais il n'aurait pu renier cet héritage. À la fin de son école de Sous-Officiers, il était reparti en Franche-Comté, laissant Minot continuer sa carrière dans les Services de Renseignements. Tous deux s'étaient fait serment de toujours honorer leur amitié, quoi qu'il arrive. Ils savaient que ce genre de promesses ne sert qu'à atténuer la douleur de la séparation mais ils y avaient cru. Et chacun avait fait le voyage pour aller au mariage de l'autre, alors que traverser la France était une aventure à l'époque. Ils s'étaient par la suite revus lorsqu'ils venaient tous deux passer leurs vacances d'été à l'île d'Yeu. Ils reparlaient alors volontiers de cette période où leur amitié avait pris naissance. Avec juste ce qu'il faut de nostalgie pour ne pas sombrer dans les regrets. Minot avait appris à pêcher à Aldo. Puis François était né. Aldo avait demandé à Minot d'être le parrain de son fils. Minot avait promis à Aldo qu'il serait parrain lui aussi de son premier enfant mais il n'y eut pas de premier enfant. La femme de Minot avait été déclarée stérile par les médecins et elle avait mis fin à ses jours peu après. On ne sut jamais si ce suicide était en lien avec cette stérilité ou si, comme le répétait les mauvaises langues, les infidélités répétées de Minot avaient usé l'envie de vivre de son épouse.

Et puis, ironiquement, quelques semaines après la naissance de François, la femme d'Aldo était elle aussi décédée. Un cancer foudroyant qui l'avait emportée en quelques mois. Veufs tous les deux, ils auraient pu se rapprocher mais ce fut le contraire qui se produisit. Aldo ne vint plus sur l'île. Leurs rencontres s'espacèrent et leurs échanges au téléphone se raréfièrent pour disparaître complètement. Pendant quelques années, Minot avait envoyé une enveloppe contenant de l'argent pour l'anniversaire de François. Jusqu'à ses dix ans, précisa Lucia en prenant la parole pour la première fois. Puis plus rien. Mais François avait continué à venir en colonie de vacances à l'île d'Yeu. Il avait appris à naviguer et c'est lui qui, beaucoup plus tard, avait donné l'idée à son père d'y acheter un terrain et d'y construire une villa. Aldo avait été très enthousiaste, Lucia beaucoup moins. Elle aurait voulu une maison dans le sud, dans le Lubéron, avait-elle précisé. Il n'y avait pas assez de soleil sur la Côte Atlantique. Lucia dit aussi qu'elle avait une santé fragile et que l'air d'ici était trop « fort ». Elle savait que ce mot ne voulait pas dire grand-chose mais c'est ce qu'elle ressentait quand elle était ici. Lorsqu'ils construisirent la villa, Aldo voulut reprendre contact, mais Minot était reparti sur le continent. On lui donna quelques adresses sur la Côte en face de l'île d'Yeu, où on pensait que Minot vivait, mais il ne put le retrouver. Et Aldo cessa de le chercher.

Lissie prit alors son sac à main et en sortit son appareil photo. Elle sélectionna l'image qu'elle voulait montrer à Aldo et à Lucia.

— J'ai vu cette photo chez Minot. Je l'y ai reconnu tout de suite, mais j'ai eu besoin de l'aide de François pour vous identifier tous les deux. Sans doute en raison des lunettes de soleil qui masquent vos visages. Mais qui est la quatrième personne ? François ne le savait pas.

Aldo et Lucia se regardèrent quelques secondes. C'est Lucia qui répondit :

— Lui, c'est Jean-Marc, il était toujours avec nous. On formait une jolie bande tous les quatre. On était quasiment inséparables.

— Jean-Marc comment ? demanda Lissie.

— Jean-Marc Savotra, ajouta Lucia.

— Qu'est-il devenu ?

— Il voulait aussi entrer dans les Services de Renseignements, comme les deux autres, et c'est ce qu'il a fait. À l'époque, je sortais avec lui. Et puis, un jour, il m'a envoyé une lettre de rupture me disant qu'il m'aimait mais que sa vie « d'espion » ne lui permettrait pas d'envisager un futur avec moi. Et je n'ai plus jamais entendu parler de lui. Je ne savais pas que Minot avait cette photo chez lui. Je me souviens très bien quand on l'a prise. C'était une journée « portes ouvertes » à l'École des Sous-Officiers. Ce fut un temps béni, soupira Lucia.

— Et comment avez-vous connu ces trois hommes, Lucia, demanda Lissie ?

— J'étais secrétaire du Commandant qui dirigeait l'École. Ces trois-là étaient très drôles, surtout Jean-Marc, c'était vraiment le boute-en-train du groupe. Et vous savez, quand on fait rire une fille… On passait tout notre temps libre ensemble. Quand j'ai commencé ma relation avec Jean-Marc, rien n'a changé, même si Aldo était un peu jaloux, car il avait déjà quelques idées en tête me concernant, bien que je ne l'aie découvert que plus tard. Quand ils sont partis tous les trois à la fin de leur École, je me suis sentie bien seule. J'ai eu quelques histoires avec des élèves mais l'insouciance avait disparu, ce n'était plus pareil. Aldo me donnait de ses nouvelles de temps en temps, Minot jamais. Aldo m'a invitée à son mariage. Je n'y suis pas allée. Et puis sa femme est morte et il s'est mis à m'écrire régulièrement. Il m'a proposé d'aller le voir en Franche-Comté. Je n'avais pas de compagnon à ce moment-là, alors j'y suis allée et puis j'y suis retournée plusieurs fois et on s'est finalement mariés. Et on est très heureux ensemble, même si on se chamaille souvent. J'ai un très bon mari.

— Et moi une femme formidable, intervint Aldo.

Il enchaîna :

— Il y a quelques années, j'ai rencontré Minot sur le Port. On s'est salués, on a parlé un peu et on s'est dit qu'on allait se revoir, s'inviter. Il avait l'air content que l'on se soit retrouvés et je l'étais aussi. Mais rien ne s'est passé. Ni lui, ni moi n'avons concrétisé cette idée. On s'est souvent recroisés en se promettant chaque fois de trouver une date. Il voulait m'inviter à pêcher avec lui. On s'est finalement vu une seule fois, il y a deux ans environ. Il est venu à la maison. On a reparlé du bon temps. Il m'a raconté sa vie dans les Services de Renseignements, ses opérations en Afrique. La corruption des agents français. Finalement assez désabusé, il avait quitté les Services et était revenu ici. Il pêchait et cela lui suffisait. Il vivait seul, semblait-il, et il ne s'est pas étendu sur sa vie privée. Il m'avait promis de nous rendre l'invitation. Il ne le pourra pas. La vie est bizarre, conclut Aldo.

Lucia avait écouté Aldo comme si c'était la première fois qu'elle entendait cette histoire. Lissie eut l'impression que Lucia n'appréciait pas vraiment Minot, mais elle n'osa pas lui poser la question. Ils parlèrent ensuite de leurs enfants, de leur fille qui était aux États-Unis et qu'ils voyaient peu. De leur fils, dont Aldo était si fier mais avec qui il était sérieusement en froid depuis quelque temps. Aldo en voulait beaucoup à François de s'être radicalisé politiquement. À l'inverse, Lucia parla avec beaucoup de tendresse de son fils. Elle pensait que ses options politiques s'assoupliraient avec le temps. On parla de Thomas, qu'ils avaient vu plusieurs fois chez eux en Franche-Comté et qu'ils savaient être un très bon ami de François.

Puis ils rentrèrent à la villa sous un très beau ciel étoilé, celui que chantent les marins. Arrivés à la villa, Lissie les remercia pour la soirée et leur hospitalité et leur fit un au revoir un peu solennel puisqu'elle partirait le lendemain. Aldo et Lucia restèrent encore un bon moment en bas à bavarder. Lissie eut soif et descendit à la cuisine pour prendre un verre d'eau gazeuse. Lucia était seule. Elle était assise à la table et faisait rouler une petite fiole devant elle de droite à gauche et de gauche à droite. Elle se tourna vers Lissie.

— Vous avez soif Lissie ?

— Oui, très soif. Sûrement les fruits de mer.

— Oui, moi aussi j'ai soif. Versez-moi un verre si vous le voulez bien.

Lucia but le verre d'une traite et demanda à Lissie de lui en servir un autre, qu'elle but aussi rapidement.

— Je boirais la mer et ses poissons, commenta Lucia.

— Ah c'est impressionnant de vous voir boire, Lucia, vraiment impressionnant.

— C'est l'habitude, j'ai toujours bu vite et beaucoup. Puis-je vous confier un secret, chère Lissie ?

— Un secret ? Si vous voulez.

— Vous avez sans doute remarqué que je suis restée assez silencieuse lorsqu'on a parlé de Minot.

— Oui, c'est vrai, intervint Lissie, je m'en suis fait la remarque. J'ai eu l'impression que vous ne l'aimiez pas beaucoup.

— Bien au contraire. Je lui suis très redevable. Quand sa femme est décédée, Minot m'a contactée. Il était aussi dans les Services de Renseignements, à l'étranger la plupart du temps. Il voyait souvent Jean-Marc, qui était son collègue et avec qui il menait de nombreuses opérations. J'ai demandé à Minot de me donner l'adresse de Jean-Marc. Pendant toutes ces années, je n'avais cessé de penser à lui. Je l'ai revu à plusieurs reprises. Et nous nous sommes aimés comme avant. Ce n'était pas facile de se retrouver. Il venait en Franche-Comté de temps en temps. Et puis, brutalement, il a changé de téléphone et mes lettres sont revenues avec la mention « inconnu à cette adresse ». Il a disparu à nouveau. Et je n'ai plus jamais eu de nouvelles.

— Pourquoi me racontez-vous tout ça Lucia ?

— Parce que cela fait du bien de partager un aussi lourd secret. Vous semblez être une femme à qui on peut se confier. Je sais que vous êtes de la Police. Mais je n'ai rien fait de mal. Seulement trompé mon mari.

Lucia se tut. Elle soupira profondément et regarda Lissie. Ses yeux étaient embués de larmes. Lissie posa sa main sur celle de Lucia et la caressa affectueusement. Lucia murmura quelque chose en italien que Lissie ne comprit pas, puis elle se leva sans mot dire, regarda Lissie une dernière fois, la serra dans ses bras et partit se coucher. Lissie l'entendit monter lentement les escaliers puis fermer la porte de sa chambre. Elle avait laissé sur la table la petite fiole qu'elle roulait sous ses doigts lorsque Lissie était entrée dans la cuisine. Lissie la prit dans ses mains et vit que c'était un flacon d'insuline. Elle pensa aussitôt au rapport d'autopsie de Minot. Curieux, se dit-elle, que ces deux personnes soient diabétiques.

Elle resta immobile quelques minutes dans la cuisine avant d'ouvrir le frigo. Une boîte en métal s'y trouvait, qui contenait plusieurs flacons d'insuline. Drôle de coïncidence pensa-t-elle encore.

Elle fut prise d'un doute quant à l'opportunité de partir le lendemain. Mais elle se dit qu'elle ne pourrait rien faire de plus si elle restait. Elle éteignit toutes les lumières et remonta dans sa chambre. La nuit lui porterait conseil.

CHAPITRE VINGT-SIXIÈME

Au cours duquel le lecteur et l'auteur comprennent que Lissie va faire avancer l'enquête plus vite que le brigadier-chef

Mardi 13 juillet 2004

Lissie avait pris son billet à la gare maritime et s'apprêtait à faire la queue pour embarquer. Après bien des hésitations, mais finalement soulagée, elle avait décidé, d'interrompre ses « vacances ». Elle se réjouissait de rentrer à Nantes, elle avait très envie de revoir Thomas, après une semaine où elle n'avait pas vraiment profité de ce temps de relâche, impliquée malgré elle dans des affaires qui n'avaient pas livré leurs secrets. Elle avait fait ses valises, à nouveau remercié et dit au revoir à Aldo et Lucia non sans quelques arrière-pensées les concernant. Elle avait d'ailleurs pris soin d'appeler le brigadier-chef pour lui dire qu'elle quittait l'île par le bateau de douze heures trente. Le brigadier avait été singulièrement froid et distant, ne montrant qu'un intérêt minime à ce que disait Lissie et se réfugiant derrière les consignes du procureur de ne pas divulguer les informations concernant ces affaires. Cette conversation avait convaincu Lissie du bien-fondé de sa décision. Son téléphone portable sonna, c'était Leroux.

— Bonjour Meunier, désolé de vous déranger mais il y a du nouveau.

— Vous me faites peur, Patron, quel genre de nouveau ?

— Figurez-vous Meunier qu'on a fini par identifier les deux victimes de la camionnette qui s'est explosée dans un virage avec le cercueil de qui vous savez à l'intérieur. Inutile de vous dire que ça jase un max entre l'Élysée, Matignon, la Place Beauvau et toutes les officines qui sont au courant de l'histoire. Le mot d'ordre général est : « Surtout pas de vagues ». Pour des raisons trop longues à vous expliquer, j'ai été chargé de mener l'enquête sur cette affaire. On va travailler hors-sol, c'est-à-dire qu'on a les mains libres pour enquêter ici ou là. Pas besoin de prévenir Pierre ou Paul qu'on investigue sur leur territoire. Alors Meunier, vous avez carte blanche pour me dire comment ces zozos ont fait pour voler le cercueil sans que personne ne voie et ne sache rien. C'est un peu énorme vous ne trouvez pas ? Retracez-moi leur parcours depuis le départ et comment ils ont procédé sur l'île car, voyez-vous Meunier, c'est la deuxième fois qu'on vole le cercueil de Pétain et, après la première tentative, une pierre tombale lourde comme une porte de prison a été installée. Alors, je me demande comment ils s'y sont pris. Cherchez des complices sur l'île. Ils ont dû avoir de l'aide. Enfin Meunier aidez-moi à comprendre cette histoire. Je vous préviens, c'est essentiellement pour la beauté du geste, car je suis sûr que le tout va faire flop, vu qu'au moins deux des voleurs sont morts. En plus, Pétain, c'est un sujet sensible et je doute que les politiques à Paris veuillent prendre des risques avec cette affaire. À mon avis, on n'entendra rien ni à la télé ni à la radio et on ne lira rien dans les journaux. Si vous devez prendre une chambre à l'hôtel, n'hésitez pas. À moins que vous puissiez retourner dans votre palace.

Lissie ne répondit pas, médusée par la longue tirade de Leroux, qui reprit :

— Meunier, il y a un problème ? Vous n'êtes pas heureuse de prolonger votre séjour sur l'île d'Yeu ?

— Patron, je me réjouissais de vous retrouver à Nantes. Cette semaine islaise m'a laissé un goût d'inachevé, si vous voyez ce que je veux dire…

— Je vois très bien Meunier et, si j'osais, je dirais que cette mission vous permettra de finir quelque chose dans toute cette histoire et, qui sait, ces affaires ont peut-être un lien entre elles. Qu'en pensez-vous ?

— À ce stade, Patron, honnêtement pas grand-chose. Je revends mon billet et je vous tiens informé.

— Merci Meunier. Je vous envoie deux personnes dès demain. Cochet et Letondal viendront vous aider. Ils arrivent au bateau de dix-heures trente. Soyez là pour les accueillir. Ils ne sont jamais allés sur l'île et je doute qu'ils soient enchantés de venir vous rejoindre. Pas parce que c'est vous Meunier, bien au contraire, mais ils n'avaient pas vraiment prévu de venir enquêter sur cette affaire. Trouvez-leur de quoi se loger. Je ne pense pas que ce soit une bonne idée de les amener dans votre villa de magazine.

— OK patron. Vous pouvez compter sur moi.

Lissie raccrocha et jura dans sa tête des noms d'oiseaux plus ou moins exotiques. Elle n'avait aucune envie de rester là. Elle avait pris congé de la maisonnée et se voyait mal retourner demander le gîte et le couvert. Elle aperçut la location de vélos et se dit que, de toute façon, reprendre un vélo restait une bonne idée. Le loueur crut à une blague mais, passé l'étonnement, il lui redonna le vélo qu'elle avait ramené une heure plus tôt. Elle en réserva deux autres pour ses collègues. Elle en profita pour demander au patron s'il connaissait un endroit où elle pourrait être hébergée, ainsi que ses collègues à partir du lendemain. Percevant sans doute sa détresse, il prit son téléphone et appela une de ses connaissances qui, miraculeusement, pouvait la loger le soir même et probablement ses collègues dès le jour suivant. Il griffonna un nom et une adresse sur un petit morceau de papier qu'il lui tendit :

— Voilà, Madame la commissaire, vos désirs sont des ordres. Allez à la Villa Drapillot et demandez le patron, Daniel, il vous attend. Quand vous sortez d'ici, prenez la route de Ker Châlon et roulez environ cinq cents mètres. Vous verrez une pancarte. Ce n'est pas le grand luxe mais ils sont très sympas et vous y serez très bien, croyez-moi. Allez faites pas la tête, commissaire, voilà vos vacances prolongées.

La bonne humeur légendaire du patron redonna le sourire à Lissie. Elle le remercia, enfourcha son vélo et se dirigea vers la villa Drapillot, qui se trouvait plus près du centre-ville que celle d'Aldo et de Lucia. Elle était passée devant plusieurs fois sans la remarquer. C'était une maison d'aspect très simple, avec un corps de bâtiment principal et une extension. Dans une petite courette, des touristes faisaient sécher leur linge et parlaient joyeusement. Lissie aima tout de suite l'atmosphère familiale qui régnait. Une femme d'une quarantaine d'années s'approcha d'elle :

— Vous êtes la commissaire Meunier ?

— Oui c'est moi.

— Bienvenue à la villa Drapillot. Je suis Isabelle, la propriétaire des lieux. Je prends vos bagages et vous amène à votre chambre.

— Merci, moi c'est Lissie. On m'avait annoncé Daniel.

— Daniel, c'est mon mari. Il vient de s'absenter. Il m'a demandé de m'occuper de vous.

Isabelle prit la valise de Lissie et marcha d'un pas tonique jusqu'à la chambre. Elle expliqua qu'ils avaient acheté cette villa avec Daniel. Elle appartenait antérieurement à la grand-mère de son mari. Lissie reconnut aussitôt l'accent jurassien d'Isabelle et se dit qu'elle avait dû elle aussi travailler dans le même centre de vacances que Thomas.

— Vous connaissez Thomas Besson ? demanda Lissie.

— Thomas, bien sûr, je le connais. C'est moi qui lui avais fait rencontrer le médecin qu'il remplace régulièrement ici.

— Vous êtes au courant de ce qui lui est arrivé ?

— On est tous catastrophé. On se demande qui a pu faire ça.

— Tout le monde se demande la même chose. Thomas n'avait pas d'ennemi.

— Vous le connaissiez bien ? demanda Isabelle.

— Oui, je l'ai rencontré en Franche-Comté, à Besançon, quand j'étais en stage.

— Et vous êtes venue le voir ou simplement passer des vacances sur l'île ?

— Il m'avait invitée à passer une semaine chez un ami à lui dont le père a une villa près de Ker Châlon.

— Ah, c'est vous qui avez trouvé le cadavre aux Vieilles ?

— Oui, c'est moi. Et c'est aussi moi qui ai découvert Thomas dans son cabinet.

— Vous ? Ah bon, on m'avait dit que c'était un gendarme qui enquêtait sur le meurtre de Minot qui l'avait trouvé.

— Les gendarmes sont arrivés assez vite, car ils n'étaient pas loin. Mais c'est moi qui les ai appelés.

— Les gens racontent bien ce qu'ils veulent. Chacun joue à Sherlock Holmes. Enfin, ça fait quand même bizarre de penser que le meurtrier est peut-être sur l'île.

— Sur l'île ou pas sur l'île. Impossible de le savoir à cet instant. On espère tous qu'il va être démasqué rapidement.

— C'est vous qui menez l'enquête ?

— Non, ce n'est pas moi. Avec deux collègues, on nous a demandé de nous tenir à disposition des gendarmes. Ce sont eux qui mènent l'enquête.

— Bon, j'arrête avec mes questions. Je vous laisse courir après les assassins. Je ne veux pas ralentir le travail de la Police.

— Pas de problème, Isabelle.

Elles montèrent un escalier jusqu'à un long balcon qui distribuait plusieurs chambres et donnait sur la plage de Ker Châlon. C'était moins spectaculaire que ce qu'elle avait connu mais c'était tout de même très beau. La marée était basse et il y avait beaucoup de monde sur la plage.

— Voici votre chambre. C'est la dernière qui était encore libre. Vous avez eu de la chance.

La chambre était très petite mais cela lui suffirait. Le luxe islais ne lui avait pas profité jusque-là, la simplicité serait peut-être meilleure compagne. Isabelle lui donna quelques indications sur le fonctionnement de la villa.

— Merci beaucoup. Cela ira très bien. On m'a dit que vous pourriez peut-être héberger mes collègues qui arrivent demain.

— On va essayer. On a des clients qui avaient réservé à partir de demain mais ils ont un problème familial et ils vont certainement annuler. Si c'est le cas, on vous garde la place. Soyez-en certaine.

— Ce serait vraiment parfait.

— Je vous tiens au courant. Bonne journée.

— Bonne journée à vous.

Passée la déconvenue de devoir rester sur l'île malgré elle, Lissie retrouva un peu de plaisir en contemplant l'océan. Puis elle s'allongea sur son lit et se mit à penser à cet invraisemblable séjour avec un cadavre flottant dans la mer, un mort retrouvé dans son bateau, la tentative d'assassinat de Thomas et l'accident de la camionnette. Quatre affaires. Ou une et une seule, comme l'avait laissé entendre Leroux. L'hypothèse de son Patron était-elle fondée ou l'avait-il lancée juste pour aiguiser l'appétit de Lissie à chercher les coupables ?

Lissie décida d'aller jusqu'au cimetière pour voir la tombe pillée. Elle pourrait ainsi se faire une idée des lieux et imaginer le modus operandi de ce vol pour le moins bizarre. Elle savait où il était pour être passée plusieurs fois devant en sortant de la gendarmerie. Elle prit son vélo et pédala fermement jusque-là. L'endroit était désert. Pas âme qui vive. Elle trouva facilement la tombe du Maréchal et en fit le tour. Elle vit, en l'examinant de près, qu'on avait abîmé la pierre tombale, qui était éraflée à plusieurs endroits mais un passant qui ne chercherait pas ces discrètes éraflures, ne verrait rien à coup sûr.

Sinon, rien ne semblait avoir bougé. Elle repartit en direction de la villa Drapillot. Elle voulait faire quelques appels, au calme, pour obtenir des renseignements sur les voleurs de cercueil décédés dans la camionnette.

Ses téléphones furent fructueux. L'identité judiciaire lui confirma que les deux morts étaient connus des services pour plusieurs atteintes à l'ordre public. Ils avaient appartenu à différents groupes identitaires qui faisaient volontiers le coup de poing lors de manifestations organisées par des partis de gauche ou des syndicats. Ils avaient récemment participé à un meeting parisien organisé par un leader hongrois d'extrême droite et en avaient notamment assuré le service d'ordre. Des militants antifascistes avaient fait un sit-in devant la salle et la soirée avait dégénéré en bagarre générale après l'intervention des CRS. Tout le monde s'était retrouvé en garde à vue, y compris nos deux voleurs de cercueil. Son collègue lui donna également le numéro de la plaque d'immatriculation de la camionnette qu'ils avaient utilisée pour perpétrer leur forfait.

Lissie griffonna quelques notes sur un carnet bleu qui l'accompagnait dans toutes ses enquêtes puis fila à la gare maritime toute proche. Il y avait foule, car un bateau arrivait. Elle chercha les bureaux qui se trouvaient juste en dessous du secteur des passagers. À l'intérieur, une seule employée au téléphone fit signe à Lissie d'un air agacé que les bureaux étaient fermés et qu'il fallait revenir plus tard. Lissie sortit sa carte de Police. L'employée s'excusa, changea de ton et se leva pour lui ouvrir la porte. Lissie demanda à voir les registres de passage des véhicules. Elle trouva sans mal les dates et les heures de passage de la camionnette dans un sens et dans l'autre. Elle demanda à l'employée, manifestement gênée d'avoir éconduit un membre de la Police, si les marins qui avaient fait l'une ou l'autre traversée en même temps que la camionnette, étaient là aujourd'hui.

— Attendez, commissaire, je vérifie.

L'employée se retourna et regarda un grand planning accroché sur le mur.

— Oui, Nimbus a fait les deux traversées en question et il est là ce matin. Vous le trouverez vers les containers, c'est lui qui surveille leur déchargement.

— Nimbus ? questionna Lissie.

— Oh pardon, Commissaire, Nimbus, c'est Angel Lalouette. Vous le reconnaîtrez facilement. Il est très grand, il porte une casquette rouge et a toujours une cigarette aux lèvres.

— Merci Madame. Je vais le chercher.

Lissie quitta l'employée et se dirigea vers les containers. Une grue les prenait un à un et les déchargeait sur le quai. Lissie n'eut aucun mal à reconnaître Nimbus, dont la tête dépassait toutes les autres et dont la voix puissante dirigeait la manœuvre de transbordement. Il arrêta de crier pour rallumer la cigarette qui pendait au coin de sa bouche. Lissie en profita pour s'adresser à lui :

— Bonjour M. Lalouette, je suis le commissaire Meunier de Nantes. Dans le cadre d'une affaire dont je dirige les recherches, j'aurais quelques questions à vous poser. L'homme se raidit, surpris par l'attaque franche de Lissie. Il souleva sa casquette, se gratta le cuir chevelu et la dévisagea de la tête aux pieds. Puis il se tourna vers le grutier et lui cria de continuer sans lui. Il restait encore trois containers sur le bateau. Il fit à nouveau face à Lissie et lui répondit :

— Si je peux vous être utile, commissaire.

— En dates du jeudi 8 juillet dans le sens Fromentine-Yeu et du vendredi 9 juillet dans l'autre sens, vous avez embarqué une camionnette blanche et bleue de marque Volkswagen avec des plaques jurassiennes. Est-ce que cela vous dit quelque chose ? Il y avait très peu d'autres véhicules sur le bateau ces jours-là.

Nimbus ne réfléchit que quelques secondes :

— Oh, je m'en rappelle très bien. Il y avait deux jeunes types dedans. Le conducteur était assez grand et le passager avait l'air malade. Je les ai vus surtout au retour sur le continent. Le passager est resté appuyé contre la porte pendant tout le trajet, comme s'il avait peur qu'on lui vole son véhicule.

— Étaient-ils seulement deux ? questionna Lissie

— Il me semble. S'il y en avait d'autres, je ne les ai pas vus. Je me souviens m'être dit qu'ils n'avaient pas l'air très habitués.

— Avez-vous repéré des choses anormales ce jour-là ? demanda Lissie.

— Pas que je me rappelle, enchaîna Nimbus, soudain très flatté d'intéresser la Police.

— Alors, s'il n'y a rien d'autre, je vous remercie de votre aide, Monsieur Lalouette. En cas de besoin, je saurai où vous trouver. Encore merci.

Lissie décida d'aller voir le brigadier-chef. Elle en profiterait pour lui annoncer qu'elle avait été officiellement désignée pour enquêter sur cette affaire de vol de cercueil. Elle le trouva à son bureau, visiblement prêt à rentrer chez lui et plutôt surpris de la voir.

— Ah commissaire, que faites-vous ici ? Je croyais que vous deviez repartir à Nantes. Du nouveau ?

— Eh bien, je le croyais aussi, mais il en a été décidé autrement. Et, comme tout bon flic, j'obéis.

Lissie lui expliqua sa nouvelle mission officielle sur l'île. Le gendarme ne manifesta pas beaucoup d'enthousiasme. Après s'être montré si ouvert avec elle, il semblait trouver sa présence un peu pesante, comme s'il avait peur que Lissie le double et démasque les coupables avant lui. Enfin, c'est ce qu'elle imagina. Il lui annonça tout de même qu'il avait reçu une information importante. Ses collègues du peloton autoroutier de l'est de Paris l'avaient appelé pour lui dire que le service des Douanes avait contrôlé la camionnette, car elle avait des pneus lisses. Mais personne n'avait fouillé l'intérieur.

— Mes collègues sont formels, ils étaient trois dans la camionnette. Et, comme on a retrouvé deux corps sur les lieux de l'accident, il y en a forcément un dans la nature.

— Trois, dites-vous, brigadier. Avez-vous un document qui atteste du contrôle de la camionnette ?

— Non, pas encore. J'attends un fax de mes collègues. J'ai appris la nouvelle il y a moins d'une heure.

— Ont-ils relevé les identités des trois passagers ?

— Je ne sais pas commissaire. Ils m'ont appelé parce qu'ils avaient reçu une demande d'information sur la camionnette.

— Et sait-on d'où venait cette camionnette ?

— Sans doute, avec la plaque d'immatriculation, c'est facile de le savoir.

— J'ai le numéro de la plaque, mais mes collègues n'avaient pas encore cherché d'où elle venait. Vous avez accès au fichier central des immatriculations ?

— Oui, facilement. Voulez-vous qu'on regarde ?

— Volontiers, brigadier, enchaîna Lissie, toute excitée d'avancer dans ses recherches.

Le brigadier l'emmena dans un bureau qu'elle ne connaissait pas. Un énorme ordinateur trônait au milieu de la pièce. Le brigadier le mit en route et, après quelques minutes, se leva et prit une feuille tout juste sortie de l'imprimante. Il la tendit à Lissie.

— Ce véhicule appartient à une société basée à Lons-le Saunier dans le Jura, rue Saint-Désiré. La société s'appelle Volponni SA. Le véhicule n'a pas été déclaré volé.

— Merci brigadier. On devrait pouvoir retrouver la trace de cette société assez facilement.

Lissie aimait beaucoup ce travail d'enquête à petits pas, où l'on remontait tranquillement la piste par informations et indices successifs. Il n'y avait pas d'urgence. Les deux occupants de la camionnette étaient morts et le Maréchal avait regagné son domicile. Depuis la gendarmerie, elle faxa le bordereau du véhicule à ses collègues de Nantes, en leur demandant des renseignements sur cette société Volponni SA.

Lissie allait partir lorsque le brigadier la rappela.

— Commissaire, avez-vous vu ceci ?

Le brigadier lui tendit la fiche d'identité de la jeune femme qu'elle avait retrouvée morte le jour de son arrivée au large des Vieilles. Elle était originaire de Marseille. Elle répondait au nom de Karin Dodge, citoyenne de sa Majesté britannique. Étudiante à la faculté de droit de Marseille, elle fréquentait les milieux d'extrême-droite, étant elle-même fille d'un ultranationaliste anglais qui avait rêvé toute sa vie de faire rendre gorge aux activistes de l'IRA. En terre nationaliste, le monde est petit, pensa Lissie. Karin Dodge avait disparu sans laisser de traces. La police avait retrouvé un ultime signe d'elle à La Rochelle, où son téléphone avait borné une dernière fois. Avait-elle pris un bateau ? Mais, dans ce cas, pourquoi n'avait-elle plus donné de nouvelles à ses proches ? Lissie releva la tête en direction du gendarme qui attendait patiemment qu'elle ait terminé sa lecture.

— Qu'en pensez-vous commissaire ? lui demanda-t-il.

— Rien pour le moment. Comment a-t-elle été identifiée ? Y a-t-il un avis de disparition ? Y a-t-il eu une enquête de voisinage ? Aurait-elle pu se suicider ?

— Je n'en sais strictement rien commissaire. Je vais me renseigner.

Cette fois, Lissie prit réellement congé du brigadier et retourna à la villa Drapillot. Elle décida d'appeler ses collègues de La Rochelle pour avoir une idée plus précise du lieu où le téléphone de Karin Dodge avait borné pour la dernière fois. Ayant appris qu'il s'agissait du Port, elle appela ses collègues de Nantes pour connaître sa géolocalisation exacte. Elle aurait la réponse dans les vingt-quatre heures. Son portable vibra dans sa poche. C'était Leroux.

— Bonsoir Meunier, comment allez-vous ?

— Au plus mal, Patron, au plus mal.

— J'aime quand vous êtes au fond du trou Meunier, cela veut dire que votre enquête avance.

— Si cela vous fait plaisir de penser cela, Patron, ne vous gênez pas !

— C'est pas avec vous que je vais me gêner, Meunier. J'ai du nouveau pour vous. On a identifié le troisième larron de la camionnette. On a fait parler les téléphones des morts. Et ils ont bien parlé.

— Et qui est-ce ?

— Un jeune blanc-bec, Meunier. Il s'appelle Victor Lebel et vient des beaux quartiers parisiens. Rien de sérieux au casier, que des rappels à l'ordre à la suite de bagarres dans des rassemblements contre des partis de gauche. Il fait partie du même groupe d'identitaires que les deux occupants de la camionnette. Mais lui c'est vraiment du menu fretin. On est allé le cueillir à son domicile. Il a tout avoué tout de suite, dans le détail, terrorisé. Sa déposition est un modèle du genre. On sent qu'il pense que, parce qu'il dit tout ce qu'il sait, il sera moins puni. Je vous envoie ça par mail, vous vous ferez une idée du client. Petite frappe minable. On a retrouvé quelques tracts dans sa chambre qu'on a fouillée minutieusement. Sur l'un deux, il y avait un appel à la révolte des masses. Un texte de Céline, très probablement tiré d'un de ses pamphlets antisémites que ces trous du cul se refilent sous le manteau comme des films porno. Quand je lui ai montré ce tract, je lui ai demandé s'il connaissait Céline. Il m'a dit que non. Il croyait que c'était une femme ! Des crétins incultes ! Une vraie bande de ploucs. J'imagine que les deux autres ne valaient pas mieux. Avec une équipe comme ça, leur chance de réussir était quasi nulle.

— Et pourtant, ils ont bien failli, coupa Lissie un peu agacée par le ton péremptoire et condescendant de son Patron.

— Vous avez raison Meunier, ils ont bien failli réussir. Aussi incroyable que cela puisse paraître.

Lebel a raconté comment il s'était fait embarquer dans cette histoire. Il n'a en fait jamais rien su du fond de l'affaire jusqu'à ce qu'ils soient en direction de Douaumont et que, les choses ne se passant pas comme prévu, ses acolytes lui crachent le morceau pour le mouiller complètement. C'est pour ça qu'il a eu très peur et qu'il s'est sauvé. Et c'est surtout pour ça qu'il ne fait pas partie des victimes de l'accident. Il a eu chaud aux fesses ce petit con, on peut le dire.

— Est-ce qu'il a dit qui a eu l'idée de ce vol ? Qui en était le commanditaire ? Avec ce que vous me racontez, j'ai du mal à imaginer qu'ils aient fomenté l'affaire eux-mêmes.

— Là-dessus, il a été assez vague. Il y avait un chef dans cette bande qui se faisait appeler l'Empereur. Il ne connaissait pas son nom. Et j'aurais tendance à penser qu'il dit vrai. Mais il a mentionné que l'Empereur faisait toujours référence à un grand chef qu'il appelait systématiquement depuis des cabines téléphoniques. On est en train d'éplucher les numéros des cabines qui sont sur leur itinéraire supposé. Là aussi, il a été assez confus, car il semble avoir dormi durant de grandes parties du voyage et il n'était pas de l'étape sur l'île d'Yeu. Il les a attendus dans une maison, très probablement vers la Roche-sur-Yon. On attend de nouvelles indications.

— Et bien Patron, vous faites mon boulot. Je peux rentrer à Nantes ?

— Vous devriez être contente Meunier. Je fais avancer votre enquête. Vous serez plus vite de retour. Trouvez-moi ce grand chef et vous pourrez rentrer. Allez, bonne nuit, Meunier.

— Bonne nuit Patron. S'il y a autre chose, n'hésitez pas.

— Vous me connaissez Meunier. Je suis le plus généreux des patrons. Je ne garde rien pour moi.

— Je dirais plutôt, presque rien. Mais je vous aime bien Patron, si c'est ça que vous voulez entendre.

— Pas spécialement, mais cela ne me déplaît pas de l'entendre de votre bouche Meunier. Allez, cette fois je raccroche. Bonne soirée et à bientôt !

— Bonne soirée Patron.

Lissie se réveilla au milieu de la nuit. Ses voisins rentraient et semblaient avoir oublié l'heure qu'il était. Sans doute étaient-ils ivres. Ils parlaient fort et les murs n'étaient pas très épais.

Sentant qu'elle n'allait pas se rendormir, elle se leva et ouvrit sa boîte mail. Leroux avait tenu parole, la déposition de Lebel était dans ses courriels. Elle la lut tranquillement. Leroux lui avait à peu près tout dit. Les policiers qui l'avaient interrogé avaient demandé à Lebel qui était cette

Suzanne avec qui il conversait par texto et à qui il avait passé de nombreux appels. C'était manifestement la petite amie du moment. Lebel avait dû s'expliquer sur les derniers messages échangés avec elle et leur arrêt brutal. Il avait confirmé qu'il n'avait aucune nouvelle d'elle malgré plusieurs tentatives, toutes infructueuses. Il n'avait pas grand-chose à dire sur Suzanne si ce n'est qu'il était quand même en souci.

Lissie écrivit un courriel à Leroux pour lui demander si l'examen du portable de l'Empereur avait donné quelque chose. Et pour lui signaler que, dans l'affirmative, elle aimerait en être informée. Elle sentit que le sommeil revenait. Elle regarda sa montre : quatre heures trente-cinq. Cela valait la peine d'aller se coucher. Son téléphone sonna. C'était Leroux.

— Meunier, qu'est-ce que vous faite debout à cette heure-là ? Je viens de recevoir votre courriel.

— Et vous Patron, qu'est-ce que vous faites debout à cette heure-là ?

— Moi, je me lève tous les jours à quatre heures trente.

— Et pourquoi Patron ?

— Pour aller courir, Meunier. Tous les jours, je cours trente minutes, je crois même vous l'avoir déjà dit !

— Bravo Patron, vous êtes vraiment formidable !

— Merci Meunier. Le malheur, c'est que je n'ai jamais perdu un gramme en courant. C'est une farce de courir pour maigrir, croyez-moi Meunier. Pour répondre à votre courriel, oui, on a analysé le portable de l'Empereur. Vous avez une idée derrière la tête ?

— Oh, je voulais savoir si la Suzanne de Lebel avait eu des contacts intéressants avec l'Empereur, notamment après avoir cessé d'en avoir avec lui.

— Excellente question, Meunier. Je vais faire vérifier cela. Allez Meunier, finissez votre nuit. Moi je vais me dégourdir les jambes.

— C'est exactement ce que je m'apprêtais à faire quand vous avez appelé Patron.

— Parfait. Dormez bien et trouvez-moi ce grand chef. Moi, je vous dirai si cette Suzanne menait une double vie amoureuse.

Chapitre vingt-septième

Au cours duquel la Police trinque lourdement

Mercredi 14 juillet 2004

Lissie s'était levée assez tôt, malgré sa nuit hachée. Leroux, décidément soucieux que l'enquête avance vite, avait envoyé les fadettes des deux morts de la camionnette. Elle apprit que l'Empereur s'appelait Gérard Larue et que son acolyte répondait au nom de Rachid Artissi. Dans sa générosité, Leroux avait aussi envoyé la fadette du téléphone de Karin Dodge. Elle avait reçu le relevé des téléphones de Lebel un peu plus tôt. Il ne manquait que celui de Suzanne. Elle appela Leroux pour lui demander de le lui adresser, ce qu'il lui promit de faire immédiatement. Il était dix-heures vingt. Lissie quitta sa chambre pour aller à la gare maritime accueillir ses collègues Cochet et Letondal. Daniel, le propriétaire de la villa Drapillot, lui avait glissé un petit mot sous la porte pour lui confirmer qu'il pourrait leur louer un studio pendant leur séjour. L'annulation de dernière minute qu'avait évoquée Isabelle la veille allait profiter à la Police Nantaise. Il y avait beaucoup de monde qui attendait le bateau. C'était comme toujours une cohue joyeuse et pleine d'enthousiasme. Lissie se sentit loin de cette agitation, soudain étrangère à toute cette effervescence.

Cochet et Letondal arrivèrent parmi les premiers passagers. Ils n'avaient pas l'air si mécontents d'être là. Ni l'un ni l'autre n'avaient mis les pieds à l'île d'Yeu auparavant. Lissie avait donc une semaine d'avance sur eux. Elle leur proposa d'aller chercher les vélos qu'elle avait réservés pour eux. Ils furent surpris, mais acceptèrent de bonne grâce. Ils patientèrent longtemps, car le magasin était bondé. Enfin équipés, tout le monde pédala jusqu'à la villa Drapillot.

Lissie les laissa s'installer et leur donna rendez-vous trente minutes plus tard pour faire le point. Ils décidèrent de se retrouver sur la plage juste devant la villa. Cochet et Letondal étaient des collègues très positifs et motivés. Ils avaient l'habitude de fonctionner ensemble et Lissie se réjouissait de mener cette enquête avec eux.

— Comme vous le savez, on doit faire la lumière sur cette affaire de vol de cercueil du Maréchal Pétain. On a identifié les exécutants mais on ne sait rien de ceux qui en ont eu l'idée. Les deux morts dans l'accident, Gérard Larue et Rachid Artissi, ne vont plus dire grand-chose et le plus jeune, Victor Lebel, est un troisième voire un quatrième couteau qui ne nous apprendra rien. Larue et Artissi étaient dans la mouvance identitaire, des petites frappes qu'on appelait pour faire du bruit ou casser du gauchiste. Plusieurs gardes à vue, toujours pour les mêmes motifs. Rien d'intéressant. On ne sait pas qui les a recrutés et convaincus de faire ce vol. Ça sera notre job de mettre la main sur le ou les cerveaux de l'opération. Il y a aussi une jeune femme répondant au nom de Suzanne, dont on a perdu la trace. J'attends ses fadettes. J'ai déjà celles des autres, que vous pourrez consulter. On sait aussi que les occupants de la camionnette ont passé vingt-quatre heures sur l'île et on doit trouver leurs contacts ici. Ce n'est pas possible qu'ils aient fait le coup à deux, sans soutien. Il y a des complices, c'est certain. Cochet, voici les photos de Larue et Artissi. Faites le tour des bars et magasins du port et essayez de savoir si quelqu'un les aurait vus. Letondal, allez aux abords du cimetière et demandez aux voisins s'ils ont vu ou entendu quelque chose dans la nuit du 8 au 9 juillet. On se retrouve ici vers dix-huit heures. On ira ensuite dîner. Je connais quelques bonnes adresses. Moi je vais rappeler Leroux pour cette Suzanne et son téléphone.

— Entendu, commissaire, on y va. Vous avez un plan de l'île ? demanda Letondal

— Non, j'ai juste le mien. Il faut aller à l'Office de Tourisme. Il est sur le port. Pour vous Cochet, c'est en ordre ?

— Oui, commissaire, on va voir ce qu'on trouve.

Ils se séparèrent et Lissie regagna sa chambre pour téléphoner à Leroux.

— Patron, pourquoi vous ne m'avez pas envoyé le relevé de portable de Suzanne ?

— À votre avis, Meunier ?

— Parce que vous avez oublié, Patron, voilà tout.

— Non Meunier, je n'ai pas oublié, mais j'ai une grande nouvelle. Suzanne n'existe pas ! Enfin je veux dire qu'elle existe, bien sûr, mais son vrai nom c'est... Allez Meunier, donnez-le-moi !

— Karin Dodge, Patron !

— Bravo Meunier, vous devriez être flic ! Comment y avez-vous pensé ?

— Je garde cela pour moi, Patron. J'aurai bientôt d'autres surprises. En tout cas, voilà qui relance mon enquête. Karin c'est Suzanne et

Suzanne c'est Karin. À bientôt Patron, j'ai du boulot !

Le téléphone de Karin avait borné une dernière fois à la Rochelle puis plus rien. On l'avait retrouvée morte au large des Vieilles, environ trois jours plus tard. Elle avait donc probablement pris un bateau. Mais lequel ?

Lissie fit vérifier les noms des bateaux qui avaient mouillé dans les ports de Saint-Jean-de-Luz et de la Rochelle les jours où le téléphone de Karin y avait borné. Dans la liste, elle eut la désagréable surprise de trouver le Cologny, convoyé par François. Il devenait indispensable d'interroger François à nouveau, et sans doute aussi Irène.

Elle appela le brigadier-chef pour l'informer de cette découverte. Il se montra très intéressé et proposa de les interroger au plus vite. Lissie lui demanda la possibilité d'assister aux entretiens. Le brigadier hésita puis lui dit qu'il demanderait l'autorisation à sa hiérarchie, en lui assurant que ce ne serait qu'une formalité, puisqu'elle avait désormais une mission d'enquête officielle sur le vol du cercueil.

Irène et François étaient encore sur leur bateau, mais prêts à partir. Lorsque le brigadier les convoqua pour seize heures, le ciel leur tomba sur la tête.

Lissie se rendit à la gendarmerie et informa le brigadier de tout ce qu'elle venait d'apprendre. La découverte que Lucia était vraisemblablement diabétique comme Minot et les liens étroits qui unissaient autrefois Minot au couple Aldo et Lucia ainsi qu'à un certain Jean-Marc Savotra dont ils n'avaient aucune nouvelle, à l'exception de Lucia, qui avait été sa maîtresse pendant quelques années, mais qui ne l'avait plus vu depuis longtemps. Le brigadier-chef écouta Lissie avec attention et prit des notes pour ne rien oublier. Il la remercia de son efficacité. Il se racla la gorge, regarda ses chaussures et lui annonça, l'air gêné, que sa hiérarchie, contre toute attente, lui avait intimé l'ordre de faire les interrogatoires en dehors de la présence du commissaire Meunier. Lissie, surprise, demanda au brigadier quelles étaient les raisons de ce refus. Le gendarme lui confia que l'atmosphère entre Police et Gendarmerie n'était pas des meilleures en Vendée actuellement et qu'il n'était pas question de laisser la Police s'immiscer dans les affaires de la Gendarmerie. Le brigadier s'excusa plusieurs fois et suggéra à Lissie de patienter dans un bureau voisin. François et Irène arrivèrent à l'heure. Ils étaient tendus, sans doute au courant de ce qui les attendait. Surpris par la présence de Lissie, ils se jetèrent des regards interrogateurs.

— Mais tu es encore là Lissie ? Je te croyais à Nantes depuis hier, s'étonna Irène.

— Non, j'ai été retardée par une petite affaire. Je crois que le brigadier vous attend.

François et Irène suivirent le brigadier. Deux heures s'écoulèrent. Puis le brigadier réapparut en tenant un trousseau de clés dans sa main droite.

— J'ai dû les mettre en garde à vue sur ordre du procureur. Ils ont fini par admettre leur implication dans la mort de Karin Dodge. Ils seront, au minimum, accusés de coups et blessures ayant entraîné la mort sans intention de la donner. Le procureur ordonnera certainement leur transfert dès demain matin. Pour aujourd'hui, c'est trop tard.

— Pourrais-je lire leurs dépositions, brigadier ?

— Oui bien sûr, allez dans mon bureau, elles sont posées sur la table ronde. Je vais téléphoner au procureur.

Lissie s'installa et commença la lecture des dépositions. Ce qu'elle y lut ne l'étonna pas vraiment.

François avait commencé par nier connaître Karin mais il avait dû changer de version lorsqu'on lui avait montré les échanges téléphoniques qu'il avait eus avec elle. François avait alors reconnu qu'il avait emmené Karin sur son bateau parce qu'elle était l'amie d'un ami. Il ne la connaissait pas avant de l'accueillir à bord avec une amie à elle dénommée Patricia. À Saint-Jean-de-Luz, Patricia était partie, car elle avait le mal de mer et trouvait que l'ambiance sur le bateau n'était pas bonne. Plus loin, François déclarait : « Karin est restée avec nous jusqu'à la Rochelle où elle nous a quittés pour rejoindre un ami, nous a-t-elle dit. Le soir même, vers minuit trente, Irène a entendu du bruit, moi je dormais. Elle a cru à un voleur. Elle s'est levée et a aperçu une silhouette sur le pont qui fouillait dans nos affaires. Elle n'a pas reconnu Karin. Paniquée, elle a pris une petite rame de l'annexe du bateau et lui a asséné un coup violent sur la tête. Le bruit m'a réveillé. Karin gisait sur le pont, morte. Irène l'avait tuée sur le coup. C'est moi qui ai eu l'idée de m'éloigner du port et de la jeter par-dessus bord après l'avoir lestée et attachée avec une corde. Mais les choses ne se sont pas passées comme on voulait. L'extrémité de la corde s'est prise dans l'arbre de l'hélice. Pour ne pas attirer l'attention, on a attendu que le jour se lève avant d'essayer de la décoincer mais on n'y est pas arrivés. Alors on est partis en traînant le cadavre derrière nous. Irène s'était couchée dans une cabine et refusait de sortir, elle pleurait, hurlait, voulait qu'on se rende à la Police, moi je n'étais pas d'accord. Quand on a été vraiment loin du rivage, je suis retourné dans l'eau pour couper la corde. Mais c'était impossible et, quand j'ai remis le moteur en marche, au lieu de chasser le cadavre, la corde l'a ramené vers le bateau et l'hélice lui a broyé la poitrine. J'ai commencé à paniquer et j'ai mis le cap sur l'île d'Yeu pour ne pas arriver trop en retard par rapport à ce que j'avais indiqué à mon ami Thomas et ne pas éveiller les soupçons. Quand on est arrivés à proximité de l'île d'Yeu, coté Côte Sauvage, il faisait presque nuit. J'ai pris l'annexe et j'ai tiré sur le cadavre jusqu'à ce qu'il se détache. C'était horrible, car j'ai dû tirer comme un forcené pour que les parties prisonnières se libèrent. Ensuite, je suis retourné sur le bateau et j'ai nettoyé l'arbre de l'hélice. Le corps a été retrouvé aux Vieilles. On a vu les gyrophares sur la plage, car on ne mouillait pas très loin, mais on n'est arrivés sur l'île que le lendemain. Le plus stupide c'est que Karin avait oublié son portable sur le pont et c'est sans doute cela qu'elle était revenue chercher.» Ce qu'elle lut dans la déposition d'Irène ne lui apprit rien de nouveau, c'était concordant avec ce que disait François.

Lissie bascula son siège en arrière et réfléchit à ce qu'elle venait de lire. Voilà une première affaire qui semblait résolue. Le brigadier-chef entra dans le bureau ; il était silencieux, manifestement perturbé. Il s'adressa à Lissie :

— Le procureur arrivera demain matin et supervisera le transfert de François Trazonni et de sa compagne. On les emmènera à La Roche, où ils seront très probablement inculpés et maintenus en détention en attendant de plus amples investigations. Moi, j'en ai assez pour aujourd'hui. Un de mes hommes va venir prendre la garde. Je le relèverai vers une heure cette nuit. À demain commissaire.

Lissie prit congé du brigadier et retourna dans sa chambre de nonne de la villa Drapillot, à la fois peinée par ce qu'elle venait d'apprendre mais aussi très excitée par l'évolution spectaculaire de l'enquête.

Lissie appela Leroux qui était d'humeur très joviale.

— Patron, des nouvelles ?

— D'excellentes nouvelles, Meunier.

— Vraiment ?

— Écoutez un peu ce que j'ai au menu. Le dénommé Larue, alias L'Empereur, auto-proclamé chef de nos trois Pieds Nickelés a appelé à maintes reprises François Trazonni, que vous connaissez je crois.

— François Trazonni ?

— Absolument. Il l'a appelé chaque fois d'une cabine téléphonique.

— Alors ça, c'est une information qui fait avancer la musique, Patron. Je vais l'interroger dans les meilleurs délais. Il est en garde à vue pour la mort de Karin Dodge. Vous êtes au courant ?

— Oui, on m'a prévenu. Avec sa compagne, je crois ?

— C'est ça. Le procureur vient demain matin. Ils seront transférés à la Roche.

— Débrouillez-vous, Meunier. Il faut lui tirer les vers du nez avant qu'il prenne le bateau. Je vais appeler le procureur ce soir. Ce que vous ne savez pas encore c'est qu'il semble que ce Trazonni, jeune médecin par ailleurs, ait quelques sympathies, pardonnez mon euphémisme, pour des groupuscules on ne peut moins recommandables.

— Des fachos ?

— On peut le dire comme ça, Meunier. Comment le savez-vous ?

— Assez simplement je dois le dire. On imagine mal des voleurs de cercueil de Pétain militer à la CGT ou au Parti Communiste, même si un certain commissaire Leroux me dit de toujours me méfier des apparences.

— Vous avez raison, Trazonni ne pouvait pas dignement être un khmer rouge patenté. D'autres choses, Meunier ?

— Non pas pour le moment, merci, Patron. Je vous tiens au courant.

— Bonne chance Meunier, je vous donne des nouvelles dès que j'ai eu le procureur. Vous allez devoir mettre les mains dans un drôle de marécage.

Comme prévu, Lissie retrouva ses collègues vers dix-huit heures. De leurs côtés, le butin était maigre. Aucune des personnes sollicitées n'avait pu se rappeler avoir vu les voleurs de cercueil. Cela paraissait vraiment curieux. L'affaire s'annonçait difficile pour retrouver le ou les complices du vol. Lebel n'avait aucune information intéressante et apparaissait de plus en plus comme un second couteau ignorant tout sur le Grand Chef qui donnait ses ordres, mais peut-être était-ce tout simplement François ? Les appels rapportés par Leroux accréditaient grandement cette hypothèse. Lissie les informa que le Grand Chef en question était probablement François Trazonni, chez qui elle avait habité jusqu'à la veille En disant cela, il lui revint une image en mémoire. Elle rappela Leroux et lui demanda de lui envoyer une photo de la camionnette accidentée. Leroux lui promit de lui envoyer cela dans les deux heures à venir.

Elle décida d'aller voir l'employé municipal en charge du cimetière et emmena ses deux collègues. Jean-François Clavequin, dit Badada, habitait à la sortie de Port-Joinville, en direction de la Pointe du But. Une petite maison aux volets bleus comme il y en a partout sur l'île. L'employé les reçut aimablement et leur raconta quand et comment il avait découvert le vol. Ce qui lui semblait le plus incroyable c'est que, à la suite du vol de 1973, la Mairie avait fait mettre une pierre tombale scellée pesant plus d'une tonne. En principe inattaquable. Il était sûr qu'on avait dû utiliser un engin de levage pour la déplacer. Aucune force humaine n'aurait pu le faire.

— Quel genre d'engin de levage ? demanda Lissie.

— Une sorte de mini-grue ou un engin de chantier comme en possèdent les entreprises de travaux publics et certains bûcherons.

— Pratiquement, sur l'île, qui dispose d'un tel matériel ? demanda Cochet.

— Peu de monde. Il y a quatre entreprises de travaux publics qui possèdent ce genre d'appareils.

— Et en dehors d'eux ?

— À ma connaissance, il n'y a qu'eux.

— Alors on va aller leur rendre visite et on va trouver avec quoi ils ont soulevé cette pierre. Merci M. Clavequin.

— De rien commissaire. Moi aussi, j'aimerais beaucoup savoir comment ils s'y sont pris.

Lorsqu'ils se retrouvèrent dans la rue, Lissie se rappela qu'elle n'avait pas déjeuné. Son ventre criait douloureusement. Elle proposa à Cochet et Letondal d'aller sur le Port pour dîner. Dix-neuf heures trente, il était l'heure de toute façon. Cochet et Letondal se montrèrent très enthousiastes à cette perspective. Sur les conseils de Lissie, qui se plaisait à jouer les guides touristiques, ils se rendirent chez le Père Raballand. Il y avait foule, on était le 14 juillet et les bars étaient pleins. Ils n'avaient pas réservé mais le serveur, qui reconnut Lissie, leur trouva de la place et ils passèrent une excellente soirée, bien arrosée. Cochet et Letondal n'étaient pas en reste question vinicole. Un remarquable Château Carbonnieux les accompagna pendant tout le repas et ils ne se contentèrent pas d'une seule bouteille. Ils rentrèrent à la villa Drapillot en poussant leurs vélos. Cochet, très en forme, parlait haut et fort. Letondal avait l'ivresse plus méditative. Lissie, consciente d'avoir trop bu, se concentrait sur ses pas et tentait de marcher en ligne droite. Ils se séparèrent au seuil de leurs logements respectifs et Lissie se jeta sur une carafe d'eau, la gorge sèche comme le Kalahari. Elle s'affala sur son lit, ivre comme elle ne s'en souvenait pas. Elle s'endormit sur le champ malgré le bruit de la rue un soir de 14 juillet.

Chapitre vingt-huitième

Au cours duquel on finit par distinguer le rouge du brun

Jeudi 15 juillet 2004

Des coups secs et sonores réveillèrent Lissie. Elle s'assit au bord de son lit et essaya de rassembler ses esprits. Elle était encore habillée. Elle se rappela le dîner chez le Père Raballand. Ça cognait dur à l'intérieur de sa tête. Comme si le métro lui traversait le crâne de part en part. On refrappa à la porte.

— Patronne, vous êtes réveillée ? Levez-vous, y a du nouveau. Il faut qu'on vous voie. On a besoin de vous.

Retrouvant un vague brin de lucidité, Lissie répondit avec une fausse assurance :

— Désolée Letondal, je ne suis pas prête. Revenez dans dix minutes.

— Commissaire, il faut vraiment que je vous parle.

— Bon, OK, Letondal, je vous ouvre. Le Président de la République est mort ?

Letondal entra et ne put s'empêcher d'éclater de rire.

— Pardonnez-moi, commissaire, mais si vous voyiez votre tête, on dirait que vous avez passé la nuit sur une corde à linge !

— Bon Letondal, j'ai la gueule de bois, pas vous ?

— Pas trop. Je suis pas des plus frais, mais je me tiens. Mieux que vous commissaire.

— N'en rajoutez pas Letondal. J'ai un mal de crâne absolument pathétique, à devenir militante chez les Alcooliques Anonymes !

— Ah non ! commissaire, par pitié, pas vous. On est entre hommes ici, non ? Pas de jérémiades.

— Bon, Letondal, qu'est-ce que vous avez de si important à me dire ?

— Vous allez pas me croire, mais la gendarmerie nous a appelés pour dire que le couple mis en garde à vue hier s'était fait la malle cette nuit. Ils ont essayé de vous appeler mais vous n'avez pas répondu. Peut-être était-ce mieux ainsi, ironisa Letondal.

— Vous plaisantez Letondal ?

— J'ai l'air, commissaire ?

On frappa à nouveau à la porte.

— Entrez, ordonna Lissie.

C'était Cochet. Il avait une sale tête mais, vu les circonstances, Lissie s'abstint de toute remarque et il ne releva pas non plus la mine très chiffonnée de sa cheffe.

— Il vous a dit, Patronne, pour le couple ?

— Oui, il m'a dit, enchaîna Lissie, soudain très lasse. Mais comment ont-ils fait ? Personne ne les surveillait ?

— Si, bien sûr, c'était le brigadier-chef qui était de garde. Vers deux ou trois heures du matin, la femme a demandé à aller aux toilettes. Le brigadier ne s'est pas méfié et l'homme lui est tombé dessus quand il a ouvert la porte. Ils l'ont roué de coups et l'ont attaché avec ses menottes au radiateur. Ils l'ont bâillonné pour qu'il ne puisse pas appeler au secours. Vous verriez l'état dans lequel il est. C'est lamentable.

— Et le couple ? demanda Lissie, visiblement contrariée par l'amateurisme du chef de la gendarmerie.

— Volatilisé, fit Cochet.

— Comment ça volatilisé ? s'énerva Lissie, on ne se volatilise pas d'une île, à moins d'avoir un avion ou un hélicoptère. Leur bateau est toujours là ?

— Oui, mais on ne l'a pas fouillé, ajouta Letondal.

— Le procureur est au courant ? Et Leroux ? demanda Lissie.

— Oui. Les gendarmes ont informé le Parquet, compléta Letondal. Mais je ne crois pas qu'ils aient prévenu le commissaire Leroux. Eux n'avaient aucune raison de le faire.

— Évidemment, ils n'avaient aucune raison.

Un silence s'abattit sur la chambre. Letondal se curait un ongle, tête baissée. Cochet s'était levé et regardait par la fenêtre. Lissie se dit que ce n'était vraiment pas le jour à avoir la gueule de bois. Elle laissa éclater sa colère :

— Ah ce brigadier-chef, il est gentil mais je ne le sens pas. Depuis le début, je me dis qu'il va faire une connerie. Et voilà. Mais où se sont-ils envolés les tourtereaux ? S'ils ne sont pas dans leur bateau, il n'y a que deux autres hypothèses. Soit ils sont cachés sur l'île et je ne leur donne pas une journée avant qu'on mette la main sur eux, soit ils ont volé un bateau et, là, ils sont sans doute déjà sur le continent, Dieu sait où. Est-ce qu'il y a un avis de recherche ?

— Oui, Patronne, les gendarmes de la Vendée ont déclenché une « épervier », mais rien pour le moment.

— À quelle heure a-t-on découvert ce chef de basse-cour ? D'ailleurs, comment s'appelle-t-il ? demanda Lissie qui venait de se rendre compte qu'elle ne se souvenait plus de son nom.

— Il s'appelle Serge Binet.

— Comment vous savez ça Letondal ? Vous venez d'arriver…

— Eh bien Patronne, figurez-vous que, il y a moins de trois mois, je l'ai eu plusieurs fois au téléphone pendant l'affaire des cigarettes. On lui avait demandé des renseignements sur un patron de pêche qui ne pêchait plus beaucoup mais menait grand train.

— Bravo, Letondal, bonne mémoire. Alors, à quelle heure on a découvert le brigadier Binet ?

— À sept heures, quand son collègue est arrivé pour le remplacer. Il était à moitié inconscient, plein de sang. Regardez Patronne, j'ai des photos.

Joignant le geste à la parole, Cochet sortit un petit appareil et montra quelques images du brigadier Binet en bien mauvaise posture. Il avait le visage tuméfié et totalement ensanglanté, le nez éclaté, la lèvre inférieure fendue et son œil droit était à moitié fermé. Lissie réprima un haut-le-cœur et demanda à Cochet de lui envoyer ces photos par courriel.

— Où est le brigadier ? demanda Lissie.

— Chez lui, il attend le médecin, répondit Letondal.

— Allons le voir. Il aura sans doute plein de choses à nous raconter. Il est en état de parler ?

— Oui, je crois Patronne. Surtout si c'est vous. On m'a dit qu'il vous avait à la bonne, persifla Cochet.

— Qui vous a raconté ça, Cochet ?

— La rumeur, Patronne, la rumeur.

— Méfiez-vous des rumeurs, Cochet. Et faites attention à ce que je n'en fasse pas courir sur vous.

— Je n'ai pas peur, Patronne, je suis irréprochable !

— Vous Cochet ? Irréprochable ? Je rêve…

Lissie demanda à ses collègues de lui accorder quinze minutes pour se préparer puis ils partirent ensemble.

Le brigadier habitait juste au-dessus de la gendarmerie. Il était allongé sur le divan de la salle à manger. Il esquissa un léger sourire très oblique lorsqu'il vit Lissie.

— Ah commissaire, vous voilà. C'est très aimable à vous de venir soutenir la maréchaussée en délicatesse.

— C'est normal brigadier. On vous a présenté mes collègues Cochet et Letondal ? Dites donc, ils ne vous ont pas raté les amants maudits.

— Ah vous pouvez le dire. Quand je pense qu'on ne sait même pas où ils sont.

— On va les retrouver brigadier. J'en fais mon affaire. Le procureur va venir ?

— Oui, d'une minute à l'autre. Il a pris un hélicoptère.

— Vous vous sentez en état de raconter ce qu'il s'est passé ?

— Oui, ça va aller. Tout s'est passé très vite mais je me souviens quand même de tout.

— On va attendre que le procureur arrive. Vous n'aurez à raconter votre histoire qu'une seule fois.

— Je vous remercie commissaire.

— Pas de problème, brigadier. C'est ouvert en bas ? Je peux aller jeter un œil dans vos locaux ?

— Oui, allez-y. Il y a mon adjoint. Le sous-brigadier Nardel.

Lissie quitta le gendarme et descendit au rez-de-chaussée. Cochet et Letondal la suivirent en silence. Elle retrouva le sous-brigadier Nardel en pleine conversation avec deux autres gendarmes. Ils se turent en l'apercevant.

— Désolée de vous déranger Messieurs, je suis venue réconforter votre chef après son horrible nuit.

— C'est gentil à vous, enchaîna Nardel, parce qu'il est vraiment choqué. On discutait du couple. On ne sait pas où ils sont. On est allé sur leur bateau, ils n'y sont pas. On est également allé au domicile des parents Trazonni, ils n'y étaient pas non plus et personne ne les y a vus. On a ratissé la campagne, sans résultat. Aucune disparition de bateau n'a été signalée. Volatilisés. À n'y rien comprendre.

— Curieux en effet, reconnut Lissie. En fouillant le bateau, vous avez trouvé quelque chose ?

— Rien d'intéressant commissaire, répondit Nardel. Je ne suis même pas sûr qu'ils soient repassés par le bateau après leur évasion.

— Ils pourraient avoir des complices sur l'île ? continua Lissie.

— Possible, mais qui ? reprit Nardel

— Est-ce qu'on peut retourner sur leur bateau ? demanda Lissie.

— Certainement commissaire, approuva Nardel.

— Alors, on se retrouve directement sur place, ajouta Lissie.

Les trois policiers se dirigèrent vers la sortie et enfourchèrent leurs bicyclettes. Cochet menait l'allure, Letondal fermait la marche. Les gendarmes prirent leur véhicule. Le temps avait changé. De gros nuages noirs s'étaient amoncelés depuis le matin et il faisait singulièrement frais. Un vent de norois, porteur de pluie, s'était levé.

Les policiers arrivèrent les premiers et attendirent les trois gendarmes. Ils grimpèrent tous à bord mais seuls Lissie et Cochet descendirent dans le carré, en raison de l'étroitesse des lieux. Ils commencèrent une exploration systématique. Ils inspectèrent d'abord les cabines mais n'y trouvèrent rien qui mérite attention. Cochet fouilla ensuite les sanitaires et appela Lissie :

— Patronne, venez voir, j'ai trouvé quelque chose qui devrait vous intéresser.

Lissie le rejoignit devant la porte de la minuscule salle de bains. Il tenait dans sa main deux téléphones portables.

— Vous connaissez ce genre de téléphone commissaire ? demanda Cochet en montrant un téléphone noir aux dimensions inhabituelles.

— Oui, bien sûr, Cochet, je connais. C'est un portable sécurisé. Il n'y a officiellement que la Police, les Services de Renseignements y compris militaires et certains membres du gouvernement qui disposent de ce genre d'outil équipé d'un système de transmissions entièrement cryptées. Comment ont-t-ils pu se procurer ça ? Et avec qui communiquent-ils ? Où l'avez-vous trouvé Cochet ?

— Sous le bac de la douche. J'ai vu un petit espace et j'y ai mis la main. Les téléphones étaient là, dans un sac étanche. Tenez, les voilà. Je pense que l'autre doit certainement appartenir à Karin Dodge.

— Probablement, et ce ne sera pas difficile de le vérifier.

— Cochet, vous venez de mettre la main sur du lourd. Du très lourd. Bravo en tout cas.

— Merci Patronne, je crois que j'ai eu un peu de chance.

— Il en faut Cochet, il en faut. Ce n'est pas notre grand chef Leroux qui me contredira.

Cochet sourit à l'allusion de Lissie. Il était lui aussi connaisseur des aphorismes de Leroux.

— Cochet, on va faire quelque chose de pas très orthodoxe vous et moi. On va garder ce téléphone avec nous sans rien dire aux gendarmes et on va leur remettre l'autre, histoire de donner le change. On préviendra Letondal quand on sera seuls avec lui. Je prends le risque de ne pas verser ce portable sécurisé au dossier. Si on rate notre coup, on ne pourra plus le présenter comme preuve et son propriétaire échappera à toute question concernant cet objet. Mais il faut analyser ce téléphone. Il va nous apprendre beaucoup de choses, j'en suis certaine. Avec ça on va faire des progrès considérables. Mettez cet appareil dans votre sac et prenez-en soin Cochet. Donnez-moi l'autre, je vais le confier aux gendarmes qui attendent dehors. Si on vous interroge sur le téléphone que je garde, soutenez que vous n'étiez pas au courant. Leroux m'a dit un jour : « Il y a des fois où on peut s'asseoir sur la légalité pour qu'éclate la vérité. À condition que ce ne soit pas trop souvent et sans se faire prendre surtout ».

Ils cherchèrent d'autres indices dans le reste du bateau et rejoignirent le reste du groupe. Letondal était en grande discussion avec un gendarme. Ils parlaient foot. Letondal était un fanatique du FC Nantes. Il allait à tous les matchs qui se déroulaient à la Beaujoire. Il se débrouillait pour n'en rater aucun, malgré son emploi du temps pas toujours facile à négocier. Il revenait le lendemain au travail la voix éraillée. Il disait souvent qu'il aimerait mourir en plein match, en héros des temps modernes.

Nardel s'approcha de Lissie :

— Commissaire, le procureur est à la gendarmerie. Il est prévenu que vous aimeriez entendre le brigadier en même temps que lui. Je vous emmène dans ma voiture ? Il y a de la place pour votre vélo. En revanche, vos collègues devront reprendre les leurs.

— Ils sont très sportifs, rassurez-vous. On y va ?

— Tout de suite, commissaire. Vous avez trouvé quelque chose ?

— Oui, un téléphone. Je vous le donnerai à la gendarmerie. On pense Cochet et moi que c'est le téléphone De Karin Dodge.

— Certainement, approuva Nardel.

— Votre service technique pourra facilement l'analyser. On devrait y apprendre des choses intéressantes.

— Où se trouvait-il ? demanda encore Nardel.

— C'est Cochet qui a mis la main dessus, caché dans la salle de bains.

— Belle pêche, commissaire.

— On verra ce qu'il nous dira quand on l'aura fait parler.

Le trajet fut bref. Ils rejoignirent le procureur dans l'appartement du brigadier-chef. Le procureur avait la tête des mauvais jours. Lissie le connaissait suffisamment pour n'avoir aucun doute là-dessus.

— Bonjour Madame.

— Bonjour Monsieur.

Le ton du procureur confirma à Lissie qu'elle avait senti juste. Il était d'humeur exécrable. Il mena l'interrogatoire tambour battant, en faisant parfois la réponse à la question s'il jugeait que le brigadier-chef ne réagissait pas assez vite. En filigrane, Lissie comprit que le procureur reprochait sévèrement au gendarme sa naïveté et son manque de professionnalisme. Comment avait-il pu laisser échapper deux personnes qu'il venait de mettre en garde à vue et sur lesquelles pesaient de lourdes charges ? Le brigadier-chef restait étonnamment calme, malgré les questions incisives auxquelles il était soumis. Sur les faits en eux-mêmes, le scénario était classique. Vers deux heures du matin, Irène avait demandé à aller aux toilettes. Il y en avait juste à côté de la cellule. Mais le brigadier-chef, sans doute un peu endormi, avait laissé entrouverte la porte qui donnait accès aux locaux dévolus aux personnes en garde à vue. François avait donc profité de la sortie d'Irène pour agresser le brigadier et le mettre à terre. Irène l'avait aidé à le ligoter et à lui enfoncer un mouchoir dans la bouche. Le brigadier avait essayé de se défendre mais en vain. Puis ils l'avaient attaché au radiateur avec ses menottes, avaient pris du ruban adhésif pour parfaire leur bâillon et avaient écarté tout ce qui aurait pu lui permettre de se libérer. Pendant qu'ils l'attachaient au radiateur, le brigadier-chef avait tenté le tout pour le tout. S'en était suivie une bagarre et c'est là que François lui avait projeté la tête contre le radiateur. Il pensait qu'il avait alors perdu connaissance pendant un certain temps et qu'il s'était réveillé juste au moment où le couple sortait. Ils étaient ensuite partis par la porte d'entrée. Seul, il avait essayé d'appeler mais, avec le bâillon, il n'avait rien pu faire. C'est tout ce dont il se rappelait. Nardel l'avait découvert en prenant son service à sept heures.

Nardel fit circuler son téléphone portable, avec les photos de son chef le visage ensanglanté, attaché au radiateur. Le procureur remercia le brigadier de sa collaboration et invita Lissie à le rejoindre à l'extérieur.

À peine sorti, il laissa éclater sa colère :

— Quelle bande de pignoufs ces gendarmes ! Quels incapables! Je ne décolère pas depuis qu'on m'a annoncé l'évasion de ce couple.

— Oui, c'est rageant, je vous l'accorde.

Lissie informa le procureur qu'ils avaient découvert un portable sur le voilier, que ce devait être celui de Karin Dodge. Il était en possession des gendarmes. Le procureur se contenta de marmonner quelques mots d'approbation.

— Vous restez ici commissaire ? reprit-il.

— Oui, je suis officiellement chargée de mener des investigations sur le vol du cercueil du Maréchal. Mais cette affaire semble avoir toutes sortes de ramifications inattendues.

— Votre chef Leroux m'en a dit deux mots. Vous avez des pistes sérieuses ?

— Oui, on a bien avancé. On recherche toujours des complices sur l'île. De ce côté-là, on a eu moins de succès, mais cela ne fait qu'un peu plus de vingt-quatre heures qu'on a réellement démarré. J'ai deux collègues avec moi.

— Bonne chance, Madame. Je ne sais pas pourquoi, mais je déteste cette île. Pourtant c'est beau, de ce point de vue-là, il n'y a rien à dire. Mais je m'y sens mal. Enfin je vous dis ça… Pardonnez-moi, vous n'avez rien à faire de mes états d'âme. Un procureur n'a pas d'états d'âme. Les flics non plus je crois.

Lissie répondit d'un sourire entendu. Il prit congé d'elle et grimpa dans un véhicule qui l'attendait. Lissie rejoignit Cochet et Letondal qui patientaient devant la gendarmerie, un peu à l'écart.

— On y va Messieurs, le travail nous attend.

Cochet et Letondal prirent leurs vélos et suivirent leur chef en direction de la villa Trazonni.

Aldo et Lucia avaient l'air totalement hagards et épuisés. Ils avaient appris l'incarcération de leur fils et celle d'Irène. Ils avaient entendu dire qu'ils avaient disparu mais ils n'arrivaient pas à croire qu'ils aient pu s'évader en agressant le gendarme qui les détenait. Lissie donna quartier libre à ses deux collègues et leur suggéra de l'attendre à l'extérieur. Elle s'assit avec Aldo et Lucia dans la cour de la villa. Le temps était très couvert. La pluie était annoncée pour la soirée. La température était fraîche.

Aldo était sombre. On sentait la colère sourdre à travers son regard. Lucia avait le visage dévasté par les larmes. Lissie leur annonça qu'elle ne pouvait rien leur dire qui ait directement trait à l'enquête mais qu'ils seraient entendus. Elle leur confirma qu'Irène et François avaient disparu dans la nuit et que, sauf élément nouveau, ils avaient a priori mené leur évasion sans complice. Aldo et Lucia avaient envie de parler. Aldo commença :

— Mon fils a perdu la raison et mon estime il y a bien longtemps. Moi qui ai milité toute ma jeunesse, moi qui ai toujours voulu qu'il fasse de même, moi qui lui ai transmis des valeurs de respect, de liberté, de solidarité...

— Vous avez milité au Parti Communiste Aldo, c'est bien ça ? coupa Lissie.

Aldo sursauta :

— Comment le savez-vous ?

— Dans l'armoire de ma chambre, j'ai vu des ouvrages de Marx, Lénine, Che Guevara et j'ai pensé que c'étaient vos enfants qui les avaient lus. Puis j'ai eu des doutes et je suis retournée les examiner avant que j'aille avec vous au restaurant de la Meule. J'ai constaté qu'ils avaient tous été imprimés dans les années 1960 à 1970 et j'en ai conclu que c'était vous ou Lucia qui aviez été les premiers lecteurs de ces livres. J'ai aussi découvert les livres d'écrivains nationalistes ouvertement xénophobes et antisémites comme Drummont ou Drieu la Rochelle et là, je me suis mise à douter mais, au fond de moi, j'étais convaincue que vous étiez le communiste de la famille, ce que vous m'avez confirmé à demi-mot le soir au restaurant, lorsque vous m'avez dit que vous n'aviez pas été admis dans les services de renseignements en raison de vos opinions politiques. On était alors en pleine guerre froide et les services secrets ne s'embarrassaient pas de militants communistes.

— Bien vu Lissie, fit Aldo avec un sourire triste. Mon fils ne m'a pas suivi, c'est le moins qu'on puisse dire. Aujourd'hui, je ne suis plus communiste comme j'ai pu l'être à 20 ans, mais je suis resté fidèle à mes idéaux et, même si je suis un petit patron, même si je gagne très bien ma vie, je n'ai pas renoncé à plus de justice sociale, à plus de considération pour les ouvriers. J'essaie d'appliquer ces principes dans mon entreprise. Bien sûr, les autres patrons me prennent pour un cinglé et crient à la trahison. Mais, pour moi, trahir serait voter à droite ou faire du profit en exploitant mes employés. François, il est venu souvent avec moi en réunion quand il avait 15 ans. Il aimait la politique et j'avais l'impression qu'il partageait mes idées. Jusqu'au jour où j'ai découvert qu'il militait dans un parti identitaire, furieusement xénophobe et raciste. Il mettait des affiches dans sa chambre, des photos de Léon Degrelle, de Joseph Darnand, de Pétain, Faurisson et toute cette clique qui sent mauvais. J'ai voulu en discuter avec lui mais on s'est rapidement disputés. Nos relations se sont distendues et il a arrêté de me parler. C'est un garçon adorable, gentil, attentionné. Si vous n'abordez pas la politique, vous ne vous doutez de rien. Il faut éviter ce sujet.

Lucia enchaîna :

— Ce que dit mon mari est vrai. C'est un jeune homme charmant, tant qu'on ne parle pas de politique. Aldo et moi, on a cherché à le raisonner, mais c'est comme s'il était entré dans une secte. Sa sœur a aussi essayé, sans plus de succès que nous, bien qu'il ait gardé de meilleures relations avec elle.

Aldo reprit la parole :

— Il y a deux ans, on a eu une grande dispute à propos de mon entreprise. François me reprochait d'avoir employé trop d'étrangers et de ne pas avoir embauché suffisamment de Français de souche, comme il disait. Je lui ai rappelé que je venais de l'Italie et que j'ai été bien content en arrivant en France que des patrons ne me demandent pas ma carte d'identité avant de me donner du travail. C'est un sujet assez banal, mais il en a fait toute une histoire et le ton est monté. Il en est venu aux mains et on s'est battus. Je l'ai immobilisé et lui ai dit de foutre le camp. Que je ne voulais plus le voir sous mon toit. Lucia a gardé le contact et il venait à l'île d'Yeu quand je n'y étais pas. Moi, je ne l'ai pas revu depuis deux ans. Je ne lui demande pas d'être communiste mais, fasciste, ça je ne peux pas l'accepter. Le pire, c'est que je ne comprends pas comment il a pu devenir ce qu'il est, raciste, agressif avec tout ce qui n'est pas blanc de peau. Je ne sais pas qui il a fréquenté, qui lui a mis ces idées dans la tête. Sa sœur non plus ne comprend pas. C'est la seule de nous trois qui échange régulièrement avec lui. Comme elle habite aux USA, ils ne se voient pas beaucoup, mais elle m'a dit qu'ils s'écrivaient régulièrement et que, plusieurs fois, elle a essayé de le raisonner.

Pendant toute cette conversation, les parents de François ne firent aucune allusion à la mort de Karin Dodge. Lissie se dit qu'ils ne devaient pas savoir que leur fils et son amie étaient impliqués dans cette mort non encore élucidée. Elle leur promit de les avertir dès qu'on aurait retrouvé François et Irène, ce qui ne devrait pas tarder. Elle leur confia qu'aucun bateau n'avait été volé et qu'aucun indice ne permettait de penser que quelqu'un serait venu les chercher dans la nuit. L'île étant petite, ils n'avaient pas dû aller bien loin. Aldo l'interrompit :

— Si, on a volé un bateau. Le nôtre a disparu. Je m'en suis rendu compte ce matin peu après avoir appris la fuite de François et d'Irène. Je n'ai encore rien dit à la Police. Ils ont dû filer avec. Où ? Je n'en sais rien et on n'a rien entendu cette nuit, ni Lucia, ni moi. On ne savait même pas qu'ils avaient passé la nuit à la gendarmerie. Qu'est-ce qui a bien pu leur passer par la tête ?

Aldo se mit à sangloter. Lucia mit son bras autour de son épaule. Lissie avait mal pour eux. Elle prit une grande inspiration pour ne pas se laisser envahir par l'émotion :

— Je vais informer le brigadier-chef de la disparition de votre bateau. C'est un renseignement de la plus haute importance. Je suis certaine qu'on va les retrouver rapidement.

Ces paroles semblèrent réconforter un peu les parents. Lissie les salua et prit congé d'eux. Elle sortit de la villa et rejoignit ses collègues. Ils pédalèrent jusqu'à la villa Drapillot et se réunirent dans la chambre de Lissie.

— Cochet, avez-vous mis Letondal au courant de votre découverte dans le bateau ?

— Je vous attendais Patronne.

— Allez-y, dites-lui, puisque c'est vous qui avez mis la main dessus.

Cochet raconta en détail à Letondal comment il avait trouvé deux téléphones, dont un crypté. Il le sortit et le montra à son collègue. Letondal empoigna l'objet et, avec assurance, détacha une petite partie métallique qui se trouvait sur sa tranche. Il sortit une loupe de sa poche et examina la pièce qu'il venait de mettre au jour.

— Voici le numéro d'attribution du téléphone. Chacun de ces téléphones a un numéro de série comme tous les téléphones mais également un numéro d'attribution qui indique à qui ce téléphone a été confié.

— Et où peut-on trouver la liste nominative de ces numéros ?

— Chez le Directeur des Renseignements Généraux, fit Letondal, pas peu fier de montrer qu'il était incollable sur le sujet.

— Comment savez-vous cela ? demanda Lissie, impressionnée.

— Regardez mon CV, Patronne, et vous comprendrez. Je suis un ancien des RG.

— Évidemment, je ne peux pas lutter. Et vous avez des amis qui pourraient nous renseigner discrètement ?

— Oui, bien sûr. J'en ai un qui ne me refuse jamais un coup de pouce. Je vais l'appeler chez lui d'une cabine.

— Merci Letondal. Quand pensez-vous pouvoir me donner une réponse ?

— Dans la soirée si tout va bien, sinon demain matin.

— Excellent Letondal. J'attends de vos nouvelles au plus vite.

Le téléphone de Lissie vibra, c'était Leroux.

— Bonjour Meunier, je viens aux nouvelles. Vous avez mis la main sur les fugitifs ?

Leroux, pensa Lissie, ne s'embarrassait jamais de propos introductifs, il allait droit au but et, si possible, frappait au creux de l'estomac pour informer son adversaire qu'il n'entendait pas faire de la figuration. Lissie encaissa sans broncher.

— À votre avis Patron ?

— Mon avis, Meunier ? Il vous intéresse mon avis ? Je pense que les bandits courent toujours. Ou nagent ou flottent avec une balle entre les deux yeux. Je n'en sais rien. C'est vous qui devriez savoir. Ce n'est pas moi qui passe mes vacances à l'île d'Yeu !

— Je vous donne ma place Patron, si le cœur vous en dit. J'ai une chambre de douze mètres carrés. Très jolie vue sur la mer. Cela vous tente ?

— Sérieusement Meunier, du nouveau ?

— Rien de solide. J'ai passé un moment avec les parents de François Trazonni. Ils ont confirmé que leur fils militait dans des groupes identitaires fascistes depuis plusieurs années. Le père est un ancien communiste, ce qui n'a pas arrangé leurs relations, vous pouvez imaginer.

— Et c'est tout ? persifla Leroux.

— Non, les parents m'ont dit que leur bateau avait disparu. De toute évidence, notre couple doit l'avoir pris pour filer. Ils connaissaient les lieux, le bateau. Mais on ne les a pas encore retrouvés. On va orienter les recherches en tenant compte de cette nouvelle information, puisqu'on les croyait jusqu'alors sur l'île.

— Quoi d'autre, Meunier ?

— On a fouillé le bateau et on a trouvé un téléphone portable. Celui de Karin Dodge certainement.

— Bravo, Meunier.

— Ce n'est pas moi, c'est Cochet qui a eu la main heureuse.

— Trop modeste, Meunier.

Lissie avait décidé de ne pas mentionner le téléphone crypté à son chef. Elle voulait garder la main sur cette découverte qu'elle jugeait capitale. En parler à Leroux eut été à coup sûr le meilleur moyen de déclencher toute une série de réactions hiérarchiques qu'elle voulait éviter à tout prix. Elle était sûre que ce téléphone leur apprendrait beaucoup et elle voulait avoir la primeur des informations qu'il délivrerait. Leroux enchaîna :

— J'ai du nouveau Meunier, c'est pour ça que je vous appelle, mais j'aime bien vous mettre en forme avec quelques remarques préliminaires.

— Quoi de neuf Patron ?

— On a trouvé une clé USB contenant un projet d'attentat contre le Ministre de l'Intérieur, dans la poche du blouson du conducteur de la camionnette. L'opération est baptisée Marie-Rose. Ne me demandez pas pourquoi, je n'en ai pas la moindre idée. Et personne autour de moi non plus. On a eu un mal de chien à trouver le code de ce fichier crypté par des pros. Nos informaticiens ont travaillé comme des dingues pour en venir à bout. Tout ça pour vous dire Meunier que l'attentat était planifié le lundi 26 juillet lors de la visite du Ministre à l'île d'Yeu. Le déroulement y est décrit avec une précision horlogère dont la lecture fait froid dans le dos.

— Et sait-on pourquoi ce Ministre en particulier a été pris pour cible ?

— Parce que notre Ministre a déclaré l'année dernière que l'immigration était un moindre fléau que le nationalisme, ce qui est la pire des choses à entendre pour ces fascistes, et parce qu'il est juif et considéré comme un agent à la solde de l'étranger. Ces gens-là sont des fous furieux que les Services essaient de suivre, mais c'est une mouvance très fluctuante. C'est l'ébullition partout car on cherche qui sont les auteurs de cet abominable projet. Inutile de vous dire que la visite du Ministre à l'île d'Yeu est annulée, même si elle reste officiellement à l'ordre du jour pour ne pas éveiller les soupçons. Les Services pensent qu'ils auront ainsi plus de chances de mettre la main sur les terroristes. J'ai parlé tout à l'heure avec le responsable de la cellule qui coordonne les recherches, ils n'ont pas encore de renseignements sérieux. Ils vont vous appeler Meunier. Et débarquer sur l'île incessamment. C'est le Parquet Antiterroriste qui est sur le coup maintenant et vous devrez céder la place mais vos vacances islaises ne sont pas terminées, je le crains. Allez Meunier, courage, vous traquiez des voleurs de cercueil et vous voilà plongée dans le terrorisme de basse-fosse. Tenez-moi informé de façon rapprochée. C'est fou ce qu'on s'intéresse à moi depuis qu'on a mis la main sur ce projet d'attentat. Meunier, soyez aussi adroite que d'habitude. Je compte sur vous. Trouvez-moi les cornichons qui ont fomenté ce vol de cercueil, ils nous mèneront peut-être aux terroristes.

Leroux raccrocha et Lissie resta un peu sonnée par tout ce qu'elle venait d'entendre.

Il était plus de vingt-et-une heures, la lumière restait vive, malgré les nuages qui avaient colonisé le ciel et semblaient vouloir s'y installer. Lissie se réunit sur le balcon de la villa Drapillot avec ses deux collègues et fit le point sur la situation. Les trois voleurs de cercueil étaient neutralisés. Deux s'étaient occis eux-mêmes et le troisième était sous les verrous. L'organisateur de cette mauvaise blague était François Trazonni. On n'avait pas encore mis la main sur le ou les soutiens islais qui avaient permis ce vol rocambolesque. Karin était Suzanne. Elle était morte d'un coup de rame qu'Irène lui avait asséné sur la tête. Irène et François avaient disparu après avoir roué de coups le brigadier-chef. À cette heure, on ne savait pas où ils étaient. Ils avaient volé le bateau d'Aldo Trazonni, mais pour aller où ? Mystère absolu. Quant au meurtre de Minot, elle avait fait un solide pas en avant après sa visite à la pharmacie. Bien dommage qu'elle n'ait pas pu parler avec Thomas qui semblait avoir des choses à lui dire au sujet de Minot. On avait sans doute tenté de l'éliminer pour l'empêcher de parler. Chacun y alla de ses suppositions. Unique meurtrier ou affaires indépendantes. Ils n'étaient pas d'accord. Ils conversèrent et conjecturèrent tard dans la soirée jusqu'à ce que Lissie sonne la fin des hostilités. Elle prit congé de Cochet et Letondal et leur donna rendez-vous pour le petit-déjeuner.

Chapitre vingt-neuvième

Au cours duquel il ne faudrait pas trop tirer sur la corde

Vendredi 16 juillet 2004

Lissie attendait que Leroux la rappelle. Mais il ne rappelait pas. Pas plus que Letondal ne parvenait à joindre son collègue des Renseignements Généraux. Irène et François étaient toujours portés disparus. Rien de nouveau. Une journée totalement vide.

Lissie alla faire une visite de politesse au brigadier Binet, qui se remettait lentement de l'agression de la veille. Elle le trouva en relativement bonne forme et assez philosophe par rapport à ce qui lui était arrivé. Évidemment, il s'attendait à des sanctions de sa hiérarchie mais il ne semblait pas plus contrit que cela. Il répéta en détail toute l'histoire à Lissie, comme s'il devait expurger quelque chose. Lissie l'écouta poliment mais elle avait la tête ailleurs.

Au retour, elle repassa par le cimetière. Elle fit plusieurs fois le tour de la tombe, à la recherche d'un éventuel indice, mais rien n'attira son regard. Alors qu'elle s'en allait, une femme l'aborda à voix basse. Très grande et très mince, elle avait un visage anguleux et portait des cheveux courts, gris argenté. Elle devait avoir soixante-dix ans au moins, constata Lissie.

— Commissaire, je peux vous parler ? Je sais ce qui s'est passé avec le cercueil du Maréchal. J'habite la maison juste derrière le cimetière, regardez, celle-ci, avec les volets jaunes et les rideaux blancs. Là où il y a du linge qui pend.

Lissie acquiesça du menton. La femme poursuivit :

— Je suis une très mauvaise dormeuse. L'autre nuit, j'étais devant ma fenêtre. Je regardais deux chats qui se battaient dans mon jardin, éclairés par la lune. J'ai vu arriver une sorte de fourgon dans le cimetière. Il était exactement une heure trente-cinq, j'ai regardé ma montre. Le fourgon tirait une remorque avec quelque chose dessus, comme une petite grue. J'ai ouvert ma fenêtre pour mieux voir, mais j'étais trop loin. Ils ont mis une lumière assez forte puis ils l'ont éteinte et ils ont attendu au moins une heure avant de la rallumer et de déplier la grue. Il y avait une inscription dessus, mais je n'ai pas pu la lire entièrement. J'ai pu seulement en lire quelques lettres. C'était « olponni », ça en revanche, j'en suis sûre. Ils ont soulevé quelque chose avec la grue puis éteint à nouveau la lumière. Ensuite, je les ai vus partir sans phare. Ils ont dû pousser le fourgon pour ne pas faire de bruit car, quand le moteur s'est remis en marche, ils étaient déjà assez loin du cimetière. J'ai regardé ma montre, il était trois heures quarante-cinq.

— Pourquoi n'avez-vous rien dit aux gendarmes quand ils sont passés interroger le voisinage ?

— Parce que je n'étais pas là. C'est mon mari qui leur a répondu. Pour ne pas avoir d'histoires, il leur a dit que, cette-nuit-là, j'étais sur le continent, chez ma fille. Pourtant, je ne lui ai pas raconté ce que j'ai vu. Mais il sait que je passe une bonne partie de la nuit debout.

— Et pourquoi a-t-il menti aux gendarmes selon vous ?

— Parce que mon mari ne veut pas d'histoires. Il m'a dit de ne pas me mêler de ça. Et il a toujours été pétainiste, alors, cela ne lui a pas déplu qu'on vienne chercher le cercueil du Maréchal. Il pense que c'est une infamie de le laisser ici au milieu de nulle part. D'ailleurs, je vais vous dire une chose commissaire, mon mari ça ne m'étonnerait pas qu'il ait eu vent de ce vol.

— Qu'est-ce qui vous fait dire ça ?

— D'abord, dans les jours qui ont précédé, on a reçu plein de coups de téléphone à la maison et il s'est systématiquement précipité pour répondre. Et puis, il a essayé de m'envoyer chez ma sœur à Saint-Gilles-Croix-de-Vie. Il voulait absolument que je décampe de la maison. D'habitude, il se fout bien de moi, que je sois ici ou là, cela lui est égal. Mais là, il me tournait autour en me disant que je devrais aller quelques jours chez ma sœur, et il insistait, il insistait. Moi, je ne comprenais pas pourquoi il voulait tellement que je m'en aille, mais c'était pour que je ne voie pas le vol, parce qu'il sait bien que, la nuit, je suis souvent à ma fenêtre.

— Et vous pensez que votre mari a eu des contacts avec les voleurs ?

— Je ne sais pas s'il les a vus quand ils étaient sur l'île mais, au téléphone, cela ne m'étonnerait pas.

— Comment s'appelle votre mari Madame ?

La femme hésita ; elle tira sur son corsage pour le réajuster, passa sa main dans les cheveux, se racla plusieurs fois la gorge. Mon mari ? Il s'appelle Christophe Jouhandeau. On est mariés depuis quarante-sept ans.

— Et pourquoi vous me dites tout ça à moi et pas directement aux gendarmes ?

— Quand je vous ai aperçue autour de la tombe, j'ai eu envie de vous dire ce que je savais. Mais, si mon mari apprend que j'ai parlé, il va me tuer. Et quand je dis tuer, je ne suis pas loin de la vérité. C'est un homme violent. Alors ne me demandez pas d'aller à la gendarmerie pour raconter tout ça, je n'irai pas. Et, si on me force, je dirai que je n'ai rien vu.

— Au moins, vous êtes très claire. Merci de m'avoir donné ces informations. Je vais essayer de creuser un peu ce que vous m'avez dit. On verra ce que je peux en faire. Au revoir Madame et bonne fin de journée.

Lissie retourna à la villa Drapillot et ouvrit sa boite à courriels. Leroux avait envoyé la photo de la camionnette. Elle en était certaine, elle avait vu ce véhicule dans la cour de la villa Trazonni. Elle réfléchit encore et se souvint que cette camionnette était là chez les Trazonni le 8 juillet, le lendemain de son arrivée. C'était également le soir où elle avait entendu des hommes parler dans une chambre au premier, ils parlaient de Philippe. Comme la personne venue chercher François lorsqu'il était sur le bateau, probablement ce Christophe Jouhandeau. Philippe devait être le nom de l'opération du vol du cercueil. Évidemment se dit-elle, c'est Philippe pour Philippe Pétain. Elle était contente de cette déduction qui, se dit-elle amusée, ne faisait pas beaucoup avancer ses affaires.

Lissie remonta sur son vélo en direction de Port-Joinville. Elle voulait retourner vérifier dans le bateau de François et Irène si elle n'y trouverait pas un bout identique à celui que Minot lui avait donné. C'était plausible puisque Karin était morte sur ce voilier. La veille, ils n'avaient pas inspecté très en détail le matériel de voile. Si elle mettait la main sur une corde identique, elle aurait bouclé la boucle de l'affaire Karin-Suzanne. Elle ne savait pas si le procureur avait fait poser des scellés mais c'était bien possible. Elle se débrouillerait, pensa-t-elle. En arrivant, elle constata que les scellés avaient été brisés. Quelqu'un avait déjà bravé l'interdit. Elle scruta chaque centimètre carré du pont mais ne trouva absolument rien. Les cordes présentes n'étaient pas du même diamètre ni de la même structure. La corde remise par Minot ne venait très certainement pas du bateau ou alors François avait fait un grand ménage. Possible mais Lissie pensa que c'était peu probable. François ne savait pas que Lissie était en possession de ce morceau de corde. Elle sortit du bateau. Son téléphone vibra. C'était le brigadier-chef :

— Commissaire ? Je peux vous parler ?

— Allez-y Brigadier, je vous écoute.

— On vient de découvrir le couple en fuite, au fond de l'eau. Morts tous les deux. Sous le bateau du père de François Trazonni

— Où les a-t-on retrouvés, brigadier ?

— Pas très loin de la villa des parents. Ils avaient amarré le bateau à un rocher caché derrière un tout petit ilot situé à quelques mètres du bord, près de l'École de Voile. Ça vous dit quelque chose l'École de Voile, commissaire ?

— Oui, bien sûr, je suis passée plusieurs fois devant et, il y a quelques jours, avec Irène, nous sommes allées sur la plage de l'École. Ils se sont suicidés, brigadier ?

— Ça en a tout l'air. D'après les premières constatations, c'est ce qui est le plus vraisemblable. Ils devaient avoir des choses à se reprocher.

— Mais dans leurs dépositions, que j'ai lues hier soir, ils plaidaient la malchance et pas le crime.

— Oui je sais commissaire, mais s'ils se sont sauvés d'abord et très certainement suicidés ensuite, c'est qu'ils ne devaient pas être très certains de la crédibilité de leur version. On n'en vient pas à cette extrémité si on est sûr de son bon droit. Enfin il me semble. Ce n'est pas votre avis commissaire ?

— Si, si, brigadier, vous avez raison. C'est sans doute parce que je connais ces deux personnes que j'ai un peu de mal à les imaginer en assassins.

— Les humains sont capables de tout, commissaire. Même et souvent du pire.

— Vous avez raison, je ne le sais que trop. Où sont les corps ?

— À la gendarmerie.

— Et le bateau ?

— On ne l'a pas bougé. Le procureur arrive dans l'heure et il veut se rendre compte de la situation.

— Les parents sont prévenus ?

— Oui, un de mes collègues l'a fait. Il est revenu bouleversé.

— Quel cauchemar pour eux. Je crois qu'on ne peut imaginer pire chose pour ses enfants.

— Vous l'avez dit commissaire. C'est un cauchemar.

— Vous avez des enfants, brigadier ?

— Non, je n'ai pas d'enfant.

— Sans regret brigadier ?

— Si, beaucoup de regrets. Mais je n'aurais plus l'énergie. Je commence à me faire vieux. Alors, je m'occupe de mes neveux, j'en ai cinq. Commissaire, je dois vous laisser, j'ai des choses à préparer avant l'arrivée du procureur.

— Au revoir. Je vais aller voir le bateau près de l'École de Voile.

Lissie téléphona à Leroux et le mit au courant de la macabre découverte. Il ne sembla pas surpris. Il posa quelques questions à Lissie et lui demanda si le suicide lui semblait être l'hypothèse la plus vraisemblable. Elle lui répondit laconiquement qu'elle n'en voyait pas d'autre.

Lissie appela Cochet et Letondal qui se trouvaient sur le port. Ils la rejoignirent en quelques minutes. Ils firent un rapide point sur la situation et décidèrent d'aller voir ensemble le bateau près de l'École de Voile. Arrivés sur les lieux, ils s'enquirent auprès de deux gendarmes qui bloquaient l'accès, de l'endroit où on avait trouvé Irène et François. Ils marchèrent dans les rochers et arrivèrent à un petit surplomb qui avançait sur la mer. Il y avait au large, à une vingtaine de mètres du bord, quelques éperons rocheux. Le bateau était amarré à l'un deux avec une courte corde. C'était le gros bateau à moteur que Lissie avait aperçu à plusieurs reprises à la villa Trazonni. Un autre gendarme s'approcha d'eux, c'était Nardel, l'adjoint de Binet :

— Bonjour commissaire, vous venez essayer de comprendre ce qui s'est passé ?

— Parfaitement, on se demande quand cette folie va s'arrêter. Y a-t-il, au-dessus de cette île, un esprit malin qui règle ses comptes avec l'humanité et qui déteste à ce point ses semblables qu'il les fait mourir les uns après les autres ?

— Ça y ressemble commissaire. On a vraiment l'impression que le Diable a jeté un mauvais sort sur l'île et qu'il se délecte des atrocités qui s'y passent.

— Vous avez raison, tout ça est diabolique. Vraiment. Dites-moi, Nardel, on peut s'approcher du bateau ?

— Que voulez-vous dire commissaire ?

— Je veux dire : traverser les vingt mètres et jeter un œil au bateau. Il était dans cette position quand on l'a retrouvé ?

— Oui commissaire, on ne l'a pas touché.

— Et les corps, où étaient-ils ?

— Ils étaient sous le bateau. L'un en face de l'autre. Ils s'étaient attachés par les mains. L'homme avait le dos collé contre le fond du bateau et la femme était face à lui, contre lui. Tenez, regardez, Commissaire, j'ai pris des photos. J'ai fait un gros plan sur leurs poignets.

— Il y avait des traces de coup ? Des marques de strangulation ?

— Je n'en ai pas vu commissaire. Les corps semblaient intacts.

— Vous pourrez me faire passer vos photos Nardel ?

— Bien sûr, commissaire.

— Merci beaucoup Nardel. Par ailleurs, si j'ai bien compris, vous n'avez rien à me proposer pour aller voir ce bateau juste à quelques mètres de nous ?

— Hélas, non, commissaire. J'en suis désolé.

— On va se débrouiller.

Lissie se tourna vers Letondal :

— Letondal, allez à l'École de Voile et trouvez quelqu'un qui vous amène en Zodiac jusqu'ici. Je veux voir ce bateau de près.

— Oui, Chef, c'est comme si c'était fait.

Letondal partit en courant derrière les rochers. Moins de dix minutes plus tard, il réapparut dans un Zodiac au large des rochers où Lissie et Cochet attendaient. Le pilote s'approcha d'eux avec une maîtrise qui impressionna Lissie. Cochet et elle rejoignirent Letondal sur l'embarcation et traversèrent la vingtaine de mètres en quelques secondes. Le pilote s'approcha précautionneusement du bateau sous l'œil désapprobateur de Nardel qui n'avait pas perdu une seconde de l'opération. Lissie se pencha pour voir à l'intérieur du bateau à moteur. Elle demanda au pilote d'essayer d'immobiliser le Zodiac car elle avait aperçu quelque chose qu'elle voulait examiner de plus près. Elle s'étira et attrapa un objet dans le fond du bateau qu'elle mit aussitôt dans sa poche. Puis elle se tourna vers le pilote, le remercia, lui dit qu'elle en avait terminé et qu'il pouvait les débarquer.

Le tout avait pris moins de cinq minutes. Nardel n'avait pas vu Lissie mettre l'objet dans sa poche :

— Alors commissaire, vous avez vu ce que vous vouliez voir ?

— Oui Nardel, merci. Je voulais vérifier s'il y avait des traces de sang, mais je n'en ai pas vu. Je crois qu'ils se sont bel et bien suicidés.

Le téléphone de Nardel sonna. Il s'écarta du groupe et revint quelques secondes plus tard :

— Le procureur est annoncé dans cinq minutes.

Effectivement, à peine cinq minutes plus tard, le procureur arriva avec le brigadier-chef. Chacun donna son point de vue. Lissie fit semblant de s'intéresser à la conversation mais son esprit était absorbé par ce qu'elle venait de découvrir dans le bateau. Elle était surtout très impatiente de faire part de ses hypothèses à ses collègues.

Chapitre trentième

Au cours duquel le lecteur exulte à l'idée d'apprendre le fin mot de l'histoire

Vendredi 16 juillet 2004

Lissie avait convié ses deux collègues dans sa chambre. Elle sortit de sa poche ce qu'elle avait trouvé dans le bateau. C'était un morceau de corde bleue qu'elle leur tendit fièrement.

— Voilà qui m'amène à penser que François et Irène ne se sont peut-être pas suicidés.

— Que doit-on comprendre ? demanda Cochet.

Lissie se leva et prit un sac plastique dans le tiroir du petit bureau à côté de son lit.

— Regardez, leur dit-elle, voici un autre morceau de corde. Identique au premier. Or, Irène et François avaient leurs mains jointes avec cette même corde. J'en suis absolument certaine. Nardel a fait un gros plan de leurs poignets.

— Et d'où sortez-vous ce premier morceau de corde, commissaire ?

— Denis Morgins, alias Minot, me l'a donné la veille de sa mort. Il l'avait trouvé sur le cadavre de Karin Dodge. Ces deux morceaux de corde et ce que j'ai vu sur la photo du couple mort suggèrent que Karin, François et Irène ont peut-être été tués et ligotés par la même personne. Je me suis souvenue que Minot avait entendu un bruit de bateau à moteur lorsqu'il avait vu le cadavre au large de la Pointe de la Tranche.

— Mais cette corde aurait tout aussi bien pu appartenir au couple ou se trouver simplement stockée sur le bateau d'Aldo Trazonni, risqua Cochet face à l'enthousiasme de sa Patronne. Et cette corde bleue est, reconnaissez-le, totalement banale. Tous les bateaux du monde ont des cordes de ce type à leur bord. Pour accréditer votre thèse, commissaire, il faudrait qu'on ait retrouvé cette corde sur le bateau de François Trazonni, Or, vous avez fouillé et rien trouvé, pas le moindre brin de corde bleue. D'où vient la corde trouvée par Minot ? Du bateau du Père Trazonni ? Parce que, jusqu'à preuve du contraire, ce bateau n'a pas participé au meurtre de Karin Dodge. À moins que j'aie raté un épisode ?

— J'y ai pensé Cochet. Votre remarque est parfaitement juste et je ne peux pas, pour le moment, prouver qu'on a affaire à un double meurtre plutôt qu'à un suicide. Quand même, ces deux morceaux de corde parfaitement identiques, ce n'est pas le hasard ou alors je me fais nonne.

— Par pitié, pas ça, ricana Letondal, pas ça. Vous déshonoreriez cette vocation, Patronne.

— Je vous remercie Letondal, je suis donc totalement perdue pour le paradis, à peine acceptable pour le purgatoire et plus probablement destinée à l'enfer, c'est ce que vous me promettez. Je pensais que vous aviez une meilleure opinion de moi. Ce qui est sûr, c'est qu'en enfer, vous serez à mes côtés.

— Aucun doute là-dessus, Patronne, l'enfer c'est pour moi aussi. Je me suis habitué à cette idée. Vous y retrouver sera délicieux, j'en suis certain. Mais pour revenir à votre corde, je partage votre avis, ces deux morceaux ont la même origine et je pense même pouvoir vous aider à le prouver.

— Dites-moi ça Letondal. Allez-y, de grâce, dites-nous ce que vous savez.

— Je crois que j'ai un début de réponse.

Letondal commença par deux bonnes nouvelles. D'abord, il avait eu son collègue des Renseignements Généraux, qui lui avait donné le nom du dernier utilisateur du portable sécurisé. C'était un agent de la DGSE qui avait été tué en mission en Yougoslavie en 2001, trois ans auparavant. Il avait été fait prisonnier par des paramilitaires serbes qui voulaient de l'argent, mais la rançon avait été versée trop tard et ils l'avaient exécuté pour montrer au Gouvernement Français que, la prochaine fois, il serait bien avisé de les prendre au sérieux. Le téléphone crypté de l'agent n'avait pas été retrouvé. Curieusement, rien d'autre ne lui avait été volé et les Serbes avaient juré qu'il n'était pas en leur possession. En tout cas, on en avait totalement perdu la trace jusqu'à hier et Letondal n'avait aucune idée de la manière dont ce téléphone se trouvait entre les mains de François Trazonni. Il se demandait également comment ce téléphone pouvait encore fonctionner car il avait été bloqué après sa disparition. Alors, il était allé vérifier et, à sa grande surprise, il avait découvert que ce téléphone avait été remis en service de façon illégale. La deuxième bonne nouvelle était que son collègue lui avait donné un code universel pour déverrouiller le téléphone. Et il avait pu accéder aux informations qu'il contenait, notamment aux nombreux messages. Malheureusement, les contacts étaient enregistrés sous forme de pseudonymes dont la plupart était des personnages de dessins animés de Walt Disney. On ne pouvait donc identifier personne et il y avait une bonne cinquantaine de contacts comme Aladin, Pocahontas, Kaa, Baloo, Bambi, Scatcat, Pumba, Evinrude, Bianca, Blanche-Neige, Atchoum, Dumbo, etc.

— Quels sont les derniers messages ? demanda Lissie. Que disent-ils ?

Le cœur de Lissie battait vite. Elle savait que ce téléphone allait confondre le ou les assassins.

— J'en ai trouvé une série qui pourrait bien être en lien avec le meurtre de Karin Dodge. Je vous lis la suite d'échanges de textos ?

— Bien sûr Letondal, allez-y !

— Les messages ne sont pas datés. Impossible de savoir quand ils ont été envoyés et reçus. Le premier texto vient du téléphone trouvé sur le bateau. Le pseudo est Evinrude : « *Gros pb à bord. Passagère découvert info OMR.* ». La réponse vient de Kaa : « *Que sait-elle ?* ». Evinrude : « *+/- tout* ». Kaa : « *Coince-la. Où es-tu ?* ». Evinrude : « *SGCdV. Au large* ». Kaa : « *OK. Reste là* ». À nouveau Kaa : « *Peux prendre ton Z pour venir ?* ». Evinrude : « *OK* ». Kaa : « *Clé ? Code ?* » Evinrude : « *Clé (faucille et marteau) dans petit cabanon ponton. Code propriété 1917* ». Kaa : « *Viendrai cette nuit.* » À nouveau Kaa : « *Ta position exacte ?* ». Evinrude : « *Océan Atlantique Nord : 46°41'17.5»N 2°09'10.6»W* ».

— C'est où cet endroit ? demanda Lissie.

— Exactement entre La pointe des Corbeaux et Saint Gilles-Croix-de-Vie. En pleine mer, répondit Letondal, j'ai vérifié sur une carte.

— Merci, Letondal. Continuez.

— C'est à nouveau Kaa : « *En route. Env 2 h de nav. Mets lampe verte poupe* ». Evinrude « *OK* ». Kaa : « *Opération terminée. Bateau amarré* ». Et puis encore Kaa : « *Liquidé cette nuit un salaud qui a pourri ma vie* ». Cela se termine là. Il y a d'autres messages en rapport avec l'attentat du Ministre mais rien de nouveau par rapport à ce que vous nous avez révélé. Le reste ne me dit rien.

— Le dernier message, c'est la mort de Minot, j'en suis sûre, s'enthousiasma Lissie.

Lissie s'adressa à ses deux collègues sur un ton doctoral :

— Karin a été tuée par un homme que connaissait François et avec qui il était en contact. Selon toute vraisemblance, François et Irène, après leur évasion, se sont rendus chez cet homme sur l'île mais, pour des raisons inconnues, l'homme en question s'est débarrassé d'eux. Peut-être lui avaient-ils dit qu'ils ne le protégeraient pas en cas d'interrogatoire poussé. Ou voulaient-ils une protection qu'il ne leur a pas fournie. Ce n'est pas clair. Mais j'ai une idée. Si j'ai un peu de chance, on aura notre meurtrier entre nos mains dès ce soir. Je vais voir le brigadier pour lui faire part de mon plan. Bien sûr, Messieurs, pas un mot. À personne. Compris ?

Lissie demanda à Letondal le numéro de son contact aux RG. Elle voulait lui poser quelques questions. Elle leur dit qu'elle s'absentait une heure et qu'elle leur donnerait ensuite des instructions pour la soirée.

Chapitre trente-et-unième

Au cours duquel l'assassin n'est pas abonné au numéro qu'il a demandé

Nuit du vendredi 16 au samedi 17 juillet 2004

Il prit son arme et vérifia qu'elle était chargée. Il avait décidé d'agir cette nuit. Cette femme finirait par découvrir le fond de l'affaire et il fallait l'éliminer avant qu'il ne soit trop tard. Et ses deux collègues en même temps, si possible. Le but premier était de récupérer le téléphone, avant toute chose. Il connaissait bien la villa Drapillot. Il avait même demandé à Daniel, le propriétaire, dans quelles chambres logeaient tous ces flics. Il sortit discrètement de chez lui. Le ciel était couvert et la nuit parfaitement noire. Idéal. Il décida d'aller à pied. Il avait pris soin de s'habiller de vêtements sombres et mats. Il avait mis ses chaussures à semelle épaisse afin de ne faire aucun bruit. Et, surtout, il avait avec lui un pass universel, volé il y a bien longtemps, qui ouvrait toutes les portes, même les plus récalcitrantes. Il s'approcha très lentement de la villa Drapillot par la plage, après s'être déchaussé pour ne pas laisser d'autres traces que celles de ses pieds nus, parmi des milliers. La villa était totalement dans l'obscurité. En bas de l'escalier, il se rechaussa, sortit son arme et fixa le silencieux au bout du canon. Il grimpa les marches lentement, en assurant chaque pas avant d'engager le suivant, dans un silence absolu. Il alluma brièvement une petite lampe frontale pour éclairer la serrure et sortit son pass. La serrure de la chambre de la commissaire se présentait comme plutôt facile à ouvrir. Il attendit un moment devant la porte en écoutant attentivement. Aucun son n'était perceptible de l'autre côté de la paroi, à part un léger ronflement. Il sourit en pensant que cette femme ne se rendrait pas compte lorsqu'elle changerait de monde. Il fit pénétrer son pass dans la serrure et, après quelques très discrets ajustements, le pêne tourna sans difficulté. Il prit une inspiration, ralluma sa lampe frontale, serra son arme dans son poing et ouvrit la porte.

Chapitre trente-deuxième

Au cours duquel on finit par savoir qui a tué qui

Nuit du vendredi 16 au samedi 17 juillet 2004

Lissie perçut des bruits de serrure. Elle ne bougea pas et saisit son arme posée à côté d'elle. Elle entendit le pêne tourner très délicatement. Elle distingua une silhouette s'introduire dans sa chambre, se planter devant son lit et lever un bras, au bout duquel il y avait une arme avec un silencieux. Un faisceau lumineux balaya furtivement son lit. Trois coups étouffés brisèrent le silence. Le tireur baissa son bras, éteignit sa lampe et fit calmement demi-tour en direction de la porte. À ce moment-là, Letondal cria : « Halte-là ! Les mains en l'air ! Ne bougez pas ou je tire ! ». Cochet avait allumé la lumière, aussitôt enlevé l'arme de la main du tireur et immobilisé celui-ci avec une paire de menottes. L'homme portait un treillis militaire et une cagoule noire qui ne laissait voir que ses yeux. Lissie s'adressa à lui sans attendre :

— Ce n'est pas la peine de masquer votre visage, Monsieur Jean-Marc Savotra. Je savais que vous viendriez me tuer ce soir et je vous attendais. Enfin, je veux dire que nous vous attendions. Vous vouliez récupérer votre téléphone ?

— Comment savez-vous mon nom commissaire ?

Lissie reconnut cette voix devenue familière.

— Cela m'a pris un peu de temps pour comprendre que vous aviez changé d'identité il y a quelques années. Mais tout finit par se savoir. Vous avez laissé quelques traces dans votre vie passée. Enlevez votre cagoule, brigadier Binet, elle n'a plus beaucoup d'utilité maintenant.

Binet s'exécuta et demanda à s'asseoir.

— Je vous ai sous-estimée, et pour finir je loge trois balles dans un polochon surmonté d'une perruque. Je ne me suis pas méfié. J'ai cru que vous ne découvririez jamais la vérité parce que rien ne devait vous ramener à moi depuis que je n'étais plus Savotra mais Binet.

— C'est ma botte secrète, on ne se méfie pas de moi. J'ai l'air un peu fragile, un peu ingénue parfois. Vous n'êtes pas le premier à vous fourvoyer, Savotra.

Cochet et Letondal notèrent ensemble que leur Patronne avait délaissé le titre de brigadier pour s'adresser à Savotra. Elle continua :

— Maintenant, vous allez nous dire ce que vous faites dans cette lamentable histoire. Vous enregistrerez votre déposition plus tard, avec votre avocat, mais vous me devez bien ça. Vous aurez cette élégance, n'est-ce pas ?

— Ma vie est finie commissaire Meunier. J'ai 59 ans. Je vais en prendre pour vingt ans minimum, si ce n'est pour perpet'. Alors je peux vous raconter comment je me retrouve ici. Apportez-moi à boire et je vous expliquerai le fond cette histoire.

Ils s'installèrent en cercle dans la chambre de Lissie. Cochet avait attaché Savotra au montant du lit. Letondal prit discrètement son téléphone et mit l'enregistreur en route. Lissie prit à nouveau la parole.

— Savotra, vous êtes un militant identitaire, ce que nous appelons dans notre jargon un facho. Racontez-nous pour commencer, pourquoi et comment vous en êtes arrivé à devenir un fasciste.

Et Binet alias Savotra ne se fit pas prier. Il raconta sa longue histoire de militant dans plusieurs groupes fascistes, qu'il appelait pudiquement nationalistes contre-révolutionnaires. Après l'École des Sous-Officiers, il avait choisi de faire carrière dans les Services de Renseignements, il voulait casser « du Rouge, du Nègre, du Gris », enfin tout ce qu'il détestait. Il avait roulé sa bosse partout dans le monde. Il avait été mêlé à plusieurs opérations d'exfiltration d'agents, d'hommes politiques, d'otages ou de « nettoyage » lorsqu'une personne devenait encombrante. Il n'avait pas eu d'états d'âme. C'était un bon soldat. Il exécutait les ordres et ne posait jamais de question. L'Afrique avait été son terrain de prédilection. Mais, pendant une de ces opérations de « nettoyage », il n'avait pas neutralisé sa cible et avait franchi la ligne rouge en se laissant corrompre. Cet acte de corruption révélé, il avait failli être limogé mais, au vu de ses excellents états de service, il avait seulement été déclassé et n'avait plus jamais été envoyé dans ce genre de missions. Lissie reprit :

— Sauf pour aller chercher le corps d'un collègue tué par les paramilitaires Serbes et en profiter pour voler son téléphone crypté ?

— Exact, vous êtes bien renseignée commissaire.

Il avait dérobé le téléphone, car il avait déjà une idée en tête. Savotra voulait la fin de la République telle qu'elle fonctionnait aujourd'hui. Il voulait un État fort, puissant. Il vomissait les droits de l'Homme. Pendant qu'il parlait de ses options politiques, il s'échauffait et devenait véhément, presque agressif. Il tenait fréquemment des propos racistes et antisémites et cherchait du regard l'approbation de ses auditeurs. C'était étonnant comme l'allure générale du personnage ne collait pas avec la haine qui sortait de sa bouche. Lissie finit par l'interrompre pour lui demander d'en venir aux affaires récentes.

— D'abord le cercueil, dit-elle. C'était votre idée ?

— Non ce n'était pas mon idée. C'était celle de Trazonni.

— François Trazonni, ajouta Lissie.

— Oui, Trazonni, François Trazonni.

— Continuez Savotra.

— Ce n'est donc pas moi qui ai imaginé ce vol. C'est lui. Je l'ai même découragé, mais il y tenait. Il était très pétainiste, plus que maréchaliste.

— Que voulez-vous dire, Savotra, interrogea Cochet.

— Je veux dire que Trazonni pensait que Pétain avait sauvé la France en 1940. Bien sûr, il reconnaissait en Pétain un grand soldat, c'est pour ça qu'il voulait ramener le cercueil à Douaumont mais il aimait surtout l'homme politique et ses idées de révolution nationale.

— Comment ont-ils opéré ? demanda Lissie.

— Je ne sais pas tout mais ils ont fait au plus simple. Ils ont emprunté une camionnette.

— À l'entreprise Volponni, qui n'est autre que celle d'Aldo Trazonni. Si mes renseignements sont exacts, Volponni est le nom d'un oncle de Trazonni.

— Vous en savez plus que moi.

— Je sais aussi qu'ils ont dormi à la villa Trazonni et caché la camionnette dans le garage et je me souviens avoir entendu des hommes discuter la nuit du vol. Ils parlaient d'un certain Philippe.

— Oui c'était le mot de passe pour parler du vol.

— Pourquoi Philippe ? se hasarda Cochet.

— À votre avis ? cingla Lissie.

— Oh ! Pardon, je viens de réaliser. Philippe Pétain.

— Bravo Cochet. Continuez Savotra.

— Je leur avais trouvé un contact sur l'île qui habite près du cimetière. Il leur a donné beaucoup de renseignements sur la tombe.

— Christophe Jouhandeau, pétainiste patenté qui a servi de contact avec la bande. Ses relevés téléphoniques des jours qui ont précédé le vol vont lui coûter quelques auditions pénibles.

— Et comment ont-ils soulevé la pierre ? demanda Letondal.

— Avec une mini-grue du père Trazonni, qui l'avait fait apporter pour ses travaux, enchaîna Lissie.

— C'est pour cela que le fils Trazonni était pressé. Il fallait faire les choses pendant que la grue était là et avant que le père débarque, précisa Savotra

— Quand je pense que son père a été un militant communiste ! poursuivit Lissie.

Cochet, qui ne voulait pas être en reste, montra qu'il savait aussi beaucoup de choses :

— Et la fille des Vieilles c'est vous qui l'avez tuée parce qu'elle avait découvert que vous fomentiez un attentat contre le Ministre de l'Intérieur le 26 juillet prochain. L'opération Marie-Rose.

— C'est ça.

— Pourquoi ce nom ? demanda Lissie

— Vous ne connaissez pas le shampoing Marie-Rose ?

— Non.

— C'est ce qu'on utilise pour se débarrasser des poux et de la vermine.

Savotra avait prononcé cela sur un ton parfaitement neutre. Les trois policiers étaient estomaqués par tant de cynisme.

— Vous êtes vraiment des pourris, des ordures s'indigna Letondal. Si je n'étais pas là pour l'entendre, je ne le croirais pas.

— On n'est pas plus pourri que nos hommes politiques vendus aux banques, aux Juifs et aux Américains, éructa Savotra.

— Calmez-vous Savotra ! intervint Lissie avec force. Cessez immédiatement vos propos minables. Vous n'êtes pas dans un meeting politique. Vous êtes en état d'arrestation. Cette opération visait à éliminer le Ministre de l'Intérieur. Mais pourquoi lui ?

— Parce qu'il défend des thèses favorables au cosmopolitisme, à la perte de l'identité française et parce qu'il est juif et agent du MOSAD.

— Ça, ce sont les raisons politiques, intervint Lissie. Mais il y a aussi une raison personnelle à votre geste, le Ministre de l'Intérieur, vous le connaissiez bien, vous le détestiez même, je crois. Dites à mes collègues pourquoi cette vengeance personnelle et aussi comment vous pensiez le faire s'écraser en mer avec son hélicoptère.

— Décidément commissaire, vous avez fait du bon travail, vous savez déjà tout ou presque. Le Ministre, c'était le directeur de la DGSE quand je me suis fait déclasser et je me suis juré de le descendre. Alors, avec Trazonni, on a projeté un attentat quand on a su que le Ministre viendrait à l'île d'Yeu remettre la Légion d'Honneur à un ancien flic en retraite ici. Comme il était prévu qu'un hélicoptère dépose le Ministre dans la cour de la gendarmerie et l'y attende, on a décidé que, à la fin de la cérémonie, je m'éclipserais pour dévisser une pale qui se serait arrachée au bout de trois ou quatre minutes pendant le vol retour, en pleine mer. On fait croire au pilote qu'on vérifie le serrage des boulons et, en général, il se laisse embobiner. On a des uniformes, on est insoupçonnable. J'ai fait cela plusieurs fois en Afrique pour éliminer des opposants aux régimes en place. C'est très efficace et, comme l'hélicoptère s'abîme en mer, on découvre moins facilement le sabotage. Le problème, c'est que Trazonni avait laissé un fichier ultra confidentiel, qui décrivait notre opération, ouvert sur son ordinateur et que la fille du bateau l'a vu en consultant ses mails. Elle a compris que quelque chose de très grave se tramait. Trazonni a paniqué et l'a attachée et bâillonnée. Puis il m'a appelé à la rescousse. C'est là que j'ai dit à Trazonni de la coincer sur le bateau en attendant que j'arrive pour régler la situation.

— Oui on sait, intervint Letondal, on a lu vos messages. Vous avez pris le bateau de son père pour rejoindre François Trazonni.

— C'est exact, on a échangé des messages sur le téléphone crypté pour que je les rejoigne sur leur voilier ; ils étaient en pleine mer au large de Saint-Gilles. Je n'avais pas le choix, à partir du moment où cette gamine risquait de tout faire capoter, il fallait l'éliminer. Je l'ai tuée avec un coin de bûcheron en acier, c'est radical. Elle est morte sur le coup. C'est après que ça a mal tourné, quand on a voulu se débarrasser du corps. On l'a balancé par-dessus bord et on n'a pas vu qu'il était resté accroché à l'arrière du bateau. Il faisait nuit, Trazonni était très stressé, il voulait absolument quitter les lieux. Quand il a mis le moteur en route, j'ai tout de suite compris que le corps s'était pris dans l'hélice. Trazonni a paniqué et a mis les gaz à fond. Le corps s'est entièrement coincé entre l'hélice et l'arrière du bateau. C'est moi qui suis descendu dans l'eau pour détacher le corps. Je devrais plutôt dire arracher, c'était une vraie boucherie. L'amie de Trazonni hurlait et lui me disait de foutre le camp. C'était un cauchemar, pourtant j'en ai déjà vu. Et puis, quand vous avez découvert que Karin Dodge avait voyagé sur le bateau de Trazonni et que j'ai dû le convoquer avec sa compagne à la gendarmerie, ils ont tout avoué, en me mettant en cause évidemment. Je leur ai dit que le procureur allait venir le lendemain et qu'ils pourraient dire ce qu'ils voulaient, parce que je pensais m'enfuir sur le continent. Mais j'ai ensuite réfléchi et j'ai fabriqué deux fausses dépositions, pour pouvoir les éliminer dans la nuit. C'est celles que vous avez lues, commissaire. Ensuite, j'ai arrangé de toute pièce leur évasion.

— Et vous les avez tués parce que, s'ils parlaient, c'en était fini pour vous.

— Oui. Vers vingt-deux heures, ils ont eu soif. Je leur ai fait donner par le gendarme de service de l'eau avec quelques gouttes d'un sédatif qu'on utilise dans les Services et qui n'est pas recherché dans les toxiques habituels. Quand j'ai pris mon tour de garde vers une heure et demie, ils dormaient. Je les ai chargés dans le fourgon, suis allé à la villa, dont j'avais gardé le code. Je les ai transportés sur le bateau et je les ai attachés ensemble pour faire croire à un suicide. Puis je les ai laissé tomber sous le bateau. Ils se sont noyés. En rentrant, je me suis frappé plusieurs fois la tête contre le radiateur pour que leur évasion ait l'air vraisemblable. Je ne me suis pas raté. Ce sont les risques du métier. On ne peut pas gagner à chaque fois.

— C'est ce que dit le commissaire Leroux, ironisa Cochet.

Lissie foudroya Cochet du regard. Elle n'aimait pas qu'on plaisante publiquement sur Leroux. Elle s'adressa à Savotra :

— Minot, vous l'avez dézingué parce que c'est lui qui vous avait dénoncé lorsque vous vous êtes laissé corrompre. Et pourtant, vous étiez de bons amis. Il vous avait trahi, et vous vous êtes vengé. Le crime était presque parfait. Presque.

— Décidément, vous en savez des choses, vous m'épatez. Vraiment !

— Allez Savotra, épargnez-moi vos flagorneries de bas étage.

— Minot, il n'a eu que ce qu'il méritait. C'était un vieux copain. Un ancien des Services lui aussi. Pas un nationaliste comme moi, plutôt un gauchiste. Il détestait les flics, ce qui est assez rare chez nous mais c'était le cas. Ce que voulait Minot à l'époque, c'était une Police du peuple. Il disait que les flics et les gendarmes fonctionnaient comme une police de classe qui écrasait les pauvres et aidait les riches à passer entre les mailles du filet. C'était un excellent agent, très fiable et très professionnel. On a beaucoup baroudé ensemble et on s'entendait plutôt bien. Mais c'est lui qui m'a dénoncé à mes chefs quand j'ai accepté de l'argent pour laisser filer une cible. Et je me suis promis de me venger. Quand je suis sorti des Services, j'ai essayé de reprendre une vie normale et j'ai travaillé dans la sécurité privée. Minot a quitté les Services peu de temps après moi. On lui a « gentiment » demandé d'aller voir ailleurs. Il avait plein de problèmes avec les femmes et, dans notre métier, il ne faut pas trop s'attacher et les histoires de femmes peuvent constituer un maillon faible dans votre CV. J'ai perdu sa trace jusqu'au jour où, par hasard, j'ai appris qu'il était revenu vivre ici. J'avais réussi à devenir gendarme. J'ai obtenu une mutation sur l'île il y a presque un an. Avec la ferme intention de lui faire payer sa trahison. Minot ne savait pas que j'étais là, d'autant que j'ai beaucoup changé depuis l'époque où on se fréquentait, et pas seulement de nom. J'ai aussi changé de visage. Quand vous neutralisez des cibles pendant vingt ans, vous vous faites beaucoup d'ennemis qui ont la mémoire longue, vous finissez par susciter des vengeances de toute part. Si je voulais rester en vie, je n'avais pas d'alternative. Alors, j'ai confié mon visage à un chirurgien. Cela a pris un an pendant lequel j'ai subi sept interventions et ne suis quasiment pas sorti. Pour parfaire la transformation, je porte des lentilles de couleur bleue alors que mes yeux sont bruns. Et plus personne ne me reconnaît. C'est assez dingue comme expérience. Les gens que vous avez côtoyés peuvent vous croiser et vous dévisager sans vous identifier. C'est excitant mais aussi assez angoissant. Comme si vous effaciez une partie de votre vie. J'ai pu croiser Aldo de nombreuses fois sans qu'il m'identifie et c'est pour ça commissaire que vous n'avez pas fait le lien entre la photo et moi. Je la connaissais cette photo. Mais je savais que je ne craignais rien.

— Vous avez raison Savotra, je n'ai pas fait le lien quand j'ai vu la photo. D'ailleurs, même quand nos services m'ont confirmé que Binet s'appelait Savotra, j'ai eu du mal à le croire. Mais, curieusement, ils avaient une photo de vous transformé. On laisse toujours des traces, Savotra. On ne disparaît jamais totalement. Quand je vous ai reconnu sur la photo et que j'ai découvert que vous étiez l'amant de Lucia, je n'ai plus eu de doutes, je savais que vous étiez mêlé aux crimes qui survenaient ici. Continuez sur Minot.

— Quand je suis arrivé ici, j'ai pris le temps de l'observer, de l'apprivoiser et de découvrir ses habitudes. Comme vous le savez aussi, j'ai été l'amant de Lucia. Et je le suis encore, même si elle a eu de la peine à accepter ma transformation. On se voit de temps en temps. Ce n'est plus comme avant mais nous nous aimerons toujours. Je suis certain qu'elle viendra me voir en prison. Lucia est diabétique. Je lui ai dérobé une fiole d'insuline il y a quelques mois, à son insu. Elle est étrangère à tout ça.

Savotra s'arrêta de parler. En évoquant Lucia, sa voix s'était discrètement mise à trembler. Pour la première fois, un peu d'émotion traversait cet homme qui semblait jusqu'alors trempé dans l'acier.

— Pas de sentimentalisme, Savotra. C'est trop tard. Continuez.

— J'avais déjà neutralisé une cible en Afrique avec ce procédé. Le crime parfait. J'ai fait mon coup le soir où vous avez bu un verre avec lui, mais ça, c'est une pure coïncidence. Quand il est rentré chez lui, je l'attendais. Je lui ai donné un coup sur la nuque, ça ne laisse pas de trace.

Il s'est évanoui sur le champ et je lui ai injecté une seringue d'insuline. Il n'a rien senti et ne s'est pas réveillé. Puis je l'ai chargé dans le fourgon et emmené jusqu'à sa barque. Je l'ai sortie du Port de la Meule à la rame et l'ai laissée dériver. Je suis rentré à la nage. L'hypoglycémie a plongé Minot dans un coma profond et mortel aggravé par l'eau que j'avais pris soin de verser au fond du bateau et qu'il a inhalée.

— Vous êtes un monstre, Savotra, ne put s'empêcher de commenter Cochet. Vous aviez fauté, Savotra. Pourquoi vous venger ?

— Parce que j'avais un fils très malade. Une maladie génétique rare. Il y avait un traitement disponible aux USA. Il coûtait autour de 100 000 dollars. Impossible de trouver une telle somme. Alors j'ai accepté de l'argent de quelqu'un qu'on devait éliminer. Je lui ai laissé la vie sauve. Mais Minot l'a su et il m'a dénoncé. Pour parfaire mon humiliation, j'ai dû redonner l'argent et j'ai été privé de salaire pendant six mois. Mon fils est mort depuis.

— Vous avez donc eu un enfant Savotra. Vous regrettez d'avoir pris cet argent ?

— Non, j'estime encore aujourd'hui que je devais offrir cette chance à mon fils.

Savotra s'arrêta de parler. Lissie laissa le silence s'installer. Puis il releva la tête et s'adressa à elle :

— Je voudrais terminer car je suis fatigué de tout ça. Mais avant, dites-moi commissaire comment vous m'avez soupçonné ?

— Cela n'a pas été simple. Pour tout vous dire, j'ai eu un peu de chance en discutant de façon parfaitement inattendue avec une journaliste. Elle parlait beaucoup, des hommes, des femmes, et de la difficile double incarnation des femmes dans la vie, qui doivent être des professionnelles aguerries et des mères attentives. Ses propos m'ont rappelé que les assassins eux aussi ont presque toujours une double incarnation : le citoyen exemplaire et le meurtrier parfait. Alors, j'ai fait la liste des assassins improbables qui répondaient à ces critères et vous étiez parmi eux, mais je n'avais aucune preuve contre vous. Ma deuxième chance, c'est d'être tombée sur cette photo chez Minot. Celle que je vous ai montrée il y a quelques jours. J'ai assez facilement su que vous faisiez partie du quatuor, même si vous étiez apparemment le seul dont on n'avait pas de nouvelles. Parce que Lucia s'est confiée à moi. Elle m'a dit qu'elle vous avait revu pendant votre période dans les Services de Renseignements mais que vous aviez brutalement disparu il y a plusieurs années et qu'elle ne savait pas ce que vous étiez devenu depuis. J'ai eu de la peine à la croire. Et puis, une nuit, je l'ai entendue se lever. Comme je ne dormais pas, je suis descendue pour parler avec elle, mais elle était sortie. Cela m'a intriguée et, la nuit suivante, je l'ai suivie et j'ai vu qu'elle venait à la gendarmerie. J'ai donc compris qu'elle était encore votre maîtresse et que Binet et Savotra ne faisaient qu'un. J'ai facilement confirmé cette hypothèse auprès d'un de nos services. Heureusement qu'ils avaient cette photo de vous transformé, sinon j'aurais douté, parce que vous êtes parfaitement méconnaissable, c'est vrai. Et là, j'ai fait fausse route pendant quelque temps. J'ai cru que c'était elle ou Aldo ou pourquoi pas les deux qui avaient tué Minot à cause du flacon d'insuline mais je ne leur trouvais pas de mobile, à part peut-être une jalousie née d'un adultère.

— C'est pour cela que vous m'avez demandé d'interroger Lucia ?

— Non, absolument pas. À ce moment-là, je n'avais aucun soupçon sur elle mais quelques soupçons sur vous. Pour ne pas éveiller votre attention, je vous ai proposé de faire cet interrogatoire que vous n'avez pas fait. Ce qui a renforcé mon hypothèse de l'implication d'un de vous deux ou peut-être des deux. Malgré tout, je n'étais pas convaincue de la culpabilité de Lucia. Heureusement, le Docteur Besson m'avait laissé un message pour me dire qu'il avait découvert quelque chose d'important dans le dossier de

Minot. Comme il n'était plus en état de me dire ce qu'il avait trouvé, puisque vous aviez essayé de l'abattre, je suis allée à la pharmacie et me suis fait passer pour la nièce de Minot. J'ai dit que je venais régler des factures en cours. Le pharmacien m'a dit qu'il n'en avait pas. J'ai naïvement demandé s'il avait bien tout réglé ses fioles d'insuline. Et, comme je m'y attendais, le pharmacien m'a confirmé qu'il n'en avait jamais acheté. J'en ai aisément déduit que vous aviez menti en affirmant qu'il était diabétique. Et si vous aviez menti, c'est que vous cachiez quelque chose. Mais c'est toujours pénible de penser qu'un gendarme, ou un flic d'ailleurs, est un criminel. Heureusement qu'Alice Lørsonn m'a incitée à voir large.

— Alice Lørsonn, demanda Cochet ?

— Oui, la journaliste.

— Pardon, Patronne, j'avais zappé.

— Vous n'aviez pas zappé Cochet, vous ne saviez pas son nom. Peu importe d'ailleurs, parce qu'entre-temps on a mis la main sur le téléphone crypté grâce à la perspicacité de Cochet. Alors, j'ai appelé un contact dans les Services et j'ai demandé qu'on ressorte cette histoire d'agent tué par les milices serbes puisque le téléphone était répertorié à son nom. J'ai demandé si un certain Savotra avait de près ou de loin été impliqué dans cette histoire. Et on m'a dit que c'est vous qui étiez allé chercher le corps. Comme les Serbes niaient avoir gardé le téléphone, je me suis dit que vous aviez probablement profité de l'occasion pour le voler. C'est pour cela que je suis allée vous dire ce soir qu'on avait trouvé ce téléphone sécurisé et vous demander si vous sauriez le déverrouiller car on n'y arrivait pas. Vous m'avez dit que vous pourriez le faire. Bien naturellement, vous m'avez demandé de vous le remettre pour le verser au dossier. Mais j'ai voulu le garder en prétextant que mon chef Leroux m'avait demandé de ne pas m'en séparer. Je voulais vous obliger à sortir du bois. Et vous êtes sorti du bois, Savotra.

Le silence s'abattit à nouveau entre eux. Letondal, comme à l'accoutumée, jouait avec un porte-clés dont le cliquetis agaçait toujours Lissie. Cochet, immobile, regardait loin devant lui, le visage impassible. Lissie reprit :

— Vous avez raison Savotra, on va clore nos échanges et vous ramener chez vous, dans la cellule de la gendarmerie. Un de vos collègues prendra soin de vous. Mais je dois dire que je suis tout de même bien contente de vous avoir neutralisé, parce que vos éructations racistes puent la mort. Drôlement même. J'ai du mal à imaginer comment on peut faire partie de la Gendarmerie ou de la Police, c'est pareil, en adhérant à des idées aussi funestes. Enfin, vous aurez le temps de méditer en cabane, Savotra, et j'espère que les années derrière les barreaux auront raison de votre fiel et de vos opinions rances. Je vais m'arrêter là, vous n'en avez certainement rien à faire de mes états d'âme par trop humanistes. Mais il me reste une dernière question : Qu'avait donc découvert le Docteur Besson pour que vous décidiez de le tuer ? Que Minot n'était pas diabétique ? Auquel cas, il fallait l'éliminer comme les autres ?

— Absolument. Dans l'après-midi, il m'a appelé pour me dire qu'il avait regardé le dossier médical de Minot et qu'il ne voyait aucune trace de diabète. Son patient ne prenait pas d'insuline. Il était étonné, car il vous avait entendu dire que Minot avait une glycémie nulle au moment de sa mort et qu'il était diabétique. Il voulait juste m'avertir de ce détail pour nous éviter de partir sur une fausse piste. Je l'ai remercié et lui ai demandé si je pouvais passer dans l'après-midi pour prendre connaissance du dossier. En fait, j'avais déjà fourni de fausses pièces médicales au légiste pour accréditer la thèse de l'accident. Dès lors, je n'avais plus le choix. Je savais que le Docteur vous parlerait de tout ça. Et s'il vous parlait, les soupçons se seraient immédiatement abattus sur moi. Il ne me restait qu'une solution, le réduire au silence. Il fallait qu'il disparaisse. Quand je suis entré dans le cabinet, il s'est levé pour me saluer et j'ai tiré deux balles, mais il m'a vu sortir mon arme et a esquissé un mouvement d'évitement. Les balles ne se sont pas logées dans le cœur comme prévu mais dans ses poumons. Au même moment, j'ai entendu du bruit derrière moi, alors je me suis enfui par la porte arrière du cabinet. Personne ne m'a vu.

— Ce qui explique que vous êtes arrivé si vite lorsque je vous ai appelé, releva Lissie.

— Honnêtement, tant mieux s'il s'en sort. Au fond, je ne lui voulais pas de mal à ce médecin. Maintenant que je suis fait comme un rat, je préfèrerais qu'il s'en sorte et vite. Allez, commissaire, emmenez-moi, je veux être au calme. La vérité a un prix, celui de la liberté perdue. Il n'est jamais trop tard.

Chapitre trente-troisième

Au cours duquel il sera question de 36 sortes d'éthique

Quelques semaines plus tard

Lissie sortait du CHU de Nantes. Thomas avait quitté le service de réanimation et se rétablissait à grande vitesse dans une unité de rééducation pulmonaire. Si les choses continuaient ainsi, les médecins le laisseraient sortir d'ici deux semaines environ. Lissie lui avait rendu visite tous les jours ou presque depuis qu'elle était revenue dans son commissariat. Leur relation se passait au mieux et ils étaient de plus en plus amoureux. Heureusement que Lissie avait confondu Savotra car Thomas n'avait aucun souvenir de la tête de son assassin.

Elle avait rendez-vous avec son Patron. Leroux arriva en retard mais il était de bonne humeur. Lissie aussi, les visites à Thomas la rendaient gaie et confiante.

— Désolé Meunier, je sais exactement ce que vous pensez. Je suis à la bourre, comme d'habitude.

— Pas de problème, Patron, je sais que vous faites de votre mieux.

— Vous êtes trop indulgente, Meunier. Mais je vous remercie de votre bienveillance. Elle deviendra légendaire, permettez-moi de ne pas en douter. Allez, grimpez dans mon carrosse !

Lissie s'installa à côté de son chef après avoir débarrassé le siège de plusieurs sachets plastiques et d'un livre qui attira son attention.

— C'est vous qui lisez ça, Patron ?

— Oui, c'est moi Meunier. Ça vous étonne ?

— C'est-à-dire, L'Éthique de Spinoza, on ne trouve pas ce bouquin sur tous les sièges de voiture.

— Vous connaissez Spinoza, Meunier ?

— Un peu, je m'y suis intéressée quand j'étais plus jeune au lycée puis après en faculté de droit. J'ai suivi un cours de philosophie politique et on a abordé Spinoza.

— Et vous en pensez quoi de Spinoza ?

— Spinoza avait plusieurs siècles d'avance sur ses contemporains. Sa manière de penser Dieu et la liberté m'a fascinée. C'était un homme libre qui a accepté d'être rejeté par sa communauté parce qu'il ne voulait pas faire de compromis. Un bel exemple de congruence entre écrits et actes. Et vous, vous en pensez quoi ?

— C'est sec, Meunier. La lecture est très âpre. Mais j'ai promis à ma femme d'arrêter de lire des romans policiers.

— Ah, vous en lisez beaucoup ?

— Oui, pas mal. Mais bon, le saut est un peu rude entre un policier et Spinoza. Ma femme est prof de philosophie. Parfois, elle désespère. Je regarde le foot à la télé, de temps en temps je vais voir un match à la Beaujoire et je lis des romans policiers. Elle trouve que ça fait un peu ordinaire.

— Patron, lisez ce qu'il vous plaît. Si votre femme est encore là, c'est que vous avez d'autres qualités.

— Vous avez raison, ça rime à rien d'essayer d'avaler Spinoza. Et vous Meunier, ça m'étonnerait que vous aimiez le foot ?

— Eh bien si Patron, j'adore le foot. Alors là, je suis sûre que ça vous en bouche un coin. Mon père avait une passion pour le FC Sochaux. Il me l'a transmise. Alors je suis de très près leurs résultats. Cette année, c'était de la folie, cinquième en championnat et ils ont gagné la coupe de la Ligue. Mais, vous allez être déçu, je ne vais jamais aux matchs.

— Décidément Meunier, vous avez le chic pour vous trouver où on ne vous attend pas !

Mais bref, comme dit ma femme lorsqu'elle veut changer de sujet, revenons à nos fachos de l'île d'Yeu. J'ai des choses à vous dire.

— Que se passe-t-il, Patron ?

— Vous je ne sais pas mais moi je ne connaissais pas bien les milieux identitaires avant cette enquête. Enfin, quand je dis pas bien, c'est plutôt pas du tout. Depuis, j'ai un peu lu. Ce sont de parfaits ennemis de la République. Ils veulent vraiment la foutre en bas. Des vrais fachos. Ils aiment la violence, ils veulent déstabiliser le système pour pouvoir appeler un homme fort au pouvoir et faire régner l'ordre. Enfin plutôt la terreur. C'est pour ça qu'on y trouve plein de nostalgiques du troisième Reich ou de l'Algérie française. Heureusement qu'ils sont en petit nombre. J'ose pas imaginer qu'ils puissent revenir en force. Enfin, on ne sait jamais, il y avait beaucoup de pétainistes pendant le guerre et beaucoup de gaullistes juste après. Et comme disait de Gaulle à son voisin ému de voir toute cette foule en liesse criant le nom du Général le jour où il défilait sur les Champs-Élysées après la libération de Paris : « Vous savez mon Cher, c'étaient les mêmes en juillet pour Pétain. »

— Intéressante histoire, Patron. Mais je crois que les Français aiment la République et ils savent bien que ces excités de l'ordre et de la prétendue pureté de la France feront couler beaucoup sang et beaucoup de larmes avant que tout ça finisse dans le chaos le plus total.

— Vous avez raison Meunier. Ces gens qui veulent de l'ordre à n'importe quel prix ne sont que des fouteurs de merde. Voilà ce que j'en pense. Mais ce n'est pas tout Meunier.

— Ah. vous avez encore des choses à me dire Patron ? C'est un festival aujourd'hui !

— Ne vous moquez pas de moi trop vite Meunier. Ce qui va suivre va vous intéresser, car on y parle de vous.

— De moi, Patron ?

— Figurez-vous, Meunier, que le directeur régional m'a téléphoné l'autre jour pour me dire que, pendant cette enquête à l'île d'Yeu, vous aviez outrepassé vos droits, menti, volontairement dissimulé des informations aux personnes susceptibles d'en bénéficier et j'en passe, et ce, plus d'une dizaine de fois. Il s'en étranglait. J'ai pris votre défense en lui demandant s'il aurait préféré un attentat contre notre Ministre à quelques coups de canif dans les procédures de travail.

— Et que vous a-t-il répondu ? demanda Lissie un peu inquiète.

— Qu'il garderait un œil sur l'évolution de votre carrière et qu'il essaierait de vous faire venir travailler dans ses services dès qu'il aurait un poste à votre mesure.

— Et vous me laisseriez partir, Patron ?

— Bien sûr que non, Meunier. Je lui ai dit que vous m'aviez promis de me suivre dans ma prochaine mutation.

— Je ne vous ai jamais promis cela Patron.

— C'est vrai Meunier, c'est vrai. Mais je pense que vous devriez réfléchir car je viens de recevoir ma mutation pour le 36.

— Le 36, Patron ? Ouah, c'est formidable ça.

— Il y a encore plus formidable, Meunier. Il y a aussi une place pour vous, avec moi.

— Avec vous au 36 Patron ? J'accepte sur le champ.

— J'aime quand vous êtes raisonnable, Meunier.

— Je connais quelqu'un qui dirait en pareilles circonstances : « *Ne soyez raisonnable que si cela concerne les autres* ».

— C'est moi qui dis ça ?

— À votre avis Patron ?

Épilogue

Au cours duquel on comprend que la vie n'est qu'un éternel recommencement

En 1973, un groupe de nostalgiques du Maréchal Pétain eut l'idée de voler son cercueil afin d'aller l'enterrer à Douaumont, comme le Maréchal Pétain l'avait souhaité dans son testament.

Pétain, décédé le 23 juillet 1951 et enterré à l'île d'Yeu dans le cimetière de Port-Joinville, avait échappé à la peine de mort, gracié in extremis par de Gaulle. Frappé d'indignité nationale, il avait été envoyé à l'île d'Yeu pour y être incarcéré dans le Fort de la Citadelle. Il y resta presque jusqu'à sa mort et ne put en sortir qu'un mois avant son décès, en raison de la dégradation de sa santé. Malgré la pression de ses partisans, il ne fut pas autorisé à quitter l'île et mourut dans une maison islaise qu'on avait mise à sa disposition. Il fut enterré au cimetière de Port-Joinville en présence de nombreux militants pétainistes outrés de voir leur héros mis en terre sans panache dans le caveau d'un cimetière perdu au milieu de l'Atlantique. Sa veuve resta sur l'île jusqu'à sa mort.

Depuis cette date, tous les maréchalistes se sont jurés de le rapatrier à Douaumont. Les hommes politiques n'ont jamais hésité à promettre qu'ils feraient transférer la dépouille s'ils étaient élus, mais ils se sont tous bien gardés de passer à l'acte, trop inquiets de rallumer une querelle dont ils jugeaient que la France n'avait pas besoin.

Ce commando de cinq personnes, dépêché par l'avocat vichyste Tixier-Vignancour et conduit par Hubert Massol, ouvrit la sépulture du Maréchal Pétain dans la nuit du 18 au 19 février 1973. Un des membres, Michel Dumas, était un professionnel des caveaux et, avec son aide, ils n'eurent pas trop de mal à voler le cercueil. Leur excès de zèle au moment de refermer le caveau provoqua l'alerte alors que les cinq hommes qui avaient terminé leur forfait et rejoint le continent roulaient en direction de Douaumont.

Tout cela se termina dans la confusion d'une conférence de presse où l'on arrêta le chef puis, rapidement, ses acolytes. On retrouva le cercueil en banlieue parisienne et on remit le Maréchal Pétain dans sa sépulture islaise le 22 février 1973. Tixier-Vignancour ne fut pas inquiété. Pompidou et ses ministres voulurent éviter que l'affaire ne fît grand bruit et que pût se rouvrir une blessure encore mal cicatrisée. Les magistrats relâchèrent rapidement les cinq pilleurs de cercueil puis deux ans plus tard firent cesser l'action publique.

L'aventure qui sert de toile de fond à cette pure fiction se déroule en 2004, année où son auteur eut vent de cette affaire et, par le plus grand des hasards, année de la parution du livre de Michel Dumas, un des auteurs du vol, sous le titre : « La Permission du Maréchal[1] ».

Les récentes commémorations du centenaire de l'armistice de 1918 ont ravivé de belle manière les querelles autour de Pétain, donnant à cette histoire une actualité pas si inattendue qu'on aurait pu le penser.

---

1. Michel DUMAS. *La Permission du Maréchal.* Éditions Albin Michel, 2004.

Remerciements

À mon amie Nathalie Fiore, disparue à l'automne 2020, après avoir combattu avec grâce et courage deux cancers et leurs complications. C'est par ses encouragements que j'ai ressorti en 2018, du fond de mon disque dur, ce roman commencé en 2006 et interrompu en 2007 après en avoir perdu un bon tiers dans le train. J'ai heureusement pu lui dire deux jours avant sa mort qu'un éditeur était intéressé par cette histoire. Qu'elle trouve ici mon immense reconnaissance pour son soutien et ses remarques pertinentes qui ont permis à ce livre de renaître et aboutir.

À mon épouse Véronique, pour sa patience et son amour pour moi.

À ma maman pour m'avoir transmis les valeurs universelles de l'accueil inconditionnel, de la liberté de penser et de la richesse de chacun.

À Jean-Pierre et Sylvie pour leurs relectures attentives et leurs commentaires précieux.

À Gisèle Fournier pour ses conseils judicieux et son soutien sans faille.

Aux éditions La Geste et plus particulièrement à Romain Naudin, Céline Garcia et Guillaume Bertineau pour leur accompagnement pendant la fabrication de ce livre.

À tous ceux qui par leurs commentaires, réflexions, critiques m'ont encouragé à aller jusqu'au bout : Agnès, Alexandre, Béatrice, Catherine, Christian, Christiane, Christine, Christophe, Claire-Lise, Clémentine, Elizabeth, Élodie, Éric, Florence, Gaëtan, Glori, Guillaume, Henri-Jean, Laurent, Jean-Claude, Lazare, Lionel, Juliette, Magdalena, Marie-Jo, Marie-Laure, Martine, Maurice, Mélanie, Noëlle et Noëlle, Robert, Suzanne, Sylvie-s, Valérie, Yves et une critique vacharde, anonyme mais pas sans pertinence.

LA
GESTE

www.gesteditions.com

IMPRIM'VERT

Par ce logo, nous témoignons d'une volonté de réduire les impacts environnementaux liés aux activités de l'imprimerie. Nous choisissons un imprimeur impliqué dans la réduction des gaz à effet de serre. Le choix de nos papiers assure que la production a été faite à partir d'un produit à base de bois et a suivi le cahier des charges d'une gestion durable des forêts européennes. Achevé d'imprimer chez Factory en Union européenne en mars 2021.

Mise en page : Séphora Markarian – markse.fr

Dépôt légal : premier semestre 2021

11, rue Norman-Borlaug
79260 La Crèche
05 49 05 37 22
contact@gesteditions.com